上村くにこ

失恋という幸福

Stendhal

U教授の『恋愛論』講義

人文書院

失恋という幸福・目次

第一話　どうしてこんなにわかりにくいの？……7
——スタンダールの『恋愛論』
第二話　スタンダールってどんな人？……23
——「生きた、書いた、愛した」
第三話　永遠の恋人メティルドってどんな人？……57
——香り立つすいかずらの君
第四話　スタンダールを引っ張っていった情熱とは？……77
——一八一九年六月、ヴォルテラ事件
第五話　スタンダールが恋愛を四つに分けた理由は？……111
——「情熱恋愛だけが真実の恋だ」
第六話　「結晶作用」とは何？……131
——恋はすべてが記号である
第七話　恋愛は美男美女でなければいけないの？……155
——スタンダールは醜男だった

第八話　どうすれば恋の痛みから抜け出せるの？……173
——失恋こそ想像力のスポット
第九話　国によって恋愛は違うの？……191
——緯度が三度変われば恋愛も変わる
第一〇話　スタンダールにとって宮廷恋愛って何？……215
——不倫が恋愛の原形
第一一話　スタンダールってフェミニストなの？……245
——理論より快楽が生きる指針
第一二話　本当に言いたかったことは何ですか？……265
——スタンダールの亡霊との対話
あとがき　277
スタンダールの生涯　283

装丁・装画＝岡本安以子

失恋という幸福

U教授の『恋愛論』講義

【登場人物】

U　教　授＝関西の某私立大学文学部で「ジェンダー学」「恋愛の歴史学」などを講義している研究者。〝恋多き女〟という噂もあるが、その噂は自分で流しているとの噂もある。自宅に人を招いて料理でもてなすのが趣味。

町田たか子＝U教授が教鞭をとる私立大学文学部を卒業して、雑誌社の女性雑誌編集部に勤務する二七歳。仕事を通じて知り合ったルーマニア人のカメラマンに恋をしていると思い込んでいるが、その本心は自分でもわからない。

米《こめ》谷《たに》杏《あ》里《り》夫《お》＝U教授の甥。作家志望の二六歳。スタンダールにそっくりなので、スタンダールの本名アンリ・ベール（Henri Beyle）にちなんでアンリと仇名される。某公立大学仏文学の大学院に籍を置く。辛口のスタイルを目指しているのに、町田たか子の前では口がきけなくなるのが不思議。

スタンダール＝一七八三年生まれのフランスの作家。代表作に『赤と黒』『パルムの僧院』。名著だが最後まで読みとおした人は稀という評判の『恋愛論』をしたためる。

第一話　どうしてこんなにわかりにくいの？

——スタンダールの『恋愛論』

スタンダールは恋愛を通じて「崇高なもの」を追求した。彼が愛したイタリア絵画には「崇高」を見つめるまなざしが多く描かれている。この絵もその一つ。ティティアン『聖母昇天』

——二〇〇X年四月初旬のある日、桜吹雪の中を、町田たか子が血相を変えてA市郊外のU教授邸に飛び込んでくる。たか子はUのかつての教え子で、現在は関西で発行している女性雑誌の編集部に勤務している。

町田たか子（以下M）　センセー、助けてください。

U教授（以下U）　なんですね、大きな声を出して。

M　こんど初めて一二回の連載読み物企画をまかされたんです。

U　さすがウチのゼミ生です。ワインでお祝いしましょう。（じっと顔をのぞきこんで）顔色がさえませんね。青い顔してグッドニュースをもってくる人も珍しいわね。

M　（急に声をおとして）今の私に、この大任がつとまるかどうか……。

U　あなたらしくないですね。

M　入社当時は元気いっぱい、ヤル気に満ちていたこの私が、この半年は、うっかりミスばかりして……。富士山のようにそびえていた自信が、今じゃ浜辺に忘れられた砂の山なんです。一生懸命仕事をしているつもりなのに、〝もの思い〟にふけることが多くて、ハッと気がつくとなーんにもはかどっていなかったりする毎日なんです。こんなことで大きな仕事に立ち向かえるでしょうか。

U　（ワインを注ぐ）〝もの思い〟とは、古風な言葉づかい。学生のころは見る前に走り出すお嬢さんだったあなたがねえ。ははーん、もしかしてあなた、恋をしてますね。

M　わかりますかぁ。

U　わかりますとも。かの一二世紀、フランスにアンドレーアースという名の僧侶がいて世界初の恋愛マニュアル本を書いたのですが、すでにその中で「恋愛とは過度のもの思い」と定義されているんですからね。どういうことかというと、例えば――なぜかこのごろ特定の人のことをフツーじゃなく考えている、いつもその人のことが頭に浮かんでいる、「ヘンだ」「妙だ」と思ったら、その人に恋をしていると思って間違いないってことなの。

M　どちらかというと、腹の立つ編集長のことを考えているほうが多いです。

U　抜擢してくれた人なのに？

M　リストラするための第一歩じゃないかと疑ったりしているんです。

U　じゃあいったい、恋の相手はだれなの？

M　仕事で知り合ったカメラマンなんです。ルーマニア人で、それはそれはうっとりするような美男なんですよ。センセイのおっしゃった〝過度のもの思い〟でしたか？　今の私の気持ちにぴったりあてはまります。でもね、知らないお坊さんに恋愛を講義してもらっても何の役にも立ちません。恋愛は学問じゃありませんもの。

U　ミもフタもないことを言うのね。恋愛は人間のふるまいの中で、性欲というとても肉体的な衝動と、それと正反対の、もの思いという極度に精神的な行為の複合体なのよ。しかも一〇〇%動物的本能だと信じられていた性欲さえも、近頃ではイマジネーションによって左右されることが多い、つまり文化的な要素が深くかかわっていることがわかってきたの。

M　でもセンセイ、頭ではどうにも支配できない、偶然に引きずられるのが恋愛じゃないのですか。

U　偶然を必然に変える魔法が恋愛じゃないの。

M　まあ、そういうことですけどね。(ワインを一口飲む) ところでセンセイ、恋のマニュアルなんてものがヨーロッパにはそんなに古くからあったんですか。

U　恋愛というのは、自分の生きている文明のエキスを自分なりに料理するという、そりゃもうタイヘンなことなんですよ。人はそれを一〇歳になるかならぬかで始めなければならないんですから、マニュアルが欲しいと思うのは、自然のなりゆきでしょ。料理や服装のハウツー本があるんだから、恋愛のハウツー本があってしかるべきでしょうね。

M　(大きくうなずく) マニュアルを参考に恋愛した経験があるんですね、センセイにも。

U　私の若いころの恋愛マニュアルは『あしながおじさん』みたいな少女小説でしたね。おかげで少女小説の鉄則である「身近なところにこそ恋愛は隠れている」という恋の暗示を真に受けて、クラスメートと結婚してしまって。これが一生の不覚で……。
（涙ぐむ）

M センセイの泣き上戸がもう始まったんですか。少女小説が恋愛のお手本だなんて、団塊の世代ってカワイイ。

U うっ。団塊の世代がカワイイと言われるなんてねぇ！ じゃ、あなたたちの世代はどうよ。

M 私たちですかあ？ 私たちは、うざったいことはいやがる世代ですからね。「自分の気持ちに素直になって相手にぶつかっていくのが恋の王道」と言われてもねえ。

U でもあなたたちにも、自分の気持ちを代弁してくれる本があるでしょう。

M 秋元康、柴門ふみ、あたりですね。本棚がいっぱいになるほど買いあさりました。でもいまいちピッタリなのがないんです。あ、センセイどこへ？

U きのう散歩していたら、たんぽぽの葉が食べころにのびているのを見つけたんですよ。これでサラダを作ろうと思って。

M （机の上に目をとめて）おや、この本は、スタンダールの『恋愛論』。（パラパラとめくる）字ばかりで読みにくそう。

U それこそ恋愛の神さま、スタンダールが一九世紀に書いた恋愛学の聖書ですよ。今でも岩波、新潮と、双方の文庫▼に名を連ねている古典中の古典です。①

M ああ、大昔の、恋のマニュアルですか。

右：岩波文庫、左：新潮文庫

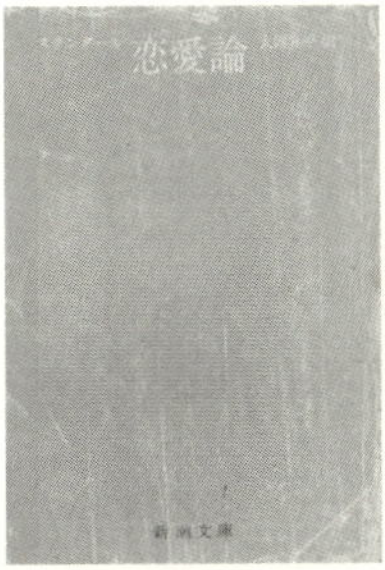

① 現在手に入るスタンダールの『恋愛論』文庫版は次のとおり。前川堅市訳『恋愛論』上・下、岩波文庫、初版一九三一年
大岡昇平訳『恋愛論』新潮文庫、初版一九七〇年

U あなた、スタンダールといえばジェラール・フィリップ主演の映画にもあった恋愛小説『赤と黒』や『パルムの僧院』を書いた人で……。

M そういえば、学生時代に仏文のセンセイが必読書だなんて講義していたのを思い出しました。そこまで言われると、ゼッタイ読まないのが学生のサガで……。

U 近ごろの学生は本を読まなくなって、本当に困るのよ。

M センセイ、このサラダ、苦いけどおいしいです。近ごろ編集長に言われた企画のことが気になって、ろくなものを食べていませんでしたから。そうだ！ 今度の連載企画は「恋愛サクセス・マニュアル」にしよう。いろんな恋のマニュアルを紹介することで恋愛がうまくいくコツを知る、と。

U ちょっと勘ちがいしているようですね。あのね……。

M (思いつきに夢中になって) 第一回をこのスタンダールにして、「一九世紀フランスに学ぶ恋愛マニュアル」なんていいかも。読者の恋、ついでに私の恋に役立つと。一石二鳥です。ただし、石頭の編集長をどう説得するかが一番の問題ですが。センセイ、この本ちょっとお借りします。じゃ、さよなら〜。

U ちょっと待って！ 『恋愛論』は恋愛のマニュアルブックじゃないのよ、読んでも実践には役立たないんじゃないかなあ……。ああ、行ってしまった。恋する編集者は気が早いなあ。

まったく売れなかった『恋愛論』

――桜の若葉が目につく一週間後、たか子再び来訪。

M　センセイ、一週間前にお借りした本、お返ししますっ。なんですか、この本は？ 毎晩読もうとするのですが、一〇ページも読まないうちに眠くなってしまいます。分厚い上に、字が小さく、おまけに聞いたことのない名前がぞろぞろ出てきて、ついてゆけません。部外者がウチワの楽屋話を聞かされているみたいです。ときどきおもしろそうな一節があって、ウン今度こそと一瞬目が醒めるのですが、またすぐわけのわからない議論に迷いこんでしまいます。私が卒論を書いたときだって、もうちょっと構成に気をつけたよなあと思うほどに、支離滅裂で不親切です。

U　でしょうね。

M　でしょうね、って。

U　実は私もあなたと同じ体験をしたからですよ。私たちは『恋愛論』というタイトルから、恋愛の本質を明快に解き明かし、ついでに「いかに恋愛すべきか」をはっきりと示してくれる親切な教科書ではないかと思って読み始めますが、期待は必ず裏切られます。

M　そんな本を私に勧めたんですか。

U　編集長はなんとおっしゃったの？

M　「面白そうな挿話が星のように散りばめられているし、ハッとする短文も見られる。でもその繋がりがわからないから、星座板を見たことのない人がたとえば白鳥座をさがしているみたいだ」って言っていました。

U　さすが編集長、その通りですね。私も恋に悩む夜、焦慮と自責の念をもって、いくたびこの書を閉じたかわかりません。

M　でもセンセイ、スタンダールの『恋愛論』は古典中の古典だとおっしゃったじゃないですか。きっと今は読みにくいとみんなが感じていても、出版された当時は、世の中がアッと驚くベストセラーだったんでしょう？

U　それがこの本は一八二二年に出版されてから▼一一年のあいだに、たった一七冊しか売れなかったらしいのよ。[2]

M　なんですって？　一七冊！　もし私が担当者ならクビになっています。あ、それなら最初は売れなかったけれど、だんだん売れてやがてはベストセラーになったんでしょう？　歌でいえば「有線放送でジワジワ……」というように。

U　それが、スタンダールが死ぬ直前の一八四二年でも、百冊も売れていなかったというのよ。

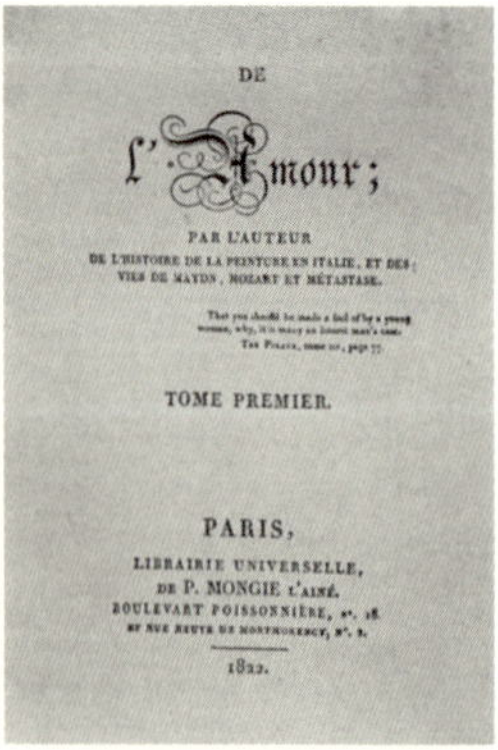
DE
L'Amour;
PAR L'AUTEUR
DE L'HISTOIRE DE LA PEINTURE EN ITALIE, ET DES VIES DE HAYDN, MOZART ET MÉTASTASE.
TOME PREMIER.
PARIS,
LIBRAIRIE UNIVERSELLE,
DE P. MONGIE L'AINÉ,
BOULEVART POISSONNIÈRE, N°. 18
ET RUE NEUVE DE MONTMORENCY, N°. 8.
1822.

「恋愛論」初版本、1822年

② 出版社の人がスタンダールにむかって、「この本は神聖なんですかね。誰も手に触れませんぜ」とうそぶいたというエピソードを、スタンダール自身が自伝の中で記している。一八三三年には、売れ残りの表紙を変えて二版として売り出したがやっぱりダメだった。

M　じゃあ、あ、あれでしょ。一般大衆にはウケなかったが、当時の知識人はこぞって絶賛したという……。
U　それがねえ。知識人の間でもさっぱり。ええと、例外はバルザックで……。
M　さすがバルザック！　絶賛したんですね。これで編集長も納得してくれます。見出しは「文豪も絶賛……」
U　当時彼が書こうとしていた『結婚の生理学』③のために、一冊借りたそうよ。
M　借りた？　買わずに？　んもう！　なぜ買わない、バルザック！　出版者の立場でいうとそれは許せないですね。
U　スタンダールも売れないのには参ったんでしょうね、翌年自分の本の書評を書いたり、ＰＲ文も書いています。「若者には恋愛の瑞々《みずみず》しい感情の予告編となり、老人には美しい過去を思い出すよすがとなります」なんてね。
M　いかにもまずいコピーですねえ。
U　もっとまずいコピーもありますよ。「この本は、お腹をすかせた旅行者を、たくさんの大皿をならべた大テーブルに招待し、これはアラビアから取り寄せた香料を使ってございい、あの子羊には胡椒やピスタチオを詰めて柔らかく煮てございい、という御託をならべて、いざフタをあけてみると、中はからっぽなのである。二版ではちゃんとご馳走を出してくれることを望む」なんて書いています。
M　ヤル気あるんですか、スタンダールって。どうしてこんなにわかりにくいんです

③　当時の結婚にまつわる風俗を分析した作品。バルザックの数少ない分析作品である。一八二九年発表。

か？

U　（そしらぬ顔で）いちじくのワイン漬けがたしかまだ残っているわ。これにシナモンと蜂蜜を足してちょっと煮ると、舌もとろけるデザートになるはずよ。

M　ビンをあけると中味はからっぽなんてことはないようにお願いしますね。

わかってもらえなくてもいい

U　私はね、ときどきスタンダールが私に〝あっかんべえ〟をしている夢をみるの。彼はこの本を「情熱についての客観的・科学的研究」と言っているけど、ひょっとして彼は、私やあなたのような恋愛あこがれ病の人に、恋愛が成功するためのマニュアル本を書くふりをして「この本一冊で恋愛をわかろうなんていうのがそもそもアホである」と伝えるために書いたのではないかと思うの。理論的なふりをしながら、わざとわかりにくい細工をこらして、私たち読者を煙にまいて喜んでいるのじゃないかって。

M　わざと迷路に読者を追い込むというわけですか。

U　「わからない人にはわかってもらわなくてもいい」と思っていたのでしょうね。一八二六年と一八三四年に書かれた序論には「読んでほしくない読者」をリストアップしているんですよ。

M　なんですって。著者が読者を選ぶというわけですか。ゴーマンですね。

U　どんな人に読んでほしくないか、というと、

①ここ一年以内に一〇万フラン儲けた人（但し富くじで儲けた場合は除く）。

②一年で現代ギリシャ語をマスターするようなガリ勉男。

③実業家や銀行家、工場長など、実際的な考え方の染みついている男。

④サロンでお高くとまっている貴婦人。

逆にどんな人だったらこの本を読んでもいいか、も書いています。

①恋のために六カ月以上不幸だった体験のある人。

②ばかなことをするヒマ人。

③ルソーの『エミール』④かモンテーニュの六巻⑤を読んで考え込んだことのある人。

M　ふーん、私は少なくとも一つあてはまりますね。

U　どっちに？

M　もちろん読んでもいいほうですよ。

U　（笑いながら）スタンダールはハッピーフュー、幸福な少数派のために本を書いたわけ。ほら、昔流行ったじゃない、「わっかるかな、わっかんないだろうなあ」って得意になっている漫談。

M　そんな昔のギャグ、知りません。

U　それとも一つ、スタンダールは恥ずかしがり屋でした。「自分の書いたものは

④『エミール、または教育について』（一七六二年）。物語形式をとった五編から成る教育論。エミールという男の子をいかに自然児として育ててゆくかを「ゆりかごから結婚まで」論じたもの。五巻は、青年になったエミールがソフィーと恋をする恋愛小説として読める。

⑤一六世紀のフランスのモラリスト、モンテーニュが書いた主著『エセー』の第六巻。

自分の恋愛と同じように私にいつも恥辱を感じさせた。そういうことについて話されるのを聞くほど辛いことはない」と書いています。そんな人が恋愛について書こうとするのだから、二重の苦痛だったわけですね。

M 「ハッピーフュー」は照れ隠しだったかもしれないのですね。

『恋愛論』は暗号で書かれたラブレター

M でも、センセイ、それだけの理由で『恋愛論』があれほどわかりにくいとは納得ゆきません。

U スゴイ、よくわかったわね。わかりにくい理由はもう一つあります。スタンダール自身の大恋愛です。

M ドラマチックじゃないですか。私の好きな設定です。一体どういうことですか？

U スタンダールは当時、メティルド・デンボウスキーというイタリアはミラノの大ブルジョワ出身の女性（七七ページ写真）に恋をしていたのです。

M どんな女性ですか？

U メティルドはミラノ社交界で一目置かれた貴婦人で、スタンダールに出会った時は二八歳。デンボウスキー男爵という軍人の妻だったの。

M 不倫ですか！

U　スタンダールの一方的な片思いだったから、不倫といえるかどうか……。彼女にアプローチして手ひどく振られたスタンダールは、自分の思いを『恋愛論』という形で彼女にアピールしようとしました。でもあからさまにわかるような形で書くと、狭い社交界、彼女に迷惑がかかるでしょ。それで、わざとわかりにくく書いて、メティルドだけにわかるような本にしたというわけ。

M　つまり、一人の女性にあてて書いた、暗号のようなラブレターだと。スタンダールはきっとハラハラドキドキしながら書いたのですね。それでセンセイ、メティルドはこの本を読んでくれたんですか？

U　今のところ、メティルドがこの本を読んだという確証はないのよ。

M　ええっ、暗号まで使って苦労して書いたラブレターをお目当ての人は読んでいない？　完璧な骨折り損！

U　そうね。（しみじみと）でも恋愛にはそういう、本人には悲劇だけれど、他人にとっては喜劇という面があるものなの。

報われない恋こそ最高の恋

M　ふうん。なんか辛い本ですね。で、この『恋愛論』でスタンダールは、いったいメティルドに何を言いたかったのでしょう？

U　たとえば、たか子さんは恋愛の理想の形ってどんなことだと思う？
M　そうですねえ。（しばし考えて）あ、最近見た映画のキャッチフレーズにこんなのがありましたよ。「愛する人から愛されること、それが恋の理想」って。私も同じ意見ですね。好きと思った人が私のことを好きになってくれる、そうしたらどんなにいいことか……。
U　そうよね。でもスタンダールはこう言ったのよ。「愛されるより愛するほうが幸福である」「恋愛の最大の幸福は片思いだ」って。
M　マジですか！　何で～？
U　自分は好きなのに相手は好きになってくれない。そこに恋のほんとうの喜びがある、って。
M　スタンダールがマゾだったなんて、もっと前に言ってほしかったです。
U　「メティルドさま、あなたが私を愛さなくても、私はあなたを愛します、それこそが恋の喜びです……」って。あれ、たか子さん、いきなりケータイを取り出してどうしたの？
M　編集長に電話して、「一九世紀フランスに学ぶ恋愛マニュアル」の企画を取り下げようと思って。
U　どうして。せっかくの企画なのに。
M　「自分が好きな人から好かれないことが恋の喜び」なんてテーマ、読者にはウケ

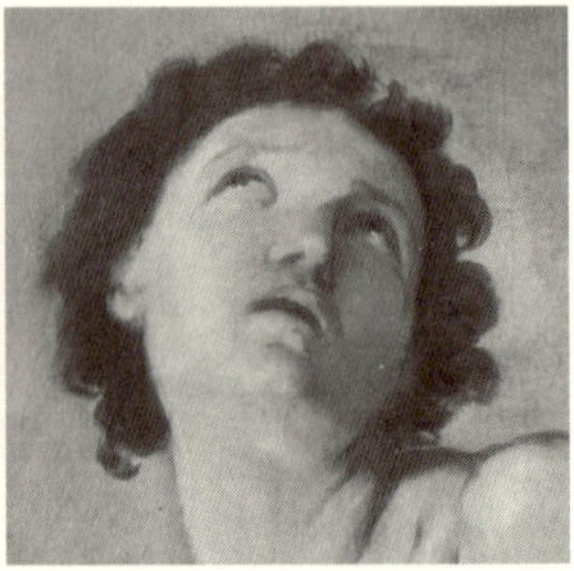

崇高なものへのあこがれ
右：レニ『聖セバスチャン』
左：ラファエルロ『聖女セシル』

ませんもん。失恋こそが幸せってことになるじゃないですか。

U　まあ。落ち着いて。恋愛しているあなたなら、スタンダールの気持ちがわかるってことない？

M　（胸に手をあてて）そうですねえ。このじわじわ胸に染みる苦しい思いを、どうかするといとおしく甘美にさえ思うことがあります。でも甘いだけでなくて、苦くてつらい時の方が多いです。

U　でしょう？　この前ご馳走したタンポポの苦味こそ恋の本物の味だとスタンダールは言ったわけ。

M　はあ？　釈然としないなあ。

U　恋で一番大切なことは恋を失うこと。そして思いっきり馬鹿をすること。

M　馬鹿はいつもしています。この企画を出したことだって……。

U　スタンダールのログセは「崇高」でした。なにか手の届かない気高いものを追いかけて、無分別になること、それが恋の本質だよと言いたかったのです。⑥ 編集長はそのへんに興味をもってくれたのでしょう？

M　彼は決して人を賞めない人なんですが、私は目のつけどころがいいと言ってくれました。（頬を赤らめる）

U　ほらね、わかっているのよ。わかっていないのはあなただけ。

M　編集長の期待にこたえられないんじゃないかと、夜も眠れないんです……。（独

⑥　スタンダールはこれを「エスパニョリズム（スペイン魂）」とも呼んでいる。祖父の姉エリザベトが見本を示したもので、魂の高貴さ、名誉心、寛大さ、正義を重んじる、いっさいの卑俗なものを嫌うあまり、滑稽で馬鹿げた行為も辞さない態度。

り言を言いながら帰ってゆく）この恋愛企画は切り口を変えて紹介しないとナ。「ハッピーフューのための恋愛」「恋愛エリートのための失恋講座」……。やっぱりダメか。まいったなあ。

U　おやおや、「もの思い」にふけって、挨拶も忘れて帰ってしまいましたね。恋する乙女の後ろ姿に、八重桜の花びらが重たく散り初《そ》める……。いい眺めですねえ。

第二話　スタンダールってどんな人？
――「生きた、書いた、愛した」

スタンダールが生まれたグルノーブル市の中心にあるグルネット広場。彼の生家はこの近くにあった。

——五月晴れのある日、U邸に町田たか子来訪。すでに来ていたUの甥、米谷杏《こめたにあ》里夫《りお》と会う。

M センセイ、こんにちは。お久しぶりです。

U まあ、よく来てくださったわね。今、田舎から送ってきたえんどうで、リゾット①を作ったところなのよ。私の甥も偶然飛び込んできたので、ご一緒にいかが。確か初対面だったわね。私の妹の息子で、米谷杏里夫。みんなアンリと呼んでいるの。今、大学院修士コースの二回裏。つまり四年目ね。卒業できないのは勉強しすぎのせいと本人は言ってるけど、ほんとは作家志望らしいの。

M はじめまして。X誌で編集の仕事をしている町田たか子です。

米谷杏里夫《こめたにありお》（仇名はアンリ（Henri）、以下H） は、はじめまして。（赤い顔をしてうつむく）

U まあ、アンリ、えんどう豆を前に鳩が豆鉄砲をくらったような顔して、どうしたの？ 彼は五人以上の座では雄弁で辛らつな冗談を連発するのに、女性と一対一になると、口ごもって何も言えなくなってしまうのよ。カワイイでしょ。

M ええ。（無関心の様子）ところで先生、「一九世紀フランス風恋愛マニュアル」の

① たっぷりの剝き実のえんどうを、玉ねぎとにんにくと一緒にいため、米を加えて白ワインとブイヨンで煮るイタリア料理。Uはスタンダールも大好きだったと信じている。

企画ですが、編集長が「まず、スタンダールとは何モノかを説明しないと読者に不親切だ」といって保留になっているんです。で、今日はそこのところを先生に伺おうと。

U　そうね。今やフランスでも若い人は、スタンダール？　ああ、教科書で読んだかも、という調子ですからね。説明が必要でしょう。（サラダをアンリの前に置く）……ところで、スタンダールと聞いて思い浮かぶのは何？　アンリ。

H　（急いでクレソンを呑み込みながら）え？　ボ、ボクですか？　えーと、あ、あれだ、彼の墓碑銘「書いた、愛した、生きた」です。あれ？「生きた、書いた、愛した」だったかな。②

U　どっちも正解よ、アンリ。彼の遺書には一貫して「生きた、書いた、愛した」となっていますが、墓碑銘▼では「書いた、愛した、生きた」という順番になっています。スペースの関係でそうせざるをえなかったらしいの。でも、どちらにしても恋に生き、政治の激動期を誠実に生きた彼にふさわしい墓碑銘といえるわね。たか子さんはスタンダールについて知っていることって何？

M　『赤と黒』それから『パルムの僧院』を書いた大小説家ってことです。

U　でもスタンダール自身は、死ぬまで自分は小説家だという意識はなかったと思います。小説は思いがけない「副産物」でしかなかったのよ。

M　小説家でなければ何者なのですか。

U　ある時は軍人、ある時は官僚、またある時は高等遊民、ディレッタント。そして

② スタンダールが一八二二年に考えたと思われる墓碑銘の原型。
ここに眠るは、
Qui giace
ミラノの人、エンリコ・ベーレ
Enrico Beyle Milanese
一八一二年にモスクワに在り
fu a Mosca nell 1812
生きた、書いた、愛した
visse, scrisse, amò
チマローザ、モーツァルト、シェークスピアを敬愛せり
venerò, Cimarosa, Mozart et Shakespeare

モンマルトル墓地の墓碑銘
「アルリゴ・ベーレ
ミラノの人
書いた、愛した、生きた
享年五九年二箇月
一八四二年三月二三日没」

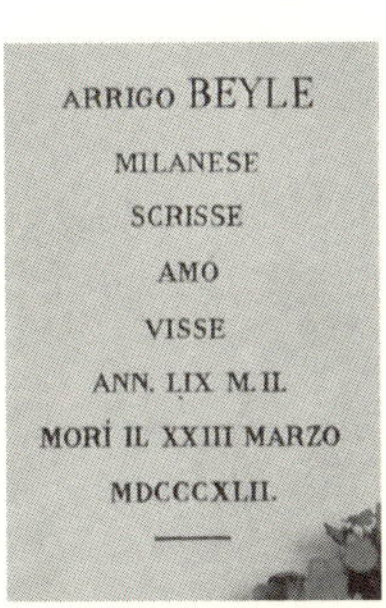
ARRIGO BEYLE
MILANESE
SCRISSE
AMO
VISSE
ANN. LIX M. II.
MORÌ IL XXIII MARZO
MDCCCXLII.

その正体は、「人生の夢追い人」かな。
M　夢追い人？　ですか。
U　今でも小説家のスタンダールよりも、その生き方を支持するファンが大勢いるの。その人たちを彼の本名、アンリ・ベール▼から「ベーリスト」なんて呼んだりするのよ。
M　興味が湧いてきました。どんな生涯を送ったのかセンセイ、ぜひ手短に教えてください。

恋した女性は一二人、成功率は五割

U　そうそう、彼の生涯を貫く大黒柱は、もちろん恋愛でした。今日は彼が愛した女性を紹介しながら、彼の人生をたどってみるっていうのはどう？
M　あ、おもしろそう。
H　恋愛はオバさんの得意分野ですものね。
U　アンリ、大人をからかうもんじゃありませんよ。黙ってリゾットを食べてなさい。
H　いただいてます。
U　あら失礼。さて、彼は『アンリ・ブリュラールの生涯』っていう自伝を書いているのだけど、そこには五二歳になった時に自分の人生を総括して、今までに恋した一二人の女性の名前を砂に書きつけるというシーンがあるのよ。これがそのリスト▼。

幼い頃のスタンダールの署名「アンリ・ベール」

一七八八年六月七日、「屋根瓦の日」に立ち上がる女性。「すべてはここから始まった」（巻末の年表参照）

①ヴィルジニー・キュブリー（V.）――初恋の相手。オペラ女優。
②アンジェラ・ピエトラグリュア（An.）――同僚の愛人。
③アデール・ルビュッフェル（Ad.）――名家・ダリュ一族の娘。
④メラニー・ギルベール（M.）――女優。
⑤ミーナ・フォン・グリースハイム（Mi.）――ドイツ貴族の娘。
⑥アレクサンドリーヌ・プチ（Al.）――恩人の妻。六人の子持ち。
⑦アンジェリーヌ・ベレーテル（Ame. 私は彼女を一度も愛さなかった）――オペラ歌手。
⑧アンジェラ・ピエトラグリュア（Aps）――同僚の愛人。②と同じ人物。
⑨メティルド・デンボウスキー（Mde）――イタリアの貴婦人。
⑩クレマンチーヌ・キュリアル（C.）――政府高官の娘にして軍人の妻。
⑪ジウリア・リニエリ＝デ＝ロッキ（G.）――イタリア貴族の娘。
⑫アジュール夫人（Aur. この人の洗礼名は忘れた）――画家・ドラクロワの恋人。

M　恋した人が一ダース。そんなにいたんですか。

U　そう、本当はもっといたのよ。どんな形であれ、スタンダールが接触した女性の数を数えたもの好きな研究者がいましてね、その人はおおよそ一〇〇人と計算しています。でも主要な恋の相手はのべ一二人ってことね。でも、この中でスタンダールが愛されたのは六人。打率にして五割。これ、本人が言ってるんだから間違いないわ。

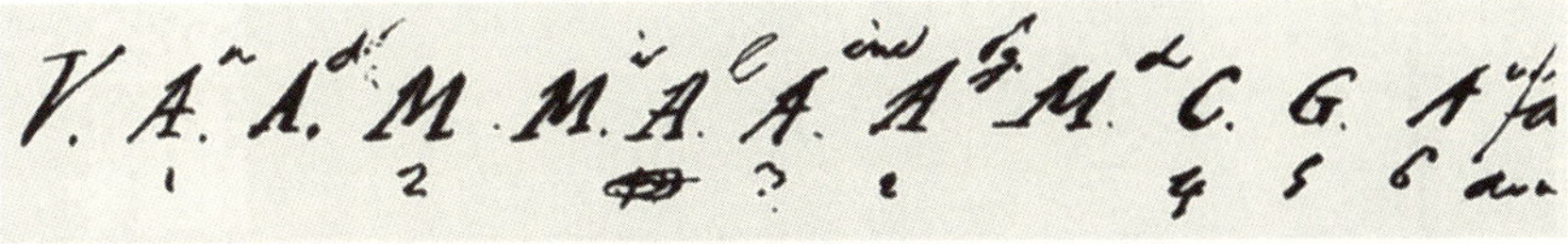
スタンダールの人生を要約する12人の女性のイニシャル

H　正直な人ですね。

U　そこが彼の美点よ。でもね、このリストの中には最も大事な初恋の女性の名があげられていません。

M　えっ。そんな幻の恋人がいたんですか？　どんな人ですか？

U　アンリエット・ベール、スタンダールの母親です。

母への思慕からすべてが始まった

U　スタンダールは一七八三年、ということはフランス革命▼の六年前ですね、フランスのグルノーブルに生まれました。③ グルノーブルはイタリアとスイスの国境近く、アルプスに囲まれたとてもきれいな町なの（二三ページ写真）。でも、スタンダールは故郷を憎悪していて、「グルノーブルのことを思い出すと、牡蠣《かき》を食べて下痢した人が、牡蠣の匂いをかいで感じるような気持」になると書いているの。④

M　そこまで言いますか？

U　憎悪の感情は、父シュリヴァン・ベール▼に対する思いが反映しているようなの。彼は高等法院弁護士で、同時に農業を営み、グルノーブルの助役になって街路整備に手を出しますが、結局借金を残して亡くなりました。こんなに苦労したのに、息子からは「極端に愛すべきところの少ない男で、地所の売買のことしか頭になく、極度に

③　生家は貴族ではないものの、それに準ずるブルジョワ階級だった。家族の多くが王党派だったのに、スタンダールだけフランス革命を熱烈に支持した。国王ルイ一六世とマリー・アントワネットが処刑されたとき、これは「国民正義の偉大な発動」だと感じて、激しい喜びを感じたという。

④　グルノーブルにはスタンダール博物館があり、さらに彼の祖父が住んでいた家が残されていて、見学することができる。しかし、彼の文名のわりにこの博物館がみすぼらしいのは、グルノーブル人たちに戸惑いの感情があるのかもしれない。

父シュリヴァン・ベール

ずるくて農民との交渉に長けており、超ドフィネ人だった。⑤ そのうえ皺だらけで醜かった」なんて言われてます。⑥

M かわいくない息子ですね。

H 仲のよい父と息子なんて、気持ち悪いですよ。

M 誰のおかげで大きくなったと思っているのかしら。絵に描いたようなマザコンですね。

H それは違いますよ。幼いときに亡くなった母の幻影を、息子が生涯かけて追うのは当然ではないですか。

M （鼻白んで）それこそキモチ悪いわ。

U リゾットのおかわりはどう？

H・M いただきます。

U あら、気が合うじゃないの。さっきのつづきですけどね、スタンダールは母アンリエットに対しては手放しで賞賛しているの。「彼女はよく肥え、まったくみずみずしく、とてもきれいだった」と。⑦「私は母を接吻でおおうことを、また着物をつけていないことを望んだ。彼女は私を熱愛し、よく私に接吻したが、私があまりにはげしく母に接吻を返すので、母は逃げてゆかねばならないことがよくあった」とあり

上：ポーリーヌ
下：ゼナイード

⑤ グルノーブルが所属するドフィネという地域の人々の気質は、人見知りするくせにケチでずるがしこいということになっている。

⑥ しかし妻の死を悲しんで彼女の部屋に誰も入れず、悲しみのあまり宗門に入ることまで考えたが、息子に弁護士の地位を譲ることを考えて思いとどまったとある。

⑦ 母アンリエットの肖像画は発見されていない。スタンダールの二人の妹、ポーリーヌとゼナイードの肖像画は残っているので、ここから推察するよりない。▼

⑧ 父に対する嫉妬と憎悪は、この近親相姦的愛に端を発すると考えてよい。「父が私たちの接吻の邪魔をしにくるようなとき、私は彼を憎悪した」ともある。

ます。⑧

H （たか子の方を見ながら） わかります、 わかります。

U その最愛の母は、スタンダールが七歳のとき、六回目のお産の手当てが悪くて、亡くなってしまうの。人々が母の棺の上に土を投げはじめると、「お母さんが痛がるからやめて」と泣いたのをよく憶えているそうよ。「このときから私のものを考える生活が始まった」と。

M それは確かにかわいそうです。

U その後は主婦がわりになった伯母のセラフィーとも、父親がつけてくれた家庭教師ともウマが合わず、ひとりこっそり本を読むことだけが楽しみの少年になったの。⑨

H ボクと同じだね。

M 私とは正反対ね。

U 一三歳頃から、彼をひしげていた重石がだんだん取れてきたの。大革命の理想を忠実に反映してグルノーブルに建てられたばかりの中央学校▼に入れられたことが大きいわね。⑩ そこで彼は「変わった気取り屋」という扱いを受けるんだけど、それでもそこでの新しい教育のおかげで、ようやく世界に目が開かれた思いがしたの。この学校は、当時は新鮮な学問だった理科や数学などの自然科学に重点を置く新しい教育法を施していたのよ。▼学校はよかったんだけれど、級友は皆下品で馬鹿でつまらないなんて、なまいきにアンリ・ベールは決めつけますけどね。

⑨ 父にむかって「オレに一日五スーくれ。あんたから離れて好きに暮すから」といって、ひどくのしられたという。

⑩ 祖父のガニョンも設立委員の一人だったので、一回生であるスタンダールは、開校を祝す祖父の演説を聞いた。

スタンダールが通った中央学校（今はリセになっている）

一四歳、やけどのように熱い初恋

M　恋愛のほうはどうなったんですか?

U　よく聞いてくれました。一四歳の頃、初恋を経験します。

M　相手は誰だったんですか?

U　ヴィルジニー・キュブリーという一九歳のオペラの女優兼歌手。恋人リストの①にあげられている女性よ。恋人といっても、手も握ったこともなければ話をしたこともないので、恋人と呼ぶのはどうかという研究者も多いの。芝居小屋の平土間で、ドサ回りの花形女優を見上げているうちに、突然恋に陥ったそうよ。名前を聞いただけでも血の中に嵐のようなものが起こって、倒れそうになったんですって。キュブリー嬢が投宿しているホテルのあたりを、勇気をふり絞って歩くんだけれど、近づくと息苦しくて歩けなくなるの。

H　う〜ん、わかる気がします。

M　安易に「わかる」なんて言わないで。同性に甘い男の悪いクセよね。

H　どうしてですか。

M　ストーカーまがいですもの。

U　(困ったように)ある朝、家の近くの公園で大事件が起こるの。[11] マロニエの並木通

板書するアンリ自身を見守る数学のD先生をスケッチする

▼りを、いつものように彼女のことを考えながら歩いていると、なんと、向こうからその当人が歩いてくるのが見えたのです！　失神しそうになる。そして、まるで悪魔にさらわれるように逃げ出す。息が鎮まってはじめて考えたことは、「ああ、見られなくてよかった！」

M　えーっ。それだけですか。キュブリー嬢にしたら、知らない男の子がはるかむこうで踵をかえして走り去っただけのことでしょうに。

U　そう、その通りです。思う人のすぐそばにいる幸福は、あまりに強烈でやけどするほどなので、本能的に逃げ出してしまったのでしょうね。▼この事件はスタンダールの恋愛の原型ですね。

H　原型？

U　恋がヤケドのように痛い経験で、何も考えられない魂の硬直状態に陥ることよ。でもね、この硬直スポットが思いのほか豊饒で、新鮮なイメージが次から次へ切れ目なしに湧いてくるの。小説を書くエネルギーもこんなところから生まれたのかもね。

M　で、この恋、どうなったんですか？

⑪　筆者は、この公園に立ってみたことがある。公園は生家のすぐ近くにある祖父の家のテラスに面していて、現在は「スタンダールの家」として公開されている。二百年前にすでに老樹だったマロニエの並木は、さわやかな葉音を立てて今も市民のいこいの場になっている。ちなみに『アンリ・ブリュラールの生涯』には、どこからキュブリー嬢がやってきて、どの方向に少年が逃げたかを丁寧に地図に書き込んである。◀

キュブリー嬢に出くわして逃げ出したマロニエ並木の公園の現在。上は18世紀末のスケッチ。

「劇作家になって女にモテたい」とパリへ

U　どうもなりません。キュブリー嬢がリヨンの公演に行ってしまって、あっけなく終わります。スタンダールは学校で猛勉強して、数学で一等賞を取り、パリの理工科学校に入学を許可され、パリに向かうの。目標は「モリエールのような大劇作家になって女にもてまくること」、今でいえば「ミュージシャンになってもてたい」ね。

H　結構わかりやすい人ですね。

U　パリに着いたのは一七九九年一一月一〇日。その前日にクーデター⑫が起こってパリは騒然としていました。スタンダールは「パリってこれだけか」とがっかりして、学校には一度も行かず、ルーブル美術館近くの安宿に引きこもって、劇作家になるために、自己流の猛勉強をはじめますが、慣れないパリでの貧乏生活ですぐに肋膜炎にかかり、瀕死の状態になります。

H　自分で選んだ道とはいえ、厳しいですね。

M　働いていない人だからそんなお気楽な感想が言えるのよ。

H　（むっとして）働くなんて最低の選択ですよ。

U　二人とも私の話を聞きなさい。スタンダールは運が強いの。こんな変わり者の少年を拾う神がいました。お祖父さんの母方の実家で、サンジェルマンの貴族街に住む

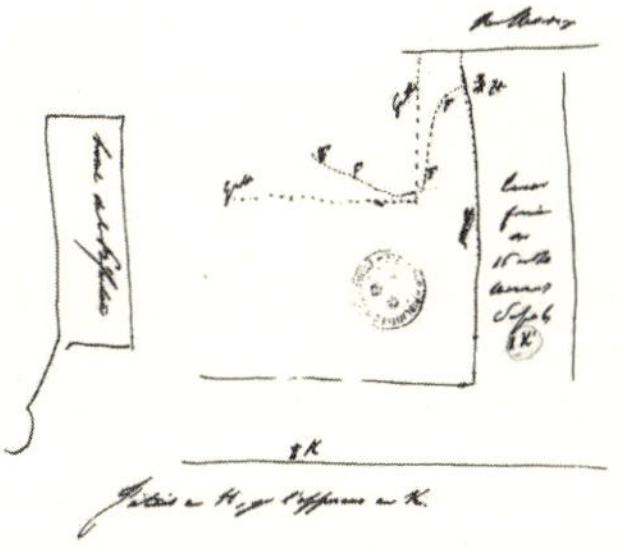

スタンダールが逃げ出した公園の略図

⑫　ナポレオンがそれまでの総裁政府を武力で倒し、第一統領になった事件。これをもって大革命の幕が閉じられたとされる。

名家、ダリュ家の長男ピエール▼よ。当時三三歳ですでに文名高く、しかも陸軍省のエリート官僚でした。

M　そんな石原慎太郎みたいな人にコネがあるなんて羨ましい。それでナポレオンについてイタリアまで行けたのですね。

U　そうなの。第二次イタリア遠征に経理監査官として随行するダリュについて、一七歳の子どもがですよ、初めて剣を腰に吊り、初めて馬に乗って、スイスからマッターホルンとモンブランの間の稜線を通ってアルプス越えをしたというのですよ。

H　カッコいいじゃないですか。

U　でも、その時、本を鞍に三〇冊もくくりつけていたというところが、なんていうかまだヒヨッコよね。

M　現実がわかってないんですね。

H　現実がわかっているからこそ、ムチャができるんじゃないですか。

イタリアとカツレツと恋愛と

U　さて、いよいよミラノ▼に進入すると、スタンダールは悶絶に近い感動を受けます。「なんという春、世界にこんな所があったのか！」この思いが墓碑銘に「ミラノの人、アルリゴ・ベーレ」と書かせるもとになったのよ（二五ページ写真）。

ピエール・ダリュ

ミラノ市街（一九世紀画）

この頃のイタリアって、ヨーロッパ中の憧れの地だったのね。一八世紀から一九世紀にかけては、ヨーロッパの知識人たるもの、死ぬまでに一度はイタリアに行きたいと思っていたの。ゲーテ、アンデルセン、ニーチェなどがイタリアかぶれで有名よ。特にゲーテの詩「君よ知るや南の国」には六〇〇人の作曲家が曲を作り、中でも歌劇『ミニョン』のアリアは今でも有名です。

♪君よ知るや
南の国
樹々は実り
花は咲けるゥ（小塩節訳）

M　センセイのお歌のほうは、料理のようにはゆかないようですね。

H　きみって口が悪いなあ。女の子は可愛くないと。

M　本気でそんなこと言ってないことぐらい、センセイはお見通しだわよ。

U　「北は空が暗くて遅れている。南に行けば青空が広がって人々は幸福で高貴である」という発想が、幼いスタンダールの心にも染み付いていたのよ。子どものころ、オレンジの木の箱植えをうっとりと眺めているところに「こんな木がじかに植えられている国がある」と説明されて、憧れの心を抱いたと回想しています。やがてこの憧れは、自分の祖先はイタリアで人殺しをしてアヴィニョンに逃げてきた人だと思い込むまでになるのよ。

M 思い込みの激しいタイプだったんですね。

H （リゾットを食べながら）思い込みこそ創造力の源です。

U ミラノに入るとすぐ、アッダ邸という、当時完成したての貴族の館に案内されるの。⑬スタンダールはこの館の庭に入るなり、その壮麗さに驚いて馬を降りたのですって。「私は彼と二階にあがり、すぐ通りに面した豪華なサロンに入った。私は恍惚とした。建築がその効果をあたえたのは、これが最初である。やがてみごとなカツレツ⑭が運ばれたが、幾年かの間、この料理は私にミラノを思い出させた」ってね。

M ミラノ＝カツレツ、これが幸福の方程式ってわけですね。私にとっては何かしら。

H ぼくにとっては苦いエスプレッソ＝創造の苦しみですね。

U うふふ。アンリ、君にとっては豆のリゾットが新しいそれになるような気がしますね。

H （赤くなって）なっ、なんのことですか。

イタリア、フランス、ドイツ、あちこちで恋愛三昧

M （二人のやりとりを無視して）②のアンジェラ・ピエトラグリュアさん▼に出会った

⑬ この屋敷は今のミラノのメインストリートにある。

⑭ コットレッタ・ア・ラ・ミラネーゼ。皿からはみ出すくらいの大きさになるまで子牛の肉を叩き伸ばし、パルメザンチーズとパセリのミジン切りを混ぜたパン粉をつけてバターで焼く。

のは？

U　まさにこの頃よ。ミラノの下級官吏の妻で当時二三歳。スタンダールの同僚ルイ・ジュアンヴィルの愛人でした。

M　えっ、結婚していても、おおっぴらに恋人を持っていたのですか。

H　そんなの、あたり前だよ。魅力的な女性は特にね。

U　夫はすべてを見て見ぬふりをしている人だったのよ。スタンダールは、男性たちに取り巻かれているこの肉感的な女性に一目惚れしますが、なにしろ同僚の愛人、遠くで憧れているだけだったの。

上官のピエール・ダリュは、スタンダールを案じて陸軍主計官にしてやろうと、北イタリアのいろいろな町に駐屯させるのよ。でもミラノを見てしまったスタンダールには気に入らず、勝手に持ち場を変わって戯曲の翻訳に夢中になったりするの。あげくは病気になって、故郷グルノーブルに帰ってしまう。そしてそこから辞表を送る。

M　なんてヤツ。恩人の手を嚙んだうえに、砂をかけて出ていった犬のようなものですね。

U　やがてパリに出て再び劇作家の勉強をしているあいだに、ダリュ一族の一四歳のコケット娘、③のアデール・ルビュッフェルに恋をします。

M　初めて年下の女性ですね。

U　ところがアデールに恋するいっぽうでその母親と情交を重ねるのよ。

アンジェラ・ピエトラグリュア

H　なかなかやりますね。

M　モラルのない男はきらいです。

U　スタンダールは演技の勉強をするためにアカデミー・フランセーズに通っていたのですが、同じ授業をうけたのが④のメラニー・ギルベールという二五歳の駆け出し女優。彼女がマルセイユの劇団で、女優としてデビューするチャンスを得たのをきっかけに、二人で手に手をとって、マルセイユまで行きます。作家になるためには定期収入が必要というので、スタンダールは食料品店の番頭さんになるのですが、翌年には嫌気がさしてパリにもどってしまうの。⑮

H　いよいよ「恋愛三昧」って感じになってきましたね。ボクも、一度でいいから恋愛三昧がしてみたい。

M　恋愛三昧もいいけど、だからって仕事しないでいいというわけはないわ。恋と仕事を両立させなくちゃ。

H　ワーカホリックの女性とは話がかみあわないなぁ。

U　（二人にコーヒーをすすめる）それでね、スタンダールは次にドイツに赴きます。⑯そこで土地の貴族の娘、⑤のウィルヘルミーネ・フォン・グリースハイム嬢（一五〇ページ写真）に恋をします。彼はミーナと愛称で呼んでいます。ほっそりとした、初々しい理知的な二一歳だったそうですよ。

M　忙しい人ですね。

⑮　マルセイユでのデビューで成功を勝ち取れなかったメラニーは、パリで再デビューを計るが、評判は芳しくなかった。のちにロシア公演に出かけ、そこでバルコフ将軍と知り合い結婚した。スタンダールがロシア戦役に従軍したとき、モスクワの焼け野原の中で彼女を捜しまわったが、再会できなかった。しかし翌年パリに無事もどったメラニーに、スタンダールは再会した。

⑯　ナポレオンはトラファルガーの海戦でイギリスに負けたものの、オーステルリッツの戦いではロシア―オーストリア連合軍に大勝。スタンダールはピエール・ダリュに詫びをいれ、さっそくプロシャ・ロシア戦役に参加。身分は陸軍主計官補、ドイツのブラウンシュヴァイクに赴任し、オッカー県代官となり、ドイツ人には「殿下」と呼ばれる。

U　そうなの。やがて一八〇九年、ナポレオンのオーストリア戦役に加わってウィーン滞在。ここで伯爵となったピエール・ダリュを任地に訪ねてきたダリュ夫人をエスコートして恋に陥るの。彼女の名前はアレクサンドリーヌといって、すでに六人の子どもの母親で、まつげの濃い豊満な貴婦人だったそうよ。▼リストでは六番目にあげられているわ。

M　恩人の妻じゃないですか⑰。

H　恋に恩も義理もないですからね。

U　まあまあ、二人とも……。どっちみちスタンダールは失恋ばかりしているんだから。ラクロの小説『危険な関係⑱』のヴァルモンを気取って、友人と作戦計画書を作り、準備万端整えて、ある日ついにアレクサンドリーヌに愛を告白したのですが、「もうおばあさんだから」とあっさり断られました⑲。

M　（Hを見ながら）お疲れさま～。センセイ、コーヒーのおかわりをしてもいいですか。私、シーキューブでパンナコッタを買ってきましたので。

H　ボクが入れます。

M　役に立つこともあるのね。

U　さてと、どこまで話したかしら。そうそう、その頃は参事院書記官、帝室財務管理官として、のちのルーブル美術館の目録作成をするなどトントン拍子に出世して、生涯で一番羽振りがよかった頃だったわね。（コーヒーをすする）この頃、オペラ歌手

アレクサンドリーヌ・ダリュ

⑰　『アンリ・ブリュラールの生涯』を書いたとき、夫妻はどちらも亡くなっていたが、それでも世間をはばかる恋なのでアレクサンドリーヌ・プチと偽名を使った。

⑱　恋愛心理を描く、一八世紀を代表する書簡形式の小説。作者のラクロは一七六〇年から七五年までグルノーブルに勤務していたことがあり、グルノーブルの社交界をモデルにこの小説を書いたと言われている。才気に満ちた女たらしである主人公ヴァルモンは、スタンダールの理想のモデルの一人となった。

⑲　一八一五年にアレクサンドリーヌの訃報を聞いたスタンダールは、当時執筆中だった『イタリア絵画史』を彼女に捧げた。

の⑦アンジェリーヌ・ベレーテルと同棲したりしていますが、「私は彼女を一度も愛さなかった」と砂の上にメモったように、これはモノにした華やかな女性を皆にみせびらかしたかっただけのようね。

M センセイ、ちょっと待ってください。今まで聞いた感じでは、この頃のスタンダールの恋愛って、一四歳の時オペラ歌手嬢に対して抱いたプラトニックでストイックな恋心とは違いますよね。スタンダールって変身したんですか？　どっちが本当の彼なんですか？

ドンファン的恋愛も、ウェルテル的恋愛も

U まあ、たか子さん、いい質問だわ。手練手管を使って女性を追いかける彼も、女性の前で口をきけなくなる彼も、どっちも本当の姿よ。彼の中には「ドンファン的恋愛」と「ウェルテル的恋愛」がミックスされているのよ。

M ドンファンとウェルテルを混ぜあわせるんですって？

U ドンファンっていうのは、借金は踏み倒す、女は誘惑する、殺人はするという悪事を働いたのち、身を滅ぼしたというスペインの伝説上の人物なのね。一六六五年にモリエールがこの伝説をもとに、

モリエール『ドン・ジュアン』から。
二人の娘を同時に誘惑するシーン

喜劇『ドン・ジュアン』を上演してから、▼ドンファンは女性を次々と誘惑して瞬間の情熱に身をゆだねながら、人間の救済とは何かを追求する、クールで勇敢なヒーローという色合いを帯びることになったの。一七八一年にはモーツァルトのオペラ『ドン・ジョバンニ』が上演され、▼スタンダールの時代にはドンファンは一番人気のあるキャラクターになったのよ。

M　いつの世も、女たらしがヒーローになるんですね。

U　やっぱり気に触った？　でもドンファンはただの女好きではなくて、道を求める人だったのよ。世間の道徳に従わず、悪をおそれず、神に反抗して、どこまで自分の欲望に忠実に生きてゆけるか、ぎりぎりのところまで試してみようという勇気ある冒険家だったのよ。

M　放蕩に理屈をつけるのは卑怯な気がしますけど。

U　一見そう見えるかもしれないけれど、そこには「人間はどこまで放蕩の責任を取れるか」という哲学的問いを実践する人という見方もできるのよ。

H　ウェルテルのほうはどうなんです？

U　一七七四年に書かれたゲーテの恋愛小説『若きウェルテルの悩み』の主人公の名前です。ウェルテルは婚約者のいる女性を恋する気持ちを抑えることができず、絶望のあまりピストル自殺するまでの物語▼なのよ。①不可能な恋に憧れ、②自然の美しさ

モーツァルト『ドン・ジョバンニ』で村娘を誘惑するシーン

ピストルを手にするウェルテル

を賞賛し、③因襲的な旧社会に反抗する、という三拍子を備えたウェルテル像は、ロマン主義的キャラクターとしてヨーロッパ中の共感を得たのよ。ウェルテルの真似をして、青い服と黄色いチョッキを着けて自殺する若者が続出したというくらいにね。

M 正反対だけれど、同時代の人物像なんですね。私は断固ウェルテル派だわ。

H （エスプレッソを入れたドミカップをたか子に渡しながら）スタンダールは言ってるよ。幸福感に酔えるという点ではウェルテルの恋がポイントが高いが、勇気、エスプリ、生気、冷静さなどを獲得できるという意味ではドンファンの方がいいってね。

M ああ、いい香り。恋に香りがあるとしたら、きっとこの香りね。

U スタンダールの恋愛を見るとね、ドンファン的要素とウェルテル的要素は比率は違うものの、必ず混じりあっているのよ。つまり彼はTPOに合せてどっちも嗜《たしな》んだわけ。

M 多重人格者なんですね。

H 多かれ少なかれ皆そうなんじゃないですか。

ナポレオンと共に没落、イタリアへ

U コーヒータイムはおしまい。一八一二年にナポレオン▼はロシア遠征に出かけます。スタンダールは皇后マリー・ルイーズが書いたナポレオンへの手紙を皇后の手ずから

ナポレオン

渡され、モスクワ遠征軍に合流すべく出発します。やがてナポレオンに追いついて、彼とともにモスクワに入ります。そこで彼が見たものは、火の海の中に漂う首都だったのよ。▼

H 彼は歴史上の大事件を体験したわけですね。⑳ すごいなあ。

U 命からがら橇《そり》でモスクワを脱出し、三〇〇〇キロの大敗走を体験してパリに戻るの。その後はドイツやグルノーブルで軍務につくうちに、熱病にかかり、休暇をもらって、またもやミラノに行ってアンジェラと情交を重ねます。そうこうしているうちに、ナポレオン軍はヨーロッパ連合軍に次々と敗戦して、パリも陥落。ついにナポレオンは一八一四年四月、皇帝を退位してエルバ島に住むことになります。

M スタンダールもエルバ島に？　かわいそう。

U まさか。スタンダールはそういう類のロマンチストではないのよ。ブルボン朝の復活を承諾するサインをし、就職運動をしたの。でもうまくゆきません。万策尽き果て、ついに七月ミラノに移住する決心をします。そのときの心境をスタンダールは、「一八一四年四月、私はナポレオンと共に没落した」と書いているわ。

M 嘘つき！　ナポレオンに殉ずる気持ちなんてなかったくせに。㉑

H それまでかなりの出世をしていた三一歳の男が、何もかも失ったんだから、奈落の底に落ちた気がしただろうな。

U 懐にはたった四二〇〇フラン、手には『イタリア絵画史』を携えて、やっと自分

モスクワ炎上

⑳ ナポレオンは六一万人の陸軍を率いて出かけたが、モスクワ炎上後の敗走の中で壊滅し、国に帰りついた者は一一万人だった。スタンダールはそのうちの一人だったわけである。

㉑ スタンダールは自分流にナポレオンを敬愛した。ナポレオンとは彼にとって、なによりフランス革命を守る英雄だった。フランス革命を外圧で潰そうとする古い専制主義の外国連合軍を蹴ちらすナポレオンは、文字どおりスタンダールの生きる意味だった。ところ

が本当にやりたかったことができると思ったかもしれないわよ。頼る収入は出るかどうかわからない主計官補休職手当てだけ。もう文筆で食べてゆくしかありませんからね。

H ボクはこのときのスタンダールは好きだな。こんなふうに潔《いさぎ》よく散るなんて、男っぽくていいじゃないですか。

M スタンダールの目的は別なところにあったんじゃないかしら？

U 当たらずといえども遠からずね。スタンダールが最初にしたことは、以前の恋人のアンジェラに会いにゆくことだったの。

M やっぱり。それでアンジェラの名前が②と⑧に二度あげられているんですね。

U ところがそれまでちやほやしてくれたのに、今度は打って変わって冷たい態度。なにしろ今までと違って、スタンダールはもうナポレオンの威光で輝いているお役人ではなく、ミラノに巣喰う不良外国人ですからね。アンジェラは「夫の嫉妬を避けるために旅行しろ」といって、スタンダールをイタリアのあちこちに旅行させます。そのおかげで旅行記が書けたぐらい。ついに金の切れ目が縁の切れ目、アンジェラとの関係が決定的にダメになったのは一八一五年です。[22]

H 女って計算高いところがあるからね。しかし、それで旅行記が書けたということは不幸中の幸いだったかもしれないなあ。でも悔しかったでしょうね。

M 文なしの男なんて魅力ないですもん。

が彼が統領となり、ついで皇帝になってからは、自由の敵と成り下がってしまったと感じた。一八一五年二月にナポレオンが一〇〇日天下を取っても、同時にピエール・ダリュが軍政官長になったという知らせにも、スタンダールは恋愛に夢中になって、フランスに帰ろうとしなかったという。
　しかし王制が復活してルイ十八世が位につき、皆がナポレオンの悪口を言うようになると、スタンダールはナポレオンを擁護するようになり、一八一七年には『ナポレオン伝』を書く。しかしこれは中断。さらに一八三六年再び試みるものの、またもや中断。彼のナポレオンへの態度は一言でいえば「偉人としてのナポレオンを称えるが、君主としてのナポレオンは憎む」ということだった。ナポレオンのどこが一番好きだったかというと、彼が冷静な理性と魂のエネルギーの両方を合わせ持っているところだった。これにスタンダールが人生で一番大切だと信じているもの、つまり「恋の無分別、崇高なものへの憧れ」を合体させ

U　スタンダールはね、アンジェラに対しても他の誰に対しても、一度愛した女性について、一度も悪口を言ったことがないのよ。うやうやしい賛辞ばかりです。それだけでも、彼は恋愛の達人と呼ばれるにふさわしいと私は思いますね。

M　日本でいうと源氏の君かな。生き霊になった六条の君にも恨み言は言わなかったですものね。

U　彼が好きになった女性は皆パワーがあって、別れた後も立派に生きていますから、面倒を見る必要はなかったんだけれど、恋が終わったあとも、なにかの折節に会うという趣味はあったようね。

H　未練がましいですね。

U　なかなかいい趣味だと私は思うけどなあ。

M　（Hにむかって）いちいち反対するのもスタンダール流なんですか。

H　（無視して）アンジェラと別れて三年目にいよいよ⑨のメティルドとの恋が始まるんでしたね。

U　そう。ミラノの貴婦人、メティルド・デンボウスキーに超ウェルテル的片思いをして、旅先まで追っかけたあげく、手ひどく振られます。これが『恋愛論』を生む源動力になったのよ。

M　で、振られたスタンダールはどうなったのですか？

U　恋に敗れたばかりじゃなく、スパイ容疑がかかって、あんなに愛したイタリアを

ると、ジュリアン・ソレルやファブリスができあがるのである。

㉒　スタンダールは別れたいきさつを決して誰にも明かさなかったが、後年、親友のメリメにふと漏らしたのを、メリメが書きとめている。それによると、アンジェラは嫉妬ぶかい夫の目を避けるためと称して、遠出させたり変装させたりして、ごくたまにしか逢う瀬を許してくれなかった。スタンダールはそれを無邪気に信じていたが、小間使いが、アンジェラが他の恋人と逢い引きしている寝室の隣りの小部屋に彼を案内したので、裏切り行為をしているありさまを目と鼻の先で見るはめになった。スタンダールは腹が立つどころか、せっかくの二人の逢瀬をぶち壊してはいけないと、そればかり考えていたと述懐している。スタンダールが別れ話を持ち込むと、彼女は泣きながら許しを乞うたという。

「私の服にすがりついて、長い大廊下を膝で這いながら引きずられる彼女の姿が、まだ私には見えるようだ。彼女を許さなかった私は馬鹿だった。なぜと言って、確

離れざるをえなくなってパリに戻ります。一八二一年、三八歳の時のことよ。

H　また挫折したんだ。

M　ほらあ、予想どおりだわ。

失恋体験が『恋愛論』『赤と黒』の原動力に

U　でも彼はしたたかよ。心の痛みを抱いてパリに帰ると、あっと驚く変身をとげます。かつて暗い目をした愚鈍な少年から、才気煥発の中年に。口から出る言葉はすべて意表を突く言いまわしで、パリの社交界の「談話の名手」になるの。容貌もハゲ頭に太鼓腹に変身。変わらないのは生活の不安定だけ。主計官補の休職手当てだけが定収入の中で、雑誌に寄稿したりして、今でいうフリーランス・ライターの走りね。そしていよいよ、イタリアでの片思い体験を忍びつつ『恋愛論』を書くことになります。

M　でも売れたのは一七冊だけ……。

H　それを気に病む男じゃないですけどね。

U　新しい恋愛も始まったの。政府の高官ブーニョ伯爵の娘で、クレマンチーヌ・キュリアル㉓⑩という女性▼よ。彼女は当時三六歳で、キュリアル将軍という軍人と結婚していましたが、この将軍もデンボウスキーと同様、外見は男らしいが、妻に暴力を振るう、侍女に手をつけるといった類の男だったらしいの。いっぽうクレマンチーヌは、

かにその日ほど彼女が私を愛してくれたことはなかったのだから」というスタンダールの言葉を、メリメは書きとめている。

　スタンダールは彼女のことを「ルクレツィア・ボルジア風の崇高な娼婦であった」と書いている。彼はルクレツィアを、父と兄に政略結婚を次々と迫られる悲劇的美女と見ていたから、アンジェラも家族のために次々と男性を渡り歩くことを強いられた美女というふうに見立てたらしい。

㉓　見る限りとても美しいが、彼女と面識のあったナポレオンは彼女のことを「鼻でか」と呼んでいたという。

クレマンチーヌ・キュリアル

情け深くて猪突猛進、しかも夢見る女ですから、いったん火がついたら止まらない。スタンダールを相手に激しい恋をします。彼が押したり引いたりの駆け引きをしかけるのに、本気で腹を立てながらね。スタンダールはこの人にもっとちゃんと向き合ったらよかったのにと、私は思いますね。初めて本気で愛されたんですから。

H　彼女は『赤と黒』のマチルド（一二八ページ注⑧参照）のモデルとなった人だと言われているんですよね。クレマンチーヌの性格はオバさんそっくりですね。誇り高いくせに傷つきやすく、悪女の深情けになって、振られるんです。

U　ほっておいてちょうだい。そういう女性は諦める力も強いのよ。二年間の激しい駆け引きのあと、私は、じゃなかった、クレマンチーヌはスタンダールにきっぱりと別れを告げます。慌てたスタンダールは、旅先のロンドンはヘイマーケット座のカフェで、この恋を諦めるにはどうしたらいいか思い悩んだのね。ふとこう考えたそうよ、「あれえ？　このシチュエーションはデジャヴーのような懐かしい感じがする……。何でだろう。ああそうだった、ちょうど五年前、ちょうど同じ場所でメティルドを諦めるにはどうしたらいいか思いあぐねていたんだっけ……」

M　ハハハ。懲りない人ですねえ。

U　こうして彼の最初の小説『アルマンス』が生まれたの。クレマンチーヌとの辛い別れに、自殺したい思いを紛らわすために書いたそうよ。

H　失恋のたびに本が書けるのはいいけど、そこまで辛い思いをするのはいやだな。

U　実際、この頃、本のページの隅にピストルの絵なんかを描きつけていたみたい。

M　失恋のショックでさすがの彼も恋はお休みってことですか。

U　ううう、それがねえ。

M　何ですか？

U　その後、半年もたたないうちに、シエナの由緒ある貴族の娘ジウリア▼⑪にアプローチして……。これが一一番目の恋人ね。

M　なんですって、ったく。同情に価しない男だわ。

U　さらに二年ほど経って⑫のアルベルト・ド・リュパンプレ▼（アジュール夫人）という女性としばらく恋仲になります。彼女は有名な画家ドラクロワの親戚で、同時に恋人でもあったのですが、スタンダールも相手にしたのですね。㉔「青《ブルー》通り」に住んでいたので、アジュール（紺碧）夫人と仇名がつけられていたの。

M　どうして一番最後にあげられているのでしょうか。

U　⑪のジウリアと恋仲になったのはアジュール夫人より後だけど、ジウリアに出会ったのは一八二七年、アジュール夫人とつきあう二年ほど前だったからでしょう。スタンダールはアジュール夫人と関係ができた時、またしてもドンファンを演じようと、彼女をおいて八五日間南フランスを旅行したのよ。ところが彼女のほうが上手で、留守中にスタンダールの親友マレストと恋仲になってしまったの。こうしてスタンダールの恋はあっけなく終わります。

ジウリア・リニエリ＝デ＝ロッキ

アルベルト・ド・リュパンプレ

㉔　彼女は黒いビロードのドレスに真っ赤なカシミアショールをつけて、賞賛者たちを集めて降神術の会を催したという記録が残っている。『赤と黒』のタイトルはどうしてつけられたかよく判っていないが、この衣装の印象からきていると考える批評家もいる。

M　恋の達人にしては恋愛のツボをはずしまくってませんか。
U　確かに。ドジなところが彼の美点でもあると弁解しておくわ。
M　なかなか企画の意図に沿ってきませんね。
H　企画って何ですか？
M　学生には縁のない仕事の話よ。
U　さておまちかね、いよいよ一八三〇年『赤と黒』が書かれます。『ジュリアン』という『赤と黒』の前身となる小説を書いている最中、ジウリアに、「好きです」と告白されて始まった恋の進行中に書かれました。一九歳の美女におなかが出て髪の薄い四七歳が言い寄られたのですから、天にも昇る思いだったでしょうね。
M　スタンダールのどこが魅力だったのでしょうか。
U　知性が輝いていたのでしょうね。一七歳からの猛勉強に裏打ちされた話術には、誰もが一目置いたということよ。ちょうど五月に『赤と黒』を書き終わったと思ったら七月革命㉕が起こり、印刷工のストライキのせいで校正刷に手を入れることもできませんでした。ブルボン復古王制が倒れたわけだから、旧ナポレオン派も返り咲きのチャンス到来だったのね。案の定スタンダールはトリエステ駐在フランス領事に任命されます。彼は出版を待たず、ジウリアの後見人に結婚申し込みの手紙をしたため、ただちにトリエステに向います。ところがトリエステで待っていたのは、婉曲に結婚を断る手紙と、スタンダールがウィーン体制を批判する危険人物であるというミラノ警

㉕　一八三〇年七月、ブルボン復古王制のシャルル一〇世が倒れ、オルレアン公フィリップが「国民の王」として即位した。

察からの知らせで、メッテルニヒが認許状を出すことを拒否したというニュースです。翌年、改めて彼はチヴィタヴェッキアという田舎の小さな港町の領事に任命され、給料は三分の二に下げられます。

M 『赤と黒』▼の出版はどうなったんですか。

U スタンダールがトリエステにゆく旅をしている間に出版されます。でも、ジュリアンは人でなしの不可解な人物だと酷評をうけました。

H 『恋愛論』の無視よりはマシかもしれませんね。

U やがてジウリアがジウリオ・マルティニと結婚したというニュースが届くの。どうもジウリアという女性は頭のよい女性で、後見人の遺産をもらい、有利な結婚をする計算ができた女性だったらしいのね。由緒ある貴族の孤児である彼女にとって、結婚は一世一代のビジネスですからね。㉖

スタンダールは本当に結婚したかったの？

H 失恋したとはいえ、スタンダール四七歳にしてはじめて結婚という言葉が出てきましたね。

M でも女性の立場から言ったら、結婚したくないタイプの代表ですね。

U そうかなあ、スタンダールとつきあった女性は皆、彼との恋愛を通して独立心に

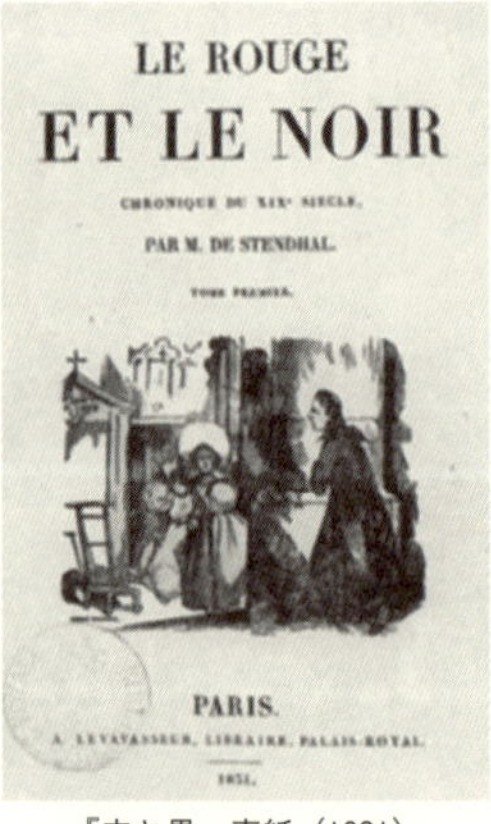

『赤と黒』表紙（1831）

㉖ 彼女のことを後にスタンダールは、付き合った女性のうちで一番強い性格の女性だったが、「最初は一番弱々しく見えた」と書いている。結局ジウリアは願いどおりに、莫大な遺産を受け取り、裕福な貴婦人の生活を保証され、二人の子どもにも恵まれたが、子どもたちや身寄りに次々に先立たれ、豪壮な屋敷で悲しみを抱いて年老いたという。遺産は侍女の手に渡った。

富んだしっかり者に変身するみたいよ。

M　しっかり者になりたいために恋愛するわけじゃなくて、一緒に家庭を築きたいから恋愛するんじゃないですか。

U　家庭を一緒に築くなんてことに興味はなかったのよ。結婚は身過ぎ世過ぎの手段にすぎないの。

M　じゃあ、一二回もの命をかけた恋愛は、一度も結婚を目的としたものではなかったというわけですか？

U　もちろんです。結婚に近い形態をとった恋愛は、すぐ飽きてしまった四番目のメラニーと、一度も愛さなかったという七番目のアンジェリーヌ。どちらも惨憺たるものでした。

M　じゃあどうしてジウリアに求婚したのですか？

U　戦略的なものじゃなかったのかな。ジウリアは結婚が自分の成功のための唯一の道だと思っていたから、それに合わせたのじゃないかしら。それにイタリアの身分の高い貴族のお嬢さんに求婚するというのもロマンチックだし……。

M　不純な動機ですね。

U　不純といえば、スタンダールは五二歳のとき、赴任地の名家のお嬢さんに求婚して断られています。結婚すれば、食事の心配も洗濯のわずらわしさも、ついでにお金の心配もなくなるかなあと考えたのでしょうね。

M　年をとって里心がついたんですね。遅いっつうの。

H　オバさんにそっくりなクレマンチーヌとなら結婚して欲しかったのではないですか？

U　ええ、離婚で終わったにしろ、おもしろかったと思いますよ。でも、スタンダールは結局、結婚を望まなかったの。

M　どうしてですか？

U　彼にとって恋愛とは、魂と魂が照応しあうことで、結婚という日常的な時間を過ごすことは相容れないことだったの。恋愛を個性と個性のぶつかりあいと見る点で、彼は近代的恋愛の先達でしたが、反結婚という意味では彼は宮廷恋愛という古い伝統の守り手だったのね。

五九歳、パリの路上で死す

U　さて、チヴィタヴェッキア▼に赴任したスタンダールですが、とにかく同じイタリアでもミラノと大違いのこの小さな港町が大嫌い、そして領事の仕事も大嫌いでした。でもそこにはひとつだけ良いことがあったの。ローマまで馬車で三時間もあれば行けたのよ。仕事は秘書にまかせて、ローマに部屋を借りてそこで遊ぶことが多くて、時の外務大臣に怒られたりしています。なにしろ勤務地でちゃんと仕事をしていた日は

チヴィタヴェッキア

全体の四三%だったそうよ。例の自伝『アンリ・ブリュラールの生涯』を四ヵ月の早《は》業《わざ》で書いたのもこの時代です。長編小説『リュシアン・ルーヴェン』にも手をつけて、これを書き終わったか終わらないうちに、休暇願が聞きとどけられて、パリに飛んで帰るの。そのまま休暇願の延期をかさねて三年間パリに居座ります。俸給は半額の五〇〇〇フラン。

M　なんですって。三年間何もせずに給料がもらえる！　しかもコネで！　今ならマスコミが黙っていないでしょうね。

U　今でもフランスはコネの国です。まして当時はそれだけで政治が動いていたようなものですよ。たしかに力があってもコネのない人にとっては、不合理そのものだけどね。

H　『赤と黒』のジュリアンは、このことに反抗したんですよね。

U　そうです。しかしヒョウタンから駒で、こんな境遇の中からいい仕事が生まれたりもするのね。スタンダールの場合もそうではないかしら。『パルムの僧院』はそのおかげで生まれたの。ローマで遊んでいるうちに、スタンダールは名門貴族と親しくなって、その家に秘蔵してある古文書をコピーさせてもらうことができました。それが『パルムの僧院』と『イタリア年代記』のパン種になったのよ。『パルムの僧院』▼は五五歳の冬、二ヵ月足らずで書き上げたというから、驚きね。

H　遅筆のオバさんには、羨ましい話でしょうね。

パルムの僧院（一八四八年頃の画）

U　心配してくれてありがとうね。着想を得てからブルターニュで二カ月想を練り、パリに帰ってからはコーマルタン通りのアパルトマンに閉じこもり、五二日間で書き上げてしまったそうです。速記者をアパルトマンにとじこめて口述筆記させたのですよ。(27)

H　速く書く人は粗いということもありますからね。

M　編集者なら「確実に書いてもらえ」と言うでしょうね。

U　(二人を睨む)『パルムの僧院』はバルザックの大激賞をうけます。構成と文体を直せば、もっとよくなるだろうというバルザックの忠告をありがたく受けながらも、「ひねくった文章は嫌いです」といって推敲を断ります。(28)

M　それでも後世に残ったんだからすごいですね。

H　ボクも書き直しはいやだな。

M　それって天才にしか許されないことよ。

U　お静かに。いよいよ人生のゴールですからね。一八四二年、五九歳のとき、脳卒中で路傍に倒れ、近くのホテルに担ぎ込まれますが(二六六ページ参照)、意識不明でそのまま亡くなりました。

H　スタンダールは「街頭で死ぬのもわざわざそうするのでなければ滑稽ではない」と書いているそうですが、そのとおりになったわけですね。好きなことをしてこんなふうに死ぬのは、スタンダールにしては上出来だとボクは思います。

(27) 出版社に持ってゆくとき、牢獄のシーンが六〇ページもなくなってしまったものの、すぐ書き足して、あとでその部分が見つかっても、もう見向きもしなかったというエピソードもある。

(28) この頃、女悪党を主人公とする『ラミエル』も書き始められたが未完に終わっている。

U　さてと、お昼はえんどう豆のリゾットだったから、今夜は気分を変えて和食にしましょう。残りの豆で、豆ご飯と湯葉のお吸いものなんてどうかしら。
M・H　賛成！

挫折しつつも、したたかに。スタンダールの美学

M　ふうっ、お腹いっぱい。わたし食べながらずっと考えていたんですけど、スタンダールの人生って、なんだかパッとしませんね。彼が願ったことは結局うまくゆかなかったわけでしょう。出世は思うようにいかなかったし……。
U　ええ、イタリアの田舎の領事という肩書きのまま亡くなったわけですから。あと六年生き延びていたら、二月革命㉙がおきてルイ＝ナポレオンが政権を取りましたから、彼は大出世していたかもしれないのにね。
M　あんなに愛したイタリアからも追われるように逃れて、作家としても、生きている間は評価されなかったし、恋愛も失恋ばかりで結婚もできなかったし……。
U　あのね、彼の中では失恋が一番貴重な恋のエッセンスなの。スタンダールは恋の数だけ失恋を味わったんだから、これは大成功の人生と言わねばならないと思うわ。
M　センセイはスタンダールのどこが好きなんですか。
U　そうねえ。恋愛などという形のないものを追いかける情熱と、革命や金という現

㉙　一八四八年二月、武装市民によって共和制が宣言され、フィリップ王政が倒れた。革命が成功するや労働者・大衆の社会改革の要求と、ブルジョワ共和派の対立が表面化したが、四月の直接普通選挙によってブルジョワ共和派が大勝した。

実の世界をしっかり見つめるクールさと、両方持っていたという点ね。登山家みたいに、片手と両足の三点は確保しながら、もう一方の片手と頭は、天空の崇高に伸ばしていた人という感じがするの。

M それってひとつ間違うと、アブハチとらずになりません？

U そう言っていいと思うわ。――おやまあ、話に夢中になっているうちに、アンリくんがおとなしくなったと思ったら、いつの間にか豆ご飯の釜がからっぽだわ。

H これも人生を追求するべーリストの美学だと思ってください。ごちそうさま。

第三話　永遠の恋人メティルドってどんな人?

——香り立つすいかずらの君

すいかずら。花言葉は「献身的な愛」

——五月末のある日、たか子がU邸を訪れる。打ち合わせと称しているが、なにやら聞いてほしい話もある模様。

M　センセイ、いくらお忙しいとはいえ、もう少し庭の手入れをなさった方がいいのではないですか。雑草が生い茂って、お庭が荒れて見えます。

U　まあ、雑草ですって。これはね、すいかずらという蔓草《つるくさ》▼よ。よく見て。一つの茎から二つの花が抱き合うようにして咲いているでしょう。この花はね、花言葉も「献身的な愛」という由緒正しい恋の花なのよ。マリー・ド・フランス①▼もシェークスピア②も、作品の中で重要な恋のモチーフとしてこの花を使いました。

M　そうだったんですか。失礼しました。

U　スタンダールもそれを知らなかったはずがないの。スタンダールの九番目の恋人、イタリアの貴婦人メティルドに恋して、イタリアのヴォルテラまで追いかけて手ひどく振られ、その体験から『恋愛論』が生まれた話はこの前したでしょう。そのヴォルテラから泣き泣き戻る小道にも、この花が咲き乱れていたということよ。それを聞いて私は、三年かけてこの庭いっぱいに、すいかずらの蔓を這わせたのよ。

M　それではこの庭は「恋の庭」なのですね。公私ともに恋愛を研究するセンセイに

すいかずら

①　マリー・ド・フランスのレー『すいかずら』が有名。トリスタンはイゾルデが通るはずの森の中で、はしばみの木をけずって、「はしばみの木と、それにまといつくすいかずらを引き離せば、どちらも枯れはてる。恋人よ、私たちも同じ。私なくしてあなたはなく、あなたなくして私もない」という思いをこめて、そこに自分の名前を彫り込んだとある。

執筆中のマリー・ド・フランス

はふさわしいお庭です。（つぶやくように）私も部屋のベランダにこの花を這わそうかしら。

U　まあ、たか子さん、なにやら思惑がありそうね。よかったら聞かせてもらうわよ。

M　でもその前に仕事、仕事。編集長がスタンダールに興味をもってくれて、企画が通りそうなんですよ。それでメティルドについてもっと調べろと。

U　話し甲斐があったわね。

M　センセイ、メティルドって、どんな人だったんですか。

やさしく、強く、そして感じやすい魂の持ち主

U　メティルドは生まれも育ちも立派な貴婦人です。それに自分の考え方をしっかり持った女性で、きっとあなたも共感できるわ。金融業を営むミラノの名家ヴィスコンティニ家の次女として生まれ、母もマントヴァの裕福なブルジョワ出身で、著名な文学者を先祖に持っていました。③

一七歳のとき、ヤン・デンボウスキーという、イタリアに帰化した三四歳のポーランド軍人と結婚したの。この人はポーランド解放を願って軍人になり、イタリア旅団の参謀長として「勇敢で頭がいい」との評判を得て、ナポレオンから男爵の位をもらったのよ。

②　シェークスピアの『真夏の夜の夢』によると、妖精王オーベロンの妃、ティターニアのお気に入りの憩いの場は、すいかずらと野薔薇の天蓋のついたタイムのしとねだったとある。

③　彼女にはマッダレーナという母方の従姉妹がいるが、彼女は有名な文学者フォスコロを情熱的に愛するあまり、毒を仰いでミラノ中のスキャンダルとなった。スタンダールはメティルドとマッダレーナの三人で、夜中の二時まで歓談したと書いている。こんな激しさを秘めた女性が一族の中にいたことも、スタンダールにとっては魅力だったにちがいない。

M　いい家に生まれて、いい男と結婚したのか……。カッコよすぎる経歴ですね。

U　それが苦労の始まりだったの。二人はあわただしく恋愛結婚を強行したようね。というのは、ヴィスコンティニ家が結婚の許可を下してから式までの期間が短すぎるし、両親とも式に出席していません。それに結婚してからちょうど九カ月後に長男が生まれているの。ヤンは貴族出身と自称しているけれど、結婚当時は自分の家族と没交渉だったようなの。いくら優秀な軍人でも、しょせん財産のない外国人に過ぎませんから、親なら誰でも心配しますよね。

M　メティルドは両親の反対を押しきって結婚した、情熱的な女性だったんですね。素敵です。

U　結婚するとすぐ夫はスペインに派遣されます。さっそく単身赴任になってしまいますが、メティルドは長男カルロ▼を生むとすぐ、夫を追いかけてスペインに行ったという説がある。

M　私だって行きます。

U　でも、別の噂もあるの。それは夫の単身赴任中に、ミラノでフォスコロ④▼と恋仲になったというものですよ。

M　それはそれで素敵だと思いますが……。

U　やがて次男エルコレも生まれますが、夫婦の仲はしだいに険悪になるの。折りしも夫はナポレオン失脚に伴って失職、新しい統治者であるオーストリア軍に編入され

長男カルロ・デンボウスキー

④　ロマン派の叙情詩人、作家。オーストリア支配に反対してスイス、ついでロンドンに亡命して極貧のうちに死んだ。

ることを申し出て、断られています。メティルドは熱烈な愛国者ですから、夫の寝返りは許せないと思ったのでしょうね。それに夫は妻に暴力をふるうこともしばしばだったらしいの。

M　政治の異変から気持がスレ違い出すんですね。

U　彼女は夫と別居して二人の子どもを引き取りたいと思うようになりました。夫の家から出るっていうことは当時すごく勇気がいることだったのよ。案の定、夫は子どもを渡そうとしません。そのために彼女は見事な行動力を発揮します。まず夫から「協約」を取りつけてカルロは夫の元に置き、エルコレだけを連れてスイスに一八カ月滞在します。しかしカルロのことが心配でミラノに一旦帰ったりしています。ミラノからスイスのベルンまでの旅は極めて危険で、橇《そり》に括りつけられて深い雪の谷を渡ったり、母は馬、子は背負い籠に乗って山道を行ったこともあったということよ。

M　母は強しですね。

U　メティルドは別居の許可をオーストリア政府に出してもらえるよう、ミラノのオーストリア軍指令官のブーブナに働きかけたり、大公妃の義理の兄弟シッフェルリに長い手紙攻勢をかけたりします。

M　政治的手腕もあったわけですね。

U　ええ、アニー・コレという人の研究のおかげで、メティルドが書いた手紙がかなり読めるようになったのですが、それを読むと情熱的で強い意思と、厭世的な愁いと、

ウーゴ・フォスコロ

世間の評判を気にする世間知を混ぜ合わせた、したたかで、しかも繊細な人物像が浮かび上がってきます。愛人だと噂された詩人フォスコロに情愛に満ちた手紙を何通も書きながら、世間に悪い噂が立てられるのを極度に気にしてもいます。一八一七年七月、とうとう晴れて夫と別れ、子どもを引き取ることができたの。全面勝利ね。

M 女が意志を通すためには、大胆で細心でなければなりませんからね。⑤

U しかしチューリッヒに住む友人で文学者のメイスターに、「念願がかなったのに、ちっとも幸福でない」とも書いているの。⑥

M 頑張って勝利を得たあとに、苦い味が残るというヤツですね。

スタンダール、メティルドに出会う

U 夫と正式に別れて住んだ所は、ミラノのサン・パオロ通り。この住まいに一八一八年の三月、知人に連れられてベールという名のフランス人がやってきたの。これが三五歳のスタンダール、本名アンリ・ベールよ。メティルドはそのとき二八歳、初対面の外国人ですから儀礼的な質問をします。

「ミラノの第一印象はいかがですか」

「感心したものはたくさんありますが、中でもドゥオーモです。⑦特に日没時がすばらしい」

⑤ ベルンで接触したハインリッヒという人物は、彼女を次のように評している。「このようにやさしく、強く、そして感じやすい魂の持ち主はめったにいません。魅力ある姿、精神、性格に加えて、あなたが教えてくださらなかったもう一つの才能を彼女は持っています。音楽の素晴らしい才能です」

⑥ 「Dとの別居許可が出ました。きちんとした書類で許可証を受け取ったところです。二週間前、夫の家を永遠に出ました。でもそれを喜んでいるとは言えません。あまりうれしくありません。私は幸福になる運命に恵まれていないのですね。いいことがあっても結局、すべて運命の決めたとおりにしか事は運ばないのです」。友人のメイスターに宛てた一八一七年八月八日の手紙。

⑦ ミラノ大聖堂。一四世紀から一六世紀にかけて完成されたイタリア最大のゴチック建築。

それに対して彼女は静かにこう反論したという話です。

「ドゥオーモが一番美しいのは午前一時の月光の下で見るときです。それも王宮の方から見なければなりません⑧」

ここでスタンダールは「あっ！」と驚嘆したでしょうね。『恋愛論』の中で恋は驚嘆から始まると言っています。恋のきっかけは、その人の意外なところを発見したとき始まるってことかしら。すごい美人なのに歯が一本欠けているとか、家事には縁のないお嬢さんだと思っていた女性が、あかぎれの手をしていることに気がついた時とかに恋が起こると、彼は考えていたのね。
M　スタンダールは高貴でおとなしそうな女性が、こんな骨のある言葉を口にしたので、びっくりしたのではないでしょうか。参考になります。（メモを取る）「一、とにかくびっくりさせる」と。
U　すっかりメティルドに魅かれたスタンダールは、三日をあけず彼女の家に通うようになります。それをありがた迷惑と感じたメティルドは、あまり頻繁にこないようにと注意したか、あるいは居留守を使ったのでしょう。三月二九日の日記にスタンダールは、「かくも悲しい絵の、黒い絵具の上を、スポンジで拭うかカーテンを引くか

上：正面から見たドゥオーモ全景（一九世紀、ペン画）
下：背後から見たドゥオーモ（現代、写真）

⑧　この会話はたぶん、フランス語で交わされたと思われる。スタンダールのイタリア語の語学力は相当なものだったと思われるが、話すことはネイティヴのようにはゆかなかったらしい。一方メティルドのフランス語は、残っている手紙をみても見事なものである。

しなければいけない」と書いています。しょっぱなから出鼻をくじかれたという感じですよね。

M　メティルドは何とも思ってないんですからね。こっちは本気なのに。（ため息）でもセンセイ、スタンダールってそんなことの他にすることがなかったんですか？

U　この頃は毎日スカラ座▼に通っていたのよ。当時劇場は歌劇を鑑賞するだけでなく、社交の場でもあったのです。⑨

M　メティルドもスカラ座に通ったでしょう？　そこで待っていれば会えたのではないですか。

U　メティルドは夫と別居中の身よ。自分から夫と別れたというのは、当時としては、恋をしているという噂よりもっとスキャンダラスだったから、彼女は社交場にあんまり足を向けなかったでしょうし、そういう場に出たとしても、親しく話すことは憚るべきことだったの。だから彼女に会うには、訪問しかなかったのね。

M　その方が人目を憚ることではないでしょうか。

U　だからメティルドは、スタンダールの訪問が間遠になったか、全然訪問してこなかったか、とにかく遠慮がちになったので安心したのでしょう。九月三〇日のスタンダールの日記に「ジャルディーノ通りの教会の前で」とあります。そこでスタンダー

上：一八世紀のスカラ座
下：スカラ座の内部

⑨　スカラ座。劇場には一〇脚以上の椅子を収容できる桟敷席があって、それを買い取ることができた。そこはまさしく所有者の客間で、訪問客が出たり入ったりして社交を楽しみ、合間に音楽を聴くという調子だった。スタンダールも毎夜、桟敷を七つも八つも巡る生活をしていた。

ルと偶然会ったのか、待ち合わせをしたのか、彼に何を言ったのかはわかりません。それからは三日おきではないけれど、時々の訪問を許すようになります。

M　「お友達としてつきあってください」くらい言ったのかしら。それでメティルドもちょっと油断したとか。

U　メティルドはある程度は打ち解けてくれるのですが、押すとすぐ冷淡になります。従姉妹のフランチェスカと接触したあと、特に態度が冷たくなるようにスタンダールは感じるの。フランチェスカはトラヴェルシという、オーストリア寄りの政治家と結婚しています。フランチェスカはそんな夫をバックアップするやり手の女性でしたから、かつてナポレオンの威光を被ったことのある自分のことを、メティルドにふさわしくない人物と思っているに違いないと、スタンダールは思い込んだの。「メティルドは自分に心を寄せているが、フランチェスカの中傷を聞いて、恋心を押さえているのだ」とね。

M　都合のいい考え方ですね。自分の恋がかなわないのは人のせいだと考えるなんて。(急にまじめになって)でも実は私も、そういう気持ちになる時があります。「彼が連絡をくれないのは、きっと遊んでばかりいる人だと誤解されないようにと、自制しているせいだわ」なんて。

U　まあ、過度の物思いの人ってその人なの?

M　そうなんです。でも……。

U　先を続けるわね。スタンダールは一生、彼女は自分のことが好きだったけれども、世間の中傷と自分が傷つくのを恐れて冷たくしたのだと信じたがっていたの。このころスタンダールが書き送ったラブレターをちょっと引用しましょうか。

「あなたに欠点がおありになると仮定しましょう。私なら『そんな欠点は見えません』とは言わずに、むしろ『この欠点を崇めます』と申しあげるでしょう。（…）私に女性を誘惑する才能がないとは思いません。ただそれを使うのが不可能なのです」

どう、ちょっとした殺し文句でしょう？

M　私だったらそんなラブレター書きません。あなたには欠点があると言っているようなものではないですか。誉めているんだかけなしているんだか解らないです。

U　じゃあ、こんな手紙もあるのよ。一八一八年一〇月四日、知り合ってから半年経ったころ出したラブレターよ。

「私が愛しているという明白な証拠があります。奥様に会うとぎこちなくなることです。自分でも腹立たしいのですがどうしようもありません。お宅につくまでは勇敢なのに、サロンでお目にかかったとたん、身が震えだすのです。（…）できればあなたを忘れたいのですが、うまくいきそうもありません。なにしろ、今晩だってお会いしたいという欲望に屈してしまったのですから」――あら、たか子さん、どうしたの。

M　（空を見つめて）ちょっぴり気弱になってしまって。私、スタンダールさんを軽く考えていました。この手紙のスタンダールは今の私の気持ちと同じです。特に「できればあなたを忘れたいのですが、うまくいきそうもありません」というのはちょっと泣いてしまいそうなくらいリアルです。こんなことをストレートに言えるスタンダールってスゴイ。

U　どうも涙のスポットを押してしまったようね。さて、こんな片思いを続けること一年と二カ月経ったとき、突然「緑のサングラス事件」が起きるの。

M　何ですかそれは？

U　メティルドは息子のカルロを、ヴォルテラという町▼にある寄宿学校に入れていたの。子ども思いのメティルドは息子に会うために、五月の終わりからヴォルテラに数週間滞在することにしたの。スタンダールは数週間も彼女に会えないと思うとたまらなくなって、ヴォルテラまでそっと彼女を追いかけたのよ。

M　いつのことですか？

U　一八一九年六月三日のことでした。彼は見破られないように変装し、緑のサングラスもかけて行ったの。

M　サングラス？　それも緑？　それってかえって目立ちません？

U　スタンダールにはそういう抜けたところがあるのね。町に入って最初に出くわした人がメティルドだったというのも間が抜けていると思わない？

M　恋すると間が抜けるんですよね。それだけはホントだわ。（ため息）この前も私、やっと企画が日の目をみるというときに、企画書を電車の中に置き忘れてしまったん

ヴォルテラの町

です。

U　恋にドジはつきものです。あなたの恋は本物ですよ。

M　（振り払うように）その追っかけは成功したんですか。

U　とんでもない。ひどく叱責されてすごすごと帰路についたの。

M　あ、それがすいかずらの咲く道なのですね。

メティルドがスタンダールを振ったわけ

U　それ以来、スタンダールには悪いことばかり起きます。追っかけが終ったころ、「父死す」の知らせが入っていました。グルノーブルに帰省してみると、あてにしていた遺産額がひどく少ないことを発見するの。これでは将来は就職せねばならないかもと心配になって、パリにもどって就職の可能性を瀬踏みしますが成果なし……。ミラノに帰ってきたのが、一〇月二三日。さっそくメティルドに挨拶にうかがうと、「冷たい待遇」を受けたと日記にあります。彼女は怒りに顔を赤くして彼をなじる一方で、これ以上しつこい態度をとられては困ると判断したのか、色恋の話はしないという条件で、一カ月に二回以内なら自分のサロンにきてもいいと言い渡したの。

M　でも一カ月に二回なら望みがありますね。いやひょっとして、これって拒否と取るべきなのかしら。

U　まあ、たいていならここで涙を飲んで諦めるでしょうね。
M　（身を乗り出して）諦めなかったのですか？
U　そうよ。ここからがスタンダールの真価が発揮されるのよ。これ以降、彼の二四時間は二週間に一度の訪問を待つだけにあるようになります。
M　大事な日にちを間違えたりしなかったかしら。
U　一度ぐらいあったかもしれませんね。『恋愛論』の中でこんな描写があるのだけど、これはこのあたりの日々を書いたものでしょうね。

「会わないでいれば想像力は女と楽しい対話を交わし、最も優しい最も感動的な興奮に浸る。こうして次に会うまでの一〇日か一二日の間に、彼女に話す勇気ができたと思い込む。しかし、幸福であるべき日の二日前から熱病がはじまり、恐るべき時が近づくにつれて倍加していく。

サロンに入っていく時は、途方もなくばかげたことを言ったりしないために沈黙を守り、後で彼女の顔を思い出すことができるように見つめるだけにしておこうと決意している。しかし、いったん彼女の前に出ると急に目がくらむ。偏執狂のように何か変なことをしでかしそうな気がする。（…）ついに彼は出て行く。彼女にさりげなくさようならを言いながら、これから二週間会えないのだという恐ろしい感情を味わう」

M　そのとおり！　わかるなあ。

U　まあまあ、おさえて。でもメティルドはスタンダールには冷たかったのね。

M　スタンダールはどうしたのですか？（メモを用意）

U　たか子さん、スタンダールはこういう工夫をしたのよ。手紙でアプローチできないなら、自分の気持ちを小説にして彼女に送り、弁明することを思いついたのね。それでまずメティルドへの手紙を準備します。

（1）この手紙のコピーはとっていません（「おイヤなら破いて捨ててくだされば、あとには何も残りません」という意味です）。

（2）禁じられた色恋の用語は使っていません。

（3）読んだらすぐ火にくべてください。

それからおもむろに小説を書き出します。一一月四日の朝のことなのですが、四時間ほど熱心に書いたあとですぐに諦めてしまったの。

M　どうしてですか？

U　彼の書いたものは『恋愛論』の付録についていますから読んでみてください。⑩ 読んだら理由はすぐわかると思うわ。まず、小説として全然面白くない。登場人物は名前こそ違っているけれど、誰のことだかすぐに解ってしまいます。「すべて悪いのはフランチェスカだ」みたいに書かれているんですもの。これではかえってメティルドを怒らせてしまう

⑩『メチルドの小説』というタイトルで新潮文庫の四三八ページから四四五ページに載っている。

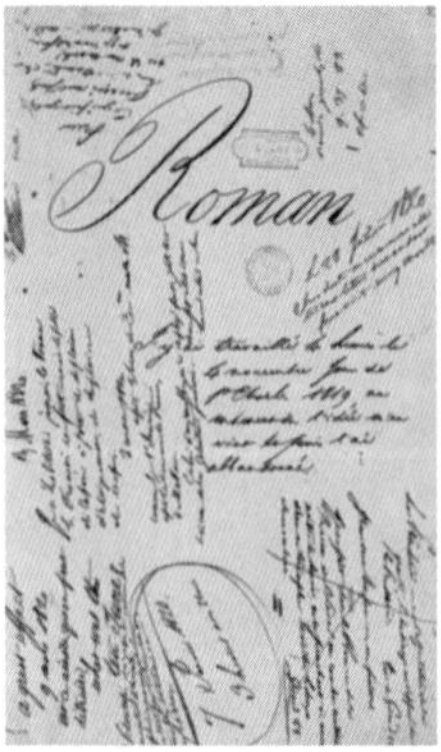

『恋愛論』のもととなった『メチルドの小説』表紙

だろう、と判断したのね。
M　それくらいの客観的考察はできたわけですね。
U　で、スタンダールは考えた。差し向かいでも、手紙でも、小説でも、愛を語れないのなら、どうしたらいいか？　小説を書いてからおよそ二カ月後、スタンダールは悩みに悩みます。そして一二月二九日[11]にアイデアが閃いたの。メティルドへの、自分でも病的と思える気持ちを、科学的な装いのもとに書き記したらいいって。
彼はこの日を「天才の日」と呼んでいます。一八世紀末に流行った観念学的[12]なモノグラフィーの外見を取って、メティルドへの思いのたけを表現する手段をついに見つけたわけよね。
M　メティルドから見たら、スタンダールはしつこいだけでさえない人物としか映らなかったでしょうね。
U　そう、面白いことを言う人物とはいえ、定職もなく、売れない本を三冊出版しただけの、しがないディレッタントですからね。
M　私はもっとしがないオンナノコですものねえ。（ため息）
U　あなたの話はあとで聞きますからね。メティルドのまわりには、錚々たる人物がうようよしていたのよ。まずメティルドとも噂があったフォスコロ。スタンダールを引き合わせた弁護士ヴィスマラ[13]。コンファロニエーリ伯爵[14]。さらにこれもメティルドの恋人と噂されたペッキオ[15]。彼らは秘密結社「炭焼き党」という、自由主義的改革を

[11]　この日はまたスタンダールが、メティルドに振られた悲しみを忘れるためにつきあった娼婦から淋病をもらい、その兆候が現れた日でもあった。同じ日の日記に「メティルド問題から自分をなぐさめてくれるのは、仕事ではなく女だ」ともある。

[12]　一八世紀末から一九世紀初めに、フランスを中心に隆盛した哲学思想。スタンダールもそのサロンに通ったデスチュット・ド・トラシーが名付け親である。これは感覚論の立場を推し進め、観念の感覚的起源、観念の特質などを研究する新しい経験哲学である。これらの哲学者はイデオロジスト（観念学派）と呼ばれるが、ナポレオンは彼らを軽蔑してイデオローグ（観念野郎というほどの意味）と呼んだ。

[13]　ヴィスマラは一八二三年欠席裁判で死刑を宣告され、パリに潜伏したが、スタンダールには会わなかった。その後英国にゆき、またフランスに帰ってニースで亡くなる。

求める愛国運動に深く関わっていました。メティルドもたぶん炭焼き党に参加していたと思われています。

M　がんばる母親だけでなく、理想に燃えた思想家だったのですね。

U　いっぽうのスタンダールは、自由主義的改革を求める愛国者ペリコ⑯などと付き合っているとはいえ、政治を捨ててミラノに遊ぶ無責任な外国人です。革命とか愛国心などは八月の外套、つまり今の自分には役に立たない余計なものと考えていたの。いっぽうメティルドたちにとっては、それは命を賭けても守るべき大切なものだったのね。殺される危険を冒してオーストリア政府と戦っている仲間たちのことを思えば、とてもまともにつきあう気にはならなかったでしょう。国が違うのじゃなく、主義主張が違うのですから。

M　例えば「今のままでは日本はダメになる、日本を変えねば、どんな運動を展開しようか」と奔走している女性の前に、「フジヤマ、スキヤキ、ワンダフル！」みたいなことを言う外国人がやってきて、言い寄るようなものかしら。

U　あなたも時々古いこと言うわね。

M　センセイほどではありません。

U　スタンダールにとってのイタリアは美と幸福の国だったのですが、愛国者メティルドにとってのイタリアは、近代化が遅れて他国の支配に甘んじている国だったのね。

⑭　スタンダールと懇意にしていた人物で、ミラノにおけるイタリア解放運動の議長であった。彼が逮捕されたときは、市民がスカラ座を三日間あけて抗議したため、当局は彼をやむなく死刑でなく終身刑にした。

⑮　コンファロニエーリ伯爵の秘書。『恋愛論』の中にライバルだった彼のことが二度ほど言及されている。スペイン、ポルトガルに亡命しイギリスで死ぬ。

⑯　思想家。一八二〇年から三〇年まで牢獄ですごし、その体験を『わが牢獄』に書いて、オーストリアに支配されているイタリア愛国者の悲惨を描き出し、後の運動に多大な影響を与えた。邦訳あり。スタンダールはフランスに帰ってからも、彼のことをずっと気にかけていた。

シルヴィオ・ペリコ

メティルドへの最後の訪問

U　そうこうしているうちに、一八二〇年七月に大変な政治事件が勃発するの。ナポリで炭焼き党が蜂起し、革命政権を樹立したのです。こうなると、ミラノのオーストリア派は革命の波及を恐れて厳戒体制を敷きます。ペリコが逮捕されて死刑を宣告され、フォスコロ、ヴィスマラ、ペッキオなど、ほとんどの愛国的文化人が亡命します。このとばっちりは『ローマ・ナポリ・フィレンツェ』を書いたスタンダールにまで及んで、スタンダールはスパイであるという噂がたち、さらに警察に呼ばれて警告めいたことを言われるの。ついにスタンダールはミラノを離れることを決意します。

一八二一年六月、緑のサングラス事件から二年目、スタンダールはメティルドにいとまごいにあがります。メティルドは聞きました。

「いつお帰りになりますの？」

「もう二度と帰らないでしょう」

一時間ほど口ごもりながらつまらない話をして帰ります。

M　えー、最後の別れなのに、メティルドは何にも言わなかったんですか？

U　「あっ、そう」みたいな返事だったのよ。

オーストリアに踏みつけられるイタリア（当時の漫画）

M　うーん、スタンダール哀し！　お世辞でもいいから引きとめて欲しいですよね。
U　そうするとスタンダールはまたその気になってしまうことを、メティルドはよく知っていたと思いますよ。
M　それもそうですね。彼の気持ちがわかるだけに私もツライです。ところでメティルドは仲間と同じように亡命しなかったのですか？
U　彼女はミラノに残りました。
M　やっぱりね。名誉を重んじる女性ですから！
U　その年の一二月、メティルドは特別委員会に召喚されます。頭のいいメティルドは、他に迷惑がかからないようにとてもうまく答えたので、尋問は数時間で終わりました。家宅捜索でヴィスマラの手紙が見つかって再度召喚されますが、離婚問題のとき好意的だったブーブナ伯が助けの手紙を書いてくれました。
　彼女のあまりに沈着な答えぶりにいらだった尋問官が、「ここをどこだと思っているのかね。炭焼き党の集会ではないんだぞ」と脅すと、彼女は「ええ、ヴェネチアの異端審問所⑰ですわね」と言ったという伝説は、長くミラノで言い伝えられたといいます。
M　ますますかっこいい！
U　そして一八二五年五月、彼女は肺結核のために亡くなります。
M　まだ三五歳だったのですね。

⑰　ヴェネチアには「十人委員会」という国事犯を裁く法廷があった。

U　スタンダールは彼女の死を知って、その夜日記にこう書きつけます。「作者の死」。つまり『恋愛論』を書かせた本人が亡くなったと。
M　かわいそうに、スタンダールはメティルドに『恋愛論』を読んでもらえなかったのですね。
U　たぶんね。でも読まれなくて幸いだったということもあるかも知れませんよ。
M　なにがあっても恋する気持ちを包み隠さず、メティルドにぶつけていったスタンダールはエライと思います。
U　それに、恋する自分を客観的にみつめているところがさすが恋の達人といえるでしょうね。
M　誰かに恋をしてそれがかなわないと知った時、それを分析できるっていうのは特別の才能でしょうか。
U　いえ。誰にでもその才能はあると思うわ。
M　まあ、センセイ、涼やかな匂いがしてきました。風が立ってすいかずらが揺れています。「風立ちぬ。いざ生きめやも」そんな気持ちになってきました。
U　そろそろお茶にしましょうか。すいかずらに占領された私の庭にしっかり生き残ったミントをたっぷり使って、モロッコ風ミントティ⑱でも作りましょう。
M　甘くて苦くて、今の私の気持ちにぴったりです。一気に飲み干してしまいました。センセイ、もう一杯！

⑱　ミントと砂糖と熱い緑茶をポットに入れ、高いところから糸を引くようにコップに注ぐ。

U

これは恋と一緒で、飲むほどに味が深くなってくるお茶なのよ。

第四話 スタンダールを引っ張っていった情熱とは？

――一八一九年六月、ヴォルテラ事件

メティルド・デンボウスキー

――六月上旬、Uが突然いなくなる。中旬になって米谷杏里夫がU邸を訪問すると、澄ました顔で机に向かい、写真をプリントしているUの姿を発見する。

スタンダールの足跡をたどってミラノからヴォルテラへ

H　オバさん、帰ってたんですか！　ここ二週間ほど、いくら連絡してもナシのつぶてでしょう。また失恋でもして傷心旅行に出たのかと心配しましたよ。

U　まあ、失礼な。たとえ失恋したとしても私くらいのベテランになると、ダメージなんて蚊に嚙まれたほどですからね。心配ご無用よ。

H　どこに行ってたんですか。

U　スタンダールの足跡をたどってイタリアを旅行してきたのよ。彼の失恋命日は六月一〇日ですからね。どうせなら六月に行ったほうが雰囲気が出るかと、急きょ思い立ったの。

H　しかしスタンダールがイタリアに滞在したのは、今から二世紀近くも昔のことでしょう。ミラノは特に現代化の波が激しい所と聞いていますから、今ミラノに行くことは、まるで江戸を探しに東京に行くようなものではないですか。

U　それはそうだけど、その人がいた場所に立って、そこの空気を吸ってみたいというのがファンの心理というものでしょう。

H　あの女《ひと》からもどこかから絵はがきが来ていたけれど、彼女もそんな気分になったのかな。

U　彼女ってもしかしてたか子さんのこと？

H　ちがいますよ。今ちょっとかかわりのある女性なんですけどね。

U　やけどしないように気をつけなさいよ。だいたいうちの一族は、熱しやすく冷めやすい傾向があるんだから。

H　（苦笑いしながら）ミラノの話を聞かせてくださいよ。

U　真夜中の夜行でパリを発ったのよ。夜行便の名がなんと「スタンダール号」。幸先がいい、ミラノにはスタンダールゆかりの建造物の案内がたくさんあるに違いないと思ったのだけど、見事に何もなかったわ。ミラノの市立図書館に「スタンダール・コーナー」があったぐらいね。

H　一八世紀から一九世紀にかけては、ヨーロッパの名だたる文化人が多かれ少なかれ皆イタリアかぶれになって、イタリア詣でをしているって、この前言ってたじゃないですか。ゲーテ、アンデルセン、ニーチェでしたっけ。おまけに一七世紀から、フランスの音楽家や画家を対象にローマに数年の留学を許すという賞があって、ベルリオーズ、グノー、ビゼー、ドビッシー、みんな一度はミラノに立ち寄ってますからね。スタンダールだけを特別扱いするわけにはいかないだろうな。

U でもスカラ座は昔のままの姿で立っていたわよ。▼当時は立派な建物に見えたのでしょうが、今はあたりの建物と比較すると、小じんまりして見えたわね。スタンダールが徘徊したと思われる通りで、今も一九世紀の面影を残しているといわれるのは、ブレラ美術館に至るブレラ通り、それに目抜きのマンゾーニ通りなんだけど、そんなところに立ってみると、人生の楽しみと、美に対するこだわりが、レモン色の建物から滲みでているような気がして、最初に入った喫茶店でコーヒーをこぼしてしまったのよ。たしか、スタンダールも同じ失敗をしたと自伝に書いていたわ。

H おやおや、瞬間湯沸器のようにイタリアかぶれになってしまったんですね。ヨーロッパで舞台美術をやっている友人が最近日本に帰ってきて言ってましたよ、「今のミラノには、スカラ座みたいに伝統に固まってしまった活動以外は見るべきものがない」ってね。大学の先生がスタンダールの「二〇〇年目の追っかけ」をしたと聞いたら、彼は「物好きだ」って笑うだろうな。

U フランスでもイタリアでも、地元の人にはあきれられたわよ。

『アンリ・ブリュラールの生涯』の中で、スタンダールは一八〇〇年にはじめてミラノに入ったときの感激を思い出して、「この都市は地上でもっとも美しい場所となった」と書いているのよ。ミラノに着くなり、先に来ていたナポレオン軍の軍友に出

現在のスカラ座

会って、彼が投宿していたアッダ邸という、当時完成したての貴族の館に案内されたことは話したでしょ。「私は彼と二階にあがり、すぐ通りに面した豪華なサロンに入った。私は恍惚とした。建築がその効果をあたえたのは、これが最初である。やがてみごとなカツレツが運ばれたが、幾年かのあいだ、この料理は私にミラノを思い出させた」ってね。アッダ邸は観光客なら誰でも通る、マンゾーニ通り四一番地▼にあると聞いて行ってみたの。

H　ありましたか。

U　ええ、偶然門が開いていたので、知らんぷりして忍び込んだのよ。入ると石畳の中庭があって、そのむこうにフランス式の庭が広がっていて、通りの喧騒がピタリと止み、まるで田舎の別荘のような雰囲気だったの。

H　一七歳のスタンダールになった気分で迷いこんだわけですか。

U　六月なのに白椿が咲き乱れ、道ぞいに苔むした石像▼が行儀よくならんでいてね。でも幸福は長く続かないのよね。すぐに門番さんに呼びとめられてしまって。縷々説明したんだけれど、「スタンダールなんて、聞いたこともない。さあさあ、観光客は出ていった」と追い出されたの。庭の向こうに並んでいるお屋敷の御曹司かしら、学校帰りの子どもが、涎をたらしている私を不思議そうに横目で見てすいすいと中に入って行ったのよ。▼

H　イタリアの男はガキの頃から、どんな女性でも礼儀上声をかけるというのはウソ

マンゾーニ通り四一番地

アッダ邸の中庭の石像

なんですね。

U　イタリアで買ってきたワインを開けようと思っていたけど、よそうかな。

H　そう言わないで。（ワインを開ける）さわやかな酸味、ほのかな香り。これぞイタリアワインですね。

U　おみやげのゴルゴンゾーラのチーズも出しちゃおうかな。

H　（ワイングラスを持ち上げて）どんどん出して、どんどん話しちゃってください。

ジェノヴァの港に八日間

U　私はね、メティルドが子どもの寄宿先を訪ねたと知ったスタンダールが、情熱のままに彼女を追いかけた地、ヴォルテラまで行こうと決意したの。でも、ハタと困ってしまったのよ。イタリアについての観光案内を、フランス語でもイタリア語でも、しらみつぶしに調べたんだけど、ヴォルテラのヴォの字もない本が多かったの。あるにはあっても「人口一万四〇〇〇人の辺鄙な町」くらいしか案内がないのよ。ヴォルテラに行くには、フィレンツェから一日二便しかないバスを乗り継ぐしかないということもわかったので、とにかくミラノから汽車に乗ってフィレンツェに行きました。

北イタリア

学校帰りの子ども

H　（からかうように）メティルドやスタンダールはどんな行程でミラノからヴォルテラに行ったのですか。

U　メティルドはどうしたかわからないけど、スタンダールはまずミラノから馬車に乗ってジェノヴァまで行ったらしいの。当時は陸路よりも海路のほうが安全で速かったようね。そこで八日間滞在しています。

H　へえっ、一週間もふらふらしていたんですか。呑気な追っかけですね。ボクだったらまっすぐ相手のところに行くけどな。

U　ひょっとしてスタンダールは、最初からまっすぐヴォルテラまで追いかけようとは考えていなかったのかもしれないわ。メティルドへのいいわけの手紙に、「リヴォルノがヴォルテラのすぐそばにあるのを知り、近くのピサからヴォルテラの城壁が眺められると聞いて」旅に出ることを思いついたと書いているくらいだもの。

H　本当ですか？

U　嘘よ。ピサからヴォルテラが見えるなんてまっかな嘘。「いいかげんなことを言って」と、メティルドは腹を立てたかもしれないわね。でも、スタンダールにしたら、少しでもメティルドのいるところに近づいたらそれでいい、という気持ちは本当だったのかもしれないわ。

H　本当のことは、嘘を通じてしか言えないんですよね。

U　たか子さんがここにいたら「ちゃんと自己主張もできないの」とつっこみを入れ

られるところよ。

H　（うつむいて）彼女は自分の意見をもっているからなぁ。

U　スタンダールもメティルドのことをそんなふうに心底では思っていたかもしれないわね。

一八一九年六月二日にジェノヴァを発って船で夜を過ごし、三日の朝リヴォルノに着いてすぐ、エンポリ経由の馬車に乗ったの。結局リヴォルノからのヴォルテラ遙拝はやめたようよ。

H　シャイな男はどこまでいってもあつかましくなれないんですよ。

U　今夜は石と光の町ヴォルテラのために飲みあかしましょう。

H　しゃべりあかすんでしょ。

石と光の町ヴォルテラ

U　いよいよ慣れないサングラスなどをかけて、フィレンツェからヴォルテラ行きのバスに乗り込みましたよ。なだらかな山が重なり合う丘陵をジグザグミシンのように縫ってゆく、典型的なトスカナ風景の中をおよそ一時間走り、エンポリではない町で乗り換えてさらに二時間。青い麦の海がそよぐなかに、ときおり鉛筆みたいな糸杉が突っ立ってたわ。▼ゴッホの星月夜や黄色い麦畑を思い出してうっとりしていたの。だ

トスカナ地方の糸杉

からバスの終着駅に着いたときにはびっくり仰天したのよ。

H　どうしてですか？

U　ヴォルテラがそれはそれは美しい観光の町だったから。Tシャツやタンクトップにカメラをぶら下げた人々があふれ、ドイツ語や英語がどこからでも聞こえてきます。どうやらここはヨーロッパの観光通が車でやってくる、隠れた観光地だったらしいの。

H　オバさんひとりのヴォルテラであってほしかったわけですか。

U　だって町を囲む城壁は一〇キロあるかないかで、町中くまなく歩いても半日もかからないような小さな町の、どの通りを歩いても観光客を見かけるのよ。エトルリア、ローマ時代、そして中世、ルネサンスの遺跡が四層に畳まれて、そのまま固まってしまったような町なのね。ローマ時代の劇場の遺跡を見ながら、エトルリア時代の門をくぐると中世の教会があり、その隣の美術館にはルネサンス時代の画家フィオレンティノがかかっているという具合なの。どの通りを曲がっても、古い情緒が目に見えない霧のように立ち昇って、あちこちで足が止まります。それなのに古い町に特有の暗い感じがしないのは、この町が標高五四五メートルという高い丘の上に立っているために、どこに行ってもトスカナの原野を見渡せるからでしょう。まるで海の上にぽつんと浮かんだ石の島という感じなのよ。

ヴォルテラ全景

H　たか子さんの企画は通ったのかな。

U　（無視して）町の案内書を読むと、イタリアを代表する一九世紀末の詩人ダヌンチオがここに逗留して、この町を「風と石の町」と呼んだ詩を残したとあったわ。六月のヴォルテラは、私には「風と光の町」という感じね。▼

H　彼女から何か連絡はなかったですか。

U　スタンダールはここは「宿」が悪いから、散文的な人間はこんなところまで決してやってこないだろうと、メティルドへの釈明の手紙に書きつけているの。彼はシュナイダーという人が経営する宿に投宿したのよ。悪口を言っているわりには、宿の主人と親しかったようで、『恋愛論』の対話者にこの人を想定したこともあったようなの。あとでやめてしまうけれど。

H　ねえオバさん。

U　ないわよ、連絡は。そんなことよりね、スタンダールの時代、この町の人口は五〇〇〇人くらいだったの。ダヌンチオの時代になるとどうなのかしら。今は案内所にゆくと、小さな快適そうなホテルが三〇軒ほどリストされていて、選ぶのに迷うほどだったわよ。

H　すっかり観光の町なんですね。▼

U　ええ、チェーンホテルなどの大きな観光企業は入れないで、町ぐるみの手づくりの観光地にしようとしている姿勢が感じられたわ。

H　お気に召したわけですか。

ヴォルテラの小路

ヴォルテラの観光客

U　案内書には、我らがスタンダールも二行ほど登場していてね、ここで「恋のコンケスト」を試みたとか、「男爵夫人を誘惑しようとした悲しい顚末を『日記』に書き記した」と書いてありましたよ。

H　（ワインをぐい呑みする）『恋愛論』ではないのですね。

U　そう、ヴォルテラは『恋愛論』では著者が死んだ場所とされているわけだから、住人にとってはあんまりありがたい話ではないのでしょう。私が行った時には、ちょうどヴォルテラで撮られた映画を特集するイヴェントの最中で、『山猫』や『家族の肖像』で有名なヴィスコンティ監督のポスターがあちこちに貼ってあったわ。一九六四年に監督がここで撮った『熊座の淡き星影』という映画は、ベニス映画祭で賞をとったようよ。

（ここでファックスが入る）あら、たか子さんからだわ。

H　どれどれ（読み上げる）、「センセー。私に無断で行方不明にならないでください。おかげで企画がボツになりそうです。編集長には責められて、もう散々。無責任だと反省してもらいたいです。たか子」

U　（のんびりと）あらまあ、たいへん。すっかり忘れていたわ。

H　ボクがさっきから言ってたじゃないですか。今から彼女にくるように言ってもいいですか。

U　じゃあ、夕飯のお買物をメモするから、ついでに買ってくるように言ってちょうだい。

——一時間後、たか子、スーパーの袋を両手にぶら下げてやってくる。ほろ酔い加減のUは、料理をせず、二人を前に演説を続ける。

「僕を見ないで、でも見て」

U　きりのいいところまで話さないと不眠症になるの。
H　わかりました。
U　スタンダールは六月三日の午後一時にリヴォルノから馬車で到着しました。たぶん馬車の中から「変装」のための黒い服と緑のサングラスをかけていたのではないかと思います。町に着いて最初に出会った人がなんとメティルドだったと手紙ではいいわけしています。私は最初これを読んだとき、「また嘘をついて……」と思ったのだけれど、ヴォルテラを歩いていて、ひょっとして本当かもしれないと思ったのよ。それほど小さな町なの。歩いていると町のあちこちで、さっき出会った観光客とまたすれ違って挨拶を交わすことが何度もあったのよ。その頃でさえ、町に入った旅人が住人に気づかれないでいるということは、一日たりとも無理だったでしょうね。

ヴォルテラ市街図

M　それなのにメティルドはスタンダールに気がつかなかったのですね。

H　女は気に入らない男には冷たいからなあ。

U　スタンダールはがっかりしたんだけど、心のどこかで安堵もしたの。緑のサングラスは「僕を見ないで、でも見て」というサインですからね。それからエトルリアの遺跡そのものであるアルコ門▼から町を一周し、フィオレンチナ門の近くにあるジオルジ邸のあたりをうろうろしています。

H　確か、メティルドはこの人と知り合いで、この家に泊めてもらっていたんですよね。

U　先に言わないでくれる？　たそがれ時の八時一五分、彼はメティルドへの手紙にわざわざこの時間を書きつけているの。「宿の主人に変に思われないために」サングラスをはずして外に出たとたん、さっそくメティルドに見つかってしまうの。

H　恋の念力でしょうか。（Mをちらっと見る）

U　目と目が合った一瞬、これはスタンダールが一生忘れなかったときだと思うわ。四日後に書いたラブレターの中では「生涯でもっとも甘美であるべき瞬間だったのに、あなたに嫌われるという心配のためにもっとも不安な瞬間になった」と告白しています。

H　その気持ち、痛いほどわかるなあ。

U　いいところなんだから黙っていてね。本の余白に「She sees me」と書きつけて

アルコ門

います。それまでコミュニケーションの糸が結べなかった二人が、特別な場所で目と目を合わせることによって、お互いの気持ちを了解してしまう。『パルムの僧院』で、ファブリスが牢獄の小窓からちらっと見かけたクレリアと、なんとか目を合わせたいという切望がやっとかなった場面が出てくるけれど（一二〇ページ注④参照）、このときの特権的な瞬間がイメージ化されているのではないかと思うの。ちょっと読んでみましょうか。

「挨拶をうけると娘は立ち止まり、目を伏せた。ファブリスはその目がたいへんゆっくりあげられるのを見た。明らかに自分を抑えながら、彼女はもっとも苦しい、もっともよそよそしい態度で囚人に挨拶した。しかし目を黙らすことはできなかった。きっと自分では知らなかったろう、しかし一瞬もっとも激しい憐憫を表したのだ。彼女がひどく赤くなり、薔薇色がどんどん肩のほうまで拡がってゆくのを、ファブリスは見た」

H　（Mにむかって）メティルドもスタンダールと目が合って赤くなったと思う？

M　怒りのために赤面したと思うわ。

U　メティルドはとっさに気がつかないふりをしたの。ヴォルテラに恋人を呼び寄せたなどという評判が立つのが一番恐いですからね。メティルドは思いがけない災難にぞっとしながら、とりあえず無視したというのが真相じゃないかしら。

スタンダールには読みかけの本の余白に、日記風に書き散らすクセがあって、それを丁寧にあつめた本『マルジナリア』があるんだけど、彼は『マクベス』の余白にこのできごとを「the greatest event of his life」と書きつけています。

M　大げさですね。

H　キミには男の純粋な気持ちが通じないんだね。

M　男こそ女の繊細な気持ちを理解していないと思うけど。

U　もう食事にしましょう。今夜のメニューは鯛のアクアパッツァはどうかしら。

M　三人で作りながら話しませんか。

H　（うなづく）そのほうが楽しいよね。

U　鯛とアサリ、それにトマトやハーブをオーブンに入れるだけの料理だからすぐよ。コツは鯛がひたるほど水を入れることなの。

ぬか喜び――天国から地獄へ

U　さて翌日の四日、スタンダールはじっとがまんの「自粛」の日を過ごすつもりでした。行動には出なかったのよ、ジオルジ邸のあたりをうろつきはしたけどね。あとでそれをメティルドに叱られて、「そこがジオルジ邸だとは知らなかった」と苦しいいいわけをしているの。あ、アンリ、そこでオーブンをあけて焼汁を鯛の上にかけてちょうだい。

その晩、スタンダールはついに、メティルドに会いたいという手紙を渡す決意を固めました。先手を打って「あなたの一番古い友人が遊びがてらやって来た」という触れこみにすれば、恋人ではないかなどと誤解されることはないのではと思ったと、手紙には書くのよ。このまま宿に閉じこもって籠城《ろうじょう》するより、城から出て玉砕したほうがましと、眠れぬままに決心したのでしょうね。五日に何が起こったか、スタンダールがあとでメティルドに事の次第を弁明した手紙で推察するよりないのですが、とんでもない事件が起こったらしいの。

H あっ、鯛が切腹してしまった。

M いじりまわすからよ。

U 気にしない、気にしない。何が起こったか、手紙から類推してみましょう。朝、メティルドの泊っているジオルジさんの家に手紙をもって行く。するとジオルジさんが出てきて、まあどうぞどうぞと彼を家に招き入れてくれる。中に入ったかどうかは不明。そのあとメティルドについて、息子たちが通っている学院まで行くの。

M いいことづくめではありませんか。

U 一見そうなのよ。それでスタンダールも有頂天になったのね。メティルドと一緒に学院まで歩いていって中に入り、校長と会ってお話までできたんですからね。そのときの天までのぼる心地を、六月一一日の手紙にこう訴えています。

「私はとても幸福でしたが、同時にとても臆病になっていました。お子さんに話しかけるということもできなかったので、あやうく失敗しそうでした。学校の中に入ってからは、さらにひどくなりました。あなたと向かい合わせになって、あなたのお顔をまともに見る形になったからです。それは夢みることさえおこがましい幸福を味わうということであり、私はそのためだけにこの二週間生きてきたのです。学院の門の前で、よっぽどこの幸福を諦めようかと思いました。それに耐えられる自信がなかったからです。手すりにもたれてやっとのこと階段を登りました。目はしのきく人を相手にしたら、気づかれていたでしょう。とうとうお目もじが叶いました。その瞬間からお別れするまでの間のことはよく思い出せません。ぺらぺら話しまくって、あなたのお顔を眺め、そしてまた古道具屋のようにしゃべったということだけは憶えています。そのとき私が繊細な心使いに欠けた振る舞いをしたとおっしゃるなら、そうかもしれません。私にはまったく記憶がないのです」

M　笑えますね、国会答弁みたいで。

H　でも、こう書かざるを得ないスタンダールにガンバレと言いたいですね。

M　そんなにムキになって焼汁をかけたら、もっと魚が崩れてしまうわよ。

U　（高ぶった声で）「ただ、あの場の中心になれるのなら、すべてを投げ出してもいいと感じていたことだけははっきりと思い出します。あの瞬間は、私の人生のうちで最も幸福な時間だったはずなのに、記憶から完全に消えています。これが感じ易い魂の、悲しい運命です。魂は至福の瞬間に我を忘れ、それを取り逃がしてしまうのです」

H　そうなんだよなあ。幸福はまぶしすぎて、ちゃんと見ることができないんだよな。

M　センセイ、もう魚が焦げてますよ。

U　「私は愛するものについてうまく語れた例《ためし》がない」とスタンダールも書いているの。その後スタンダールは、メティルドから「ムッシュー」で始まる手紙、つまり「拝啓」で始まる厳しい手紙を受け取るの。

「ここまであなたが繊細さと遠慮を欠いた行為で私に迷惑をかけるとは信じられません。あなたのなさっていることは信義の人という名にふさわしくありません」って。

M　センセ、坐ってください。

U　そうお。メティルドにしてみれば、泊っている先や子どもの学校まで押しかけてきたスタンダールに対して、怒り心頭に発していたのね、人前を憚ってそれを抑え、手紙で怒りをぶつけたのでしょうね。

H　（やたらに焼汁をかけながら）それはいつですか。

U　たぶん六日、前日と同じようにメティルドを学院までエスコートして、そのとき手渡されたのではないかと思うの。それを学院の廊下でチラと読んだスタンダールは、奈落の底に落ちるのよね。

「私は学院ではこの致命的な言葉しか目には入りませんでした。そして前日狂喜したその同じ場所で、私は不幸のどん底に落ちたのです」

H　学院は二度と足を踏み入れられない鬼門になってしまったわけですね。
M　（舌うちして）食べられるものができるのかしら。

スタンダール失恋の場所を発見

U　私はこの学院を捜してヴォルテラを走りまわったのよ。
H　ちょっと待ってください。二百年近く前のヴォルテラと現在のヴォルテラはそんなにも変わっていないのですか？
U　ええ、通りの名前も七つある門の名前も、全然変わっていないの。それに研究書には、学院は現存していると書いてありましたからね。
「サン・ミケーレ学院」あるいは「スコルピ学院」の名前で、人に聞きまくったの。でも誰も知らないというのよ。そんな名前は聞いたような気がするが、自分の生まれたときにはもうなかったという人もいたわ。
H　そんなことをしたら、町の人に日本から来たあなたのことが知れ渡って、草葉の陰でメティルドが怒っているかもしれませんよ。
U　町の人が興味はないことは確かなの。考えてみれば「失恋の名所」なんて呼ばれたら迷惑だものね。でも、途方にくれて立ち尽くしていると、ハッと閃きました。
「さっき通ったサン・ミケーレ教会▼に付属の学校があるのではないか」とね。でも教

サン・ミケーレ教会

スコルピ学院入口の門

会の周りを回っても、中に入っても、学校らしいものは一つも見当たらないの。案内所に行って聞いてみると、サン・ミケーレ教会の横には、確かにヴォルテラ唯一の学校があって、そこは公立の中学校になっている、という返事でした。教会横の小さな門▼は、登下校の時間以外は閉まっているので、観光客には教会としか見えなかったのね。

　翌日朝八時、門の前で待ち伏せしたの。一番に入ってくる先生らしき中年の女性に事情を説明し、校長先生に許可を願い出たいので、いつ会えるかと聞くと、「あ、そんな必要ないでしょう、好きなようにしてくださいな」という返事。

　中に入ったとたん、ありましたね。スコルピ学院卒業者名簿▼が。

H　メティルドの息子の名前もみつかりましたか？

U　ありましたとも！　カルロ・デンボウスキーとね。無造作に廊下▼に貼ってあるのよ。見入っている私のわきを中学生が過ぎてゆきます。照れかくしに「ボンジョルノ」というと、向こうもくったくなく「ボンジョルノ」と返事してくれたのよ。

H　東洋人のオバさんが珍しかったんじゃないの。

U　スタンダールがやっとの思いで手すりにもたれて、身を支えていたという階段もありました。なんということはない階段だったけれど。廊下のどの窓からも、青い山波が見渡せて、▼わたしも思わず手すりにへなへなともたれてしまったわ。

H　スコルピ学院というのは公立の学校と同居しているのですか。

卒業者名簿

スコルピ学院の廊下

U　いいえ、一九六五年に廃校になっています。スコルピ学院は一七一二年創立ということですから、三世紀半も続いた学校で、少ないときにはたった一人、多いときでも三〇人ほどの卒業生しか出さない、少数主義のジャンセニストの学校だったらしいの。ジャンセニストというのは、フランスを中心に一七世紀からスタンダールの時代にかけて厳格な宗教活動を展開し、教育にも熱心な運動体だったの。メティルドの息子カルロの同級生も、たった一七人。スコルピというのは「敬虔な学校」という意味で、スタンダールはそんな宗派の神父であり校長であるレットーレを相手に、饒舌を空回りさせたわけなんだけど、善良な神父はスタンダールがどうしてこんな所にやってきたか、さっぱりわからなかったでしょうね。

H　ぼくもオバさんがどうしてへなへなとくずおれたかわかりませんけど。

U　うるさいわね。「もし私が土曜の晩、あれほどしゃべりはじめなかったら」とスタンダールはラブレターの中で書いているの。「あの善良なレットーレさえも私が恋していると気がついたでしょう」って。

M　ルッコラの青味をきかせたトマトのサラダをつけあわせに作りました。冷めないうちに食べましょうよ。

H　手際のいい人って尊敬するな。

学院の窓からの眺め

海を見ていた午後

U　たか子さんもやればできるのね。おいしそう。さあ話の続きよ。

六日に奈落の底に落ちたスタンダールは、七日から八日は「なにもかも放っておくという考え」に支配されて、うつうつとした二日間を過ごします。子どもたちに会いにきたという嘘がばれないためには、そしらぬ顔をして学院に顔を出したほうがよいはずですが、そんな計算も頭に浮かばず、昼は重い心を抱いて石の町を歩きまわり、夜は宿で死を考えながら過ごしました。メティルドをチラとだけでも見たいという一心で、思わず知らず彼女の行きそうな道を選んだのかもしれないわね。そしてまたもやメティルドに出くわすのですよ。六月一一日付の手紙を読んでみましょうか。

「いただいた非常に厳しい手紙には、お宅に押しかけようとしていると私を非難されていますが、そんなことは私の性格上、まったく無理なことです。そんなことをじっくりと考えるために、私はセルチ門の外に出ました。右に回らなかったのは偶然です。坂が登ったり降りたりしているのを見て、一人で静かに考えたいと思いました。こうして私は野原に出ました。あとからそこにあなたもいらっしゃいました。私は手すりにもたれて二時間ほど、海を眺めていました。私をここまで運んできた海を。ここで死んでしまったほうがよかった海。マダム、私はこの牧場があなたのいつもの散

セルチ門への道

歩道などとは思ってもいませんでした。いったい誰がそれを教えてくれたというのでしょう」

ヴォルテラは標高五四五メートルの高原にあって、海など見えるはずがないのに、どうしてこんなふうに書いているのか不思議だったけど、歩いてみて謎が解けたわ。

H　海はどっちにあったのですか？

U　セルチ門というのは七つある門のうち、一番東側にあって、城壁は長い屋敷の塀に沿っているの。▼塔のある門をでて、城壁に沿って左手にゆくと、杉並木の散歩道▼が長く続くのよ。

M　目に見えるようですね。

U　でしょ！　並木ごしに青い丘陵が地平線のかなたまで波打っています。▼波のように重なる丘の連なりに、ときどきひょろ長い糸杉がブイのように揺れているのを見たとき、「海」ってこのことだな、と思ったわ。私は最初ジェノヴァからリヴォルノまでくる海路を思い出しているのかと思ったんだけど、それとオーバーラップする形で、ヴォルテラが海に浮かぶ離れ小島に変容したのだと思うわ。さらに十分ほど行くと、大波のように起伏の多い牧場が広がっていて、手紙に書いてあるとおりでしたよ。

H　そこでメティルドを見かけるのですね。

U　そう、手紙によるところです。メティルドがジオルジさんと一緒にこちらに来るのを見た。これはまずい！　というので、とっさに偶然近くを歩いていた青年に「町

糸杉の並木

城壁からの眺め

の向こう側の海」まで行こうと話しかけて、逃げ出そうとする。しかしジオルジさんに見つけられて逃げられなくなってしまい、言葉を交わした。メティルドは「家に押しかけてくるだけでなく、散歩道まで追いかけてくるとは」と腹を立てたでしょうが、もちろん何も言わない。宿に帰ってうつうつとする。そうした暗い夜、粗末なランプの下で、彼は読んでもらえるあてもないラブレターを書く。七日の日付になっています。「マダム、あなたは私を絶望におとしいれています」から始まるこの手紙、私は大好きなのよ。

メティルドの叱責の言葉を噛みしめ、平身低頭して謝罪するかたわら、あなたの高貴な魂なら、情熱の混乱と痛みを理解するはずだと攻め立てる。返す刀で、いや、あなたの激しやすい性格の欠点ゆえにこそあなたを崇拝しているので、そのせいでこんな辛い夜を過ごさねばならなくなったのだが、それでも納得です、あなたの欠点ゆえに私はあなたを愛します、なんてことを書いているの。究極のラブレターですね。私ならこの手紙でホロリときます。

M　メティルドは靡《なび》いたのですか？

U　そう思いたい気持ちはよくわかりますが、それはないと思います。スタンダールがこの手紙をいつ渡したかはよくわかりませんが、もはやこれまでと思い定めたスタンダールが、いとまごいに訪れた九日にまたもやドンデン返しが起こります。二度と行けないと思った学校で、メティルドが待っているというのです。

松の木のある眺め

M　うれしかったでしょうね。
U　メティルドは、彼にあらゆる望みを断つように婉曲に説明したのだと思うわ。
H　どこまで残酷なんだろう。

再び天国へ

U　メティルドはさらに一〇日にも彼と会います。この日が『恋愛論』では著者リジオ・ヴィスコンティ（スタンダールの別名）の命日ということになっているのですね。どうしてメティルドはスタンダールに会ったのか？　これはよくわかっていないの。
M　（首をかしげて）女って自分でも不可解な心の動きをしますものね。
U　例によって本の余白に「一〇日、彼女と四分の三時間」「一〇日、希望に我を忘れて退出」「一〇日四時四五分、希望に酔って退出」などと英語まじりで書き散らしてある記録が残っています。
M　メティルドが七日のラブレターに感激して心を和らげたんですか？
U　そう解釈する人もいます。でもそれは違うと思うの。彼女は引導を渡すためにスタンダールとゆっくり話そうとしたのではないかな。夢にみた差し向いで言葉を交わすことが、四五分間も出来たのです。スタンダールはもう雲の中を泳いでいるような気分で、メティルドの言うことは全然耳に入らなかったのではないかしら。この日彼は「一日中泣いた」とも書きつけています。うれし泣きだったか、恋が実らぬことが決定的だと思い知って泣いたか。メティルドはメティルドで、ここまで言ったのだから大丈夫だろうと、安心して心を和らげて笑顔のひとつも見せる。それをまたスタンダールが誤解する。第三者から見れば、笑えない喜劇だったのではないかしら。

H ボクはそうは思わないな。きっとなにかが彼女の琴線に触れて、たった四五分でも一生に替えていいような二人の至福の時間があったと思いますよ。スタンダールの熱い想いがメティルドの頑なな心を和らげたんじゃないかな。

U どちらにしてもスタンダールは幸福の絶頂に上りつめたの。

M それでどうなったのですか?

U 翌日の朝四時半に二頭立ての馬車▼でヴォルテラを発ち、すいかずらの香りたつ道をカステル・フィレンチーノ、そしてエンポリ経由でフィレンツェまで一路走ったわけなの。

『恋愛論』の「結晶作用」を説明している一〇章の出だしに、彼は「エンポリ一八一九年六月」という注をつけています。読者はなんのことだか、さっぱりわからないと思うわ。ほら、『メチルドの小説』でデムポリ公爵夫人というのが出てくるでしょ。あれはここの地名をとったのよ。

一八三〇年ごろの乗合馬車

待ちぼうけの町、フィレンツェ

M どうしてリヴォルノではなく、フィレンツェ▼に行ったのですか？

U スタンダールはメティルドが後で追いかけてくると思っていたらしいの。だから、六月一一日から七月二二日まで四〇日間、ひたすらメティルドを待って過ごしたのよ。

H 四〇日！ やっぱり六月一〇日になにか約束があったに違いないですよ。

M なにかって何よ。

U せっかちなスタンダールが四〇日も待つというのは、確かにすごいことね。期待に胸をふくらませて四〇日も過ごしたんだもんね。約束があったかなかったか、本人以外誰にもわからないけれど、メティルドにしてみればいい迷惑ではなかったかしら。スタンダールはついに諦め、ボローニャに行くことに決めてメティルドに七月二〇日付の手紙を出します。ひょっとしてボローニャでせめて手紙などもらえるのではないかという、諦めきれない辛さがにじみでたいい手紙よ。

H 手紙の返事はもらえたのですか？

U もらえるどころか、七月二二日にボローニャに着くと、二つの知らせが待っていたの。メティルドはポレッタの温泉に行っていて、フィレンツェにくる気はさらさらないという知らせ。それと、父が亡くなっていたという知らせ。

フィレンツェのアルノ川

H　泣きっ面に蜂ですね。

U　「六月二〇日父死す」の知らせについては記録がないんだけど、恋人来《きた》らずの確認については「絶望と落胆」とノートに書きつけているわ。スタンダールは七月二五日にボローニャを発ち、八月五日にミラノを素通りしてグルノーブルに向かいます。ノートに「フランスに発つ。tristissima partenza（「最も悲しい出発」）」と書き残して。

——これがヴォルテラ事件のあらましです。

H　（ため息をつきながら）当人にとっては生きるか死ぬかの大問題だったのでしょうね。オバさんの長い話を聞きながら、ボクは『赤と黒』でジュリアン・ソレルがレナール夫人をピストルで撃つシーンを連想しましたよ（一二八ページ注⑧）。スタンダールは空想の中で何度もメティルドを撃ったのではないかと——。なんだか飲みたい気分だなあ。

U　じゃあ食後酒として日本酒を燗して、スルメイカを炙ってなんてどう？

たった一人の道行き

U　空想が実現しなかったからこそ、小説が書けたのですよ。

H　恋は何が幸せで何が不幸せかわからない。大いなる不幸が幸福を生む。反対に、あまりに幸福だとみんな忘れてしまう……。

M （頬杖をついて）ロマンチックすぎるわねえ。

H 人を思う心が風景に反映して、風景全体が相手の姿とダブって見えるようになるってことですか？ 風景の中に身を置くということが、相手の懐に抱かれて相手の吐く息が自分の吸う息となるというような、一種魔術的なコレスポンダンスの場となるわけだ。

U 「風景はいわば私の魂の上に奏でられるヴァイオリンの弓のようなもの」って彼は言っているわ。恋は、風景の色、形、植物の香りに加えて、魂が奏でる音楽までが交じり合う、濃密な宇宙を創造する原動力だったのね。『恋愛論』五九章では、そんなトランス状態がどんなに甘美で優れた感情であるかが強調されているわ。ちょっと読んでみましょう。

「情熱恋愛は人の目に自然をその崇高な姿で見せ、まるで昨日作られたような新しさを感じさせる。自分の魂に向かって啓かれたこういう異様な風景に、それまで気がつかなかったのに驚く。すべては新しく、いきいきしていて、もっとも情熱的な興趣をそそる」。ここに注がついています。「Vol 1819①、スイカズラの下り坂道」とね。

M どうしてそんな解りにくい注をつけたりしたんですか。読者に嫌われるのは目に見えているのに。

U 『恋愛論』はメティルドへの暗号にみちたラブレターとも読めると言ったでしょ

① Volterra 1819 の略。

う。この本にはスタンダールが密かに伝えたかった思いが綴ってあるの。「メティルドさん、私はヴォルテラからフィレンツェへと向かう道でこの感覚を獲得したんですよ」というようなことかな。続けてこう書いています。

「恋する男はあらゆる風景の水平線に愛する女の姿を見る。一目見るために百里の旅を行けば、樹木も岩も彼女について別のことを語り、何か新しいことを教える」

これがヴォルテラでの最高の発見だったのでしょうね。

H　あたりの空気が彼を抱擁する恋人の身体のように思えるなんて、ちょっとアブナイけど、確かに幸福な体験だなあ。

U　心あたりがあるような口ぶりね。二九章を読むと、つれない恋人を思って何時間も、美しい庭園に生える松の木の下で瞑想するデルファンテ伯爵を観察して、リジオ・ヴィスコンティが「こんなふうに恋に没頭できるデルファンテは幸福だ」と書いています。デルファンテとはスタンダールのことなんだけれどね。

M　ちょっと待ってください。『恋愛論』を書いたことになっている架空の人物リジオ・ヴィスコンティ②もスタンダールの分身ですよね。

U　ええ、不幸な自分をもう一人の自分が眺めて幸福だと思っているの。幸福と不幸が分けがたく入り混じっているときには、こんな合せ鏡の形式が必要なのね。

ヴィスコンティがトランス状態のデルファンテを見かけたのは、ボローニャを流れるレノ川▼の滝に行く途中の屋敷の庭園ということになっているの。スタンダールは父

② 『恋愛論』一章には「この本はリジオ・ヴィスコンティのイタリア語の手稿の自由訳である。彼はたいそうな名門の生まれの青年だったが、最近その故郷ヴォルテラで死んだ。突然の死の日、彼は私に彼の「恋愛」に関する試論を、もし恥ずかしくない形にまとめることができるなら出版してもいいという許可をくれた」とある。

リジオはメティルドの別荘があったところ、ヴィスコンティはメティルドの婚前の名前ヴィスコンティニと似ている。すべてメティルドにわかるように作られた暗号である。

ボローニャ郊外のレノ川

の死を知ってミラノに寄る途中、二二日から二六日までボローニャに寄っています。そのときの体験をこんなふうに訴えているのではないかと思うの。

H　風景の奇跡はヴォルテラやレノ川のような風光明媚なところでなくても、ごく普通の風景でも起きるんですね。『アンリ・ブリュラールの生涯』と『恋愛論』の両方に記されていますから、よほど印象が強かったのでしょうね。ミラノからグルノーブルに向かう途中、本街道をポリニーからアルヴォワに向かう方向から眺めると、山の稜線が怒ったメティルドの姿に見えてきたというくだりを読んだ記憶があります。スタンダールはヴォルテラ以来、幻のメティルドと、ずっとたった一人の道行きをしていたんだなあ。

U　そうなのよ。私のほうは時間もお金もなくなって、ミラノから泣く泣く一直線で帰ってきたの。でもミラノで一日だけ余裕があったので、メティルドが住んでいたといわれる所をうろついてきました。波瀾万丈な人生にふさわしく、彼女は何度も引越しているのですが、ドゥオーモを中心として、歩いて一五分以内のところから離れたことがなかったようね。彼女は骨の髄までミラノっ子だったのね。結婚して住んだところがサン・マウィーヨ通り。二人の息子をここで産んでいます。

スイスから帰って、夫と別れて住んだところは、ミラノのサン・パオロ通り、ラオロ通り。スタンダールが胸をときめかして通ったのは、サン・パオロ通りでしょうかね。歩いて五分くらいのところには、恋人だったと噂を立てられたフォスコロの名前▼

サン・パオロ通りのコーヒー店

をつけた通りもあったわ。フォスコロさんて、通りに名前が残るほど高名だったんだなと改めて実感できたけれど、通りそのものはどうってことのない小さな道だったわ。

H　メティルドが亡くなったモローネ街▼ははずさなかったでしょうね。

U　気のせいか淋しい通りだったわ。三五歳の若さで結核で亡くなったのですからね。ミラノの町のど真ん中なのに、ふと脇道にそれると、急に閑静な住宅街に変身するのがとても印象的でした。(二人の顔を見て)この館はメティルドの従姉トラヴェルシ夫人のものだったの。彼女は従姉の家で亡くなったのね。

H　スタンダールがそれを知ったら、棘が刺さったように飛び上がったかもしれませんね。

U　私も写真を撮りながら、同じことを考えたの。でもたぶんスタンダールは「小説の結論にぴったりさ」なんて微笑んだのではないだろうかと思い直しました。モローネ街を出て、ホテルまで歩いていると突然、炭火に炙られてねじれるスルメのような気分になったわ。夕闇がせまって、スタンダールも見たかも知れないオレンジ色の街灯があたりを染めたのを見て、「私の人生も光を摑もうとして虚空を摑んできたのではないか」と思ったりしてね。

H　へえ、オバさんでも反省はするんだ。

M　ヴォルテラ事件のような、こんな愚行を四〇日も続けられる情熱はいったいどこからきたのかしら。

メティルドの亡くなったモローネ街

U　スタンダールのように自我が強く、しかも客観的にものを見られる人が、恋愛という魔法をフルに使って、自分で自分に魔法をかけて、日常を非日常なものに変えられることが快感だったのではないかしら。ほら、この硬いスルメのように、口のなかで次から次に湧き出てくる芳醇な味わいがクセになるのと同じよ。

H　演歌の心境と似てませんか。

U　（歌いだす）

♪あなた変わりはないですか

着てはもらえぬセーターを……

M　（あわてて止めようとして）スタンダールのためにオチョコで乾盃しましょうね。

第五話

スタンダールが恋愛を四つに分けた理由は？

――「情熱恋愛だけが真実の恋だ」

映画『パルムの僧院』（1947年）。ファブリス役のジェラール・フィリップ

――七月の昼すぎ、U邸に米谷杏里夫が夕立の中をびしょ濡れになって飛び込んでくる。

恋には四つの種類がある

U　アンリ、濡れネズミってこんなことをいうのかしら。すぐタオルを持ってくるわね。

H　すみません、ひどい目にあいました。急にあたりが暗くなったと思ったら、雷は鳴るし小石のような雨が降ってくるし。

U　私の好物のあんころ餅の折り箱なんか持ってくるから、竜神様がびっくりして暴れたんじゃないの。私も口あんぐりよ。

H　オバさん、へたなシャレはやめてください。（居間を見渡して）今日は雑誌の打ち合わせとかはないんですか？

U　（冷たく）今日はたか子さんは来ないわよ。

H　いやそうじゃないんです。今日は真剣に将来のことを相談にきたんですから。

U　あなたの将来は小説家しかないと思っていたけど？

H　夕べ親父が、ずいぶん前にリストラされていたと家族に告白したんです。朝からカバン持って家を出て、町中の公園を全部調べつくすという、親父にしては新しい喜びがあったらしいんだけれど、もう調べるべき公園がなくなったと言ってついに……。

U　これはわが妹一家の一大事！　でもあなたのママは私に何も言ってこないわよ。

H　気をつかっているんじゃないですか。それともう諦めているのか。

ボクも大学院にじっくり居座るつもりだったのですが、四年目にして卒業しようと決めました。問題は憎っくき仏文学の斎木教授。大学に入った時からの宿敵で、あいつの顔を見たら一週間はムカつくので、授業には三年前に一度出たきりなのですが、卒業には必須単位なんですよ。今年の講義の題がまた「スタンダールの『恋愛論』特論」なんて古くさいもので。しかたないから、今朝早く覚悟をきめて相談に行ったらこう言うのです。本来なら単位はやれないが、特別な事情なので考慮しよう。しかし君の今までの出席ゼロをカバーするために、誠意をこめたレポート二題を一ヵ月以内に提出せよ、ってね。

U　それで、私に何をしてほしいの？

H　ボク、就職活動で時間がないんです。恋愛学の権威としてレポートのネタをボクに提供してくれませんか。

U　恋愛学の研鑽を積んでいる者として、一緒に考えることにやぶさかではないけれど、書くのはキミよ。それで斎木教授はどんなテーマを出したの。

H　「スタンダールが恋愛を四パターンに分けた理由を、具体例をあげて説明せよ」というのです。

U　キミの能力をもってすれば簡単じゃないの。

H　めんどくさいんですよ。時間もないし。

U　つまり私が書いたものをそっくり使いたいわけね。

H　親戚じゃないですか。

U　あんころ餅で買収される私だと思うの。レポートの題は『恋愛論』の基本よ。本ぐらいは自分で買いなさい。

情熱恋愛こそ最高の恋愛である

――次の日、杏里夫が『恋愛論』を片手にやってくる。

H　まいったなあ。手も足も出ません。

U　まず本の冒頭を読んでみるのはどうかしら。（本を開いて読む）

「ここで私が研究しようとするのは、それが真摯に展開されれば、必ず美の性格にたどりつくような、あの情熱についてである」。とっぱなからこうですものね。改行して「恋愛には四種類ある。一、情熱恋愛、二、趣味恋愛、三、肉体恋愛、四、虚栄恋愛」

H 恋愛を四つに分けて「あなたの恋愛パターンはどれ?」なんて女性雑誌の見出しになりそうですね。スタンダールはベストセラーを狙っていたのかな。

U 情熱恋愛の説明としては「ポルトガル尼僧の恋、エロイーズのアベラールに対する恋、ヴェゼルの大尉の恋、チェントの憲兵の恋」。これしか書いてないわね。たった二行で終わりですものね。他の三つの恋愛に較べて、群を抜いて短い。しかも他の三つの恋愛については悪口を言うばかりで、情熱恋愛だけが恋愛の名に価するのだときめつけているし。

H 書き方がまずい! まず「本当の恋はこうです」と読者を納得させてから、それ以外の恋はやめなさいというのが親切というものでしょう。

U ところがスタンダールは逆の手を使ったのね。私の恋はあれでもない、これでもないと否定しておいて、本当の恋を雲の峰に隠しておく。

H どうしてこんなややこしい構成を考えたんですか。

U なんといってもこれは片思いの女性に対する密かな恋文ですからね。読者を誘うような、拒否するような矛盾した書き方しかできなかったのではないかしら。

H 素直じゃないんだ。聞いたこともない名前が並んでいますが、誰ですか、この人たち。

U　ポルトガルの尼僧というのはね、一七世紀にポルトガルはベージャという町に住んでいたマリアンヌという名の尼さんのことね。彼女は、そこに駐在したフランス人大佐と恋に落ちたの。相手がフランスに帰国してからも、迎えにきてくれるのをひたすら待ちながら、熱烈なラブレターを送るのだけれど、相手はなしのつぶて。大佐には迎えに帰るつもりはハナからなかったのよね。それとも知らずにマリアンヌが送ったといわれる五通の手紙が、本になって出版されたの。手紙の調子が回を重ねるごとにだんだん激しく狂おしくなってゆくところが印象的ですよ。①佐藤春夫が『ぽるとがるぶみ▼』というタイトルで名訳を残しているの。②ちょっとさわりを読んでみるわね。

「この手紙をわたくしは手放すのがお残り惜しうございます。この手紙はあなたさまのお手の中に参りますのね。その同じ幸福をわたくしも得たいものだと思ひます」

　第三の手紙では「さやうなら。あなたさまにお目にかからねばよかったものをと、わたくしはどんなにか後悔しますことか。ああ、こんな一句がどんなに嘘であるか、よく自分で気づいています。これを書きながら今も思ふのには、あなたさまについぞお目もじしなかったよりはあなたさまをお愛し申して不幸な方がずっと増しでございます」

　でもなんといっても私の一番好きな手紙は、第四の手紙で綿々と続く、凄みをきかせた捨てゼリフなの。長すぎるので私流に要約してみるわ。

「あなたを忘れるくらいなら、もっと苦しんだほうがましです。一瞬でもあなたを

① この本が出版されたときから、マリアンヌなる尼僧は存在せず、この本の翻訳者と称するギュラーグ伯が女性の恋文をでっち上げたのだという説があったが、研究が進むにつれてそれが証明された。つまりこれは男性の手によって書かれた書簡文学であり、女性の嘆きの手本となったのである。

『ぽるとがるぶみ』（佐藤春夫訳、人文書院）

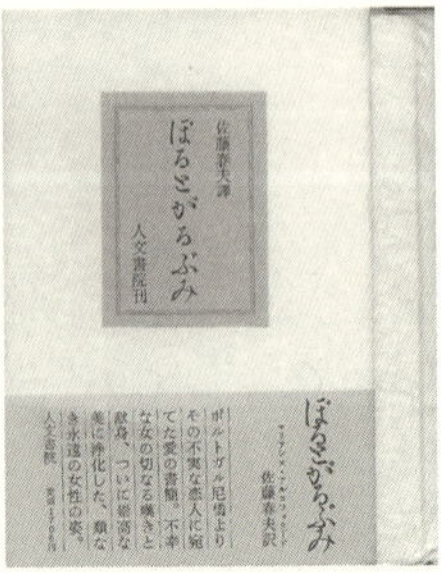

② 人文書院版には佐藤春夫が次のような自分の詩を寄せている。

かなしみは智慧にかがやき
情熱のとこしへの虹。
汝《な》が文《ふみ》はここにのこりて
汝が愛を人仰げども。

忘れたことで後悔するのは嫌です。愛されるより激しく愛するほうが、ずっと痛烈な幸福が味わえるということが、わからないあなたってお気の毒」

H　一七世紀版お蝶夫人ですね。

U　捨てられた女性の嘆きという点ではお蝶さんの姉にあたるけれど、もっと自主的で行動的だわ。

H　だんだん怖くなってくるなあ。

U　エロイーズとアベラール▼の恋も、一二世紀の初めのパリを舞台に、本当にあった話よ。学問の野心に燃えた三九歳のお坊さんであるアベラールが、修道院を出たばかりの名家の娘エロイーズを誘惑し、妊娠させてしまうの。そのときエロイーズは一七歳。アベラールはそのために去勢という極端な罰を受けて隠遁することになり、彼女も修道院に隠遁させられたの。それから二人は決して会うことはなかったんだけど、ここからが大事なところよ、エロイーズの真剣な恋が、彼に会えなくなってから始まったの。一四年のあいだに二人は手紙を一二回交わします。エロイーズのアベラールへの愛は、時間がたつにつれて激しく燃え上がるばかり。アベラールがお坊さんらしく冷静な手紙を書いているのに対して、エロイーズの熱の一方的高さは感動的よ。往復書簡どころか、一方的なラブレターといえるわ。特に有名な第四書簡はこんなぐあいよ。

「あなたを失ってしまったら、何の望むところが私に残るでしょう。またそうなっ

汝《な》が靈《たま》はいづこにありや
ありし日の愛の尼僧よ。
天國《みくに》にかはた地獄《じごく》にか
いづこ行き君を見るべき。
問はまほし愛の尼僧よ
ありし日の愛の行方を。
聞かまほし審判《さばき》の場《には》は
何ごとを君に説きしか。
いやふかく人戀ふる子は
咎《とが》ありや愛の天國《みくに》に。

アベラール（左）とエロイーズ

たら、この世の旅を続けて行く何の理由がございましょう。この世にはあなた以外のどんな慰めも持たない私ですのに③」

H　スタンダールは一方的に迫ってくる女性が好きなんですよね。ボクと似ているなあ。

U　男性と違って女性は一生懸命恋をするものなのよ。

H　次のヴェゼルの大尉、チェントの憲兵に行きましょう。

U　それがよくわからないのよ。親友のメリメが「これはいったい誰なんだ」とスタンダールに尋ねたら「忘れた」という返事だったとか。

H　いいかげんな人だなあ。

U　たとえスタンダールはいいかげんでも、フランス文学の研究者はいいかげんではないの。ちゃんと調べはついているの。チェントというのはフェラーラというイタリア中部の町付近の地名よ。娘を誘惑されたと親に訴えられて投獄されたチェントの憲兵が、相思相愛の娘に毒薬を持ってきてもらい、牢獄の格子ごしに心中したという話が、年代記の写本にあったということよ。一九世紀初めの事件ということだから、スタンダールはこの話を聞いて感動し、そして忘れてしまったということかしら。

次にヴェゼルの大尉だけれど、ヴェゼルというのはライン下流にあるドイツの町の名という調べがついているの。スタンダールの数ある愛読書の中に、ブザンヴァル男爵の『回想録』という本があるのだけれど、その中に「この町に住む婦人の恋人は、

③『アベラールとエロイーズ——愛と修道の手紙』岩波文庫、畑中尚志訳

アベラールとエロイーズが住んだ家（一八四九年に改築された）

その中庭

珍しい羊のように言いなりになる」というくだりが見つかったのよ。
H　ボクも恋のために死ねる男、恋人の言うことには絶対服従する男になります。オバさんの言うことにも絶対服従します。だからボクに替ってレポートをお願いします。
U　どう考えてもばかばかしいことをあえて実行する人のことを、情熱恋愛の人と呼ぶの。甥のために長話をする私なんてそのタイプかもね。でもレポートはだめよ。

誰でも肉体恋愛から始める

U　メモってるの?
H　なんとか。スタンダールのいう、三つの「ホンモノではない恋」のうち、まずは一番わかりやすい「肉体恋愛」から始めるのがいいと思うな。肉体恋愛が恋愛の小学一年生だとすると、「趣味恋愛」が二年生、「虚栄恋愛」が三年生くらい。情熱恋愛はひとっ跳びに大学院くらいですか。
U　恋愛の一、二、三年生がいかにつまらないかを力説するのに、スタンダールは『恋愛論』第一章の九七％を使っているの。
肉体恋愛っていうのはね、「ある日殿が狩に出かけると、田舎女が森に逃げ込む。そのときに垣間見えた足の新鮮さに強い印象を受ける。一六歳になれば誰でもそんな気になる」と彼は書いているわ。

H　確かによくわかるな。しかしスタンダール自身の初恋はプラトニックだったんですよね。

U　ええ、一四歳の時、旅回りの女優に一方的な憧れの心を抱いたの。でも一六歳でパリに行くとき、「ドンファンになるんだ」と決心していたの。彼は終生、虎視眈々と女を落とす戦術を練るドンファン的なところと、一人の女性に憧れて、死ぬような思いをするウェルテル的なところの両方を持っていたみたい。

　恋愛は肉体から始まり、ドンファンのように戦略をめぐらせて女性を勝ちとるという面もあるけれど、そこに留まるのではなくて、魂がずーっと遠く高く飛んでゆくためのトランポリンのようなものだと、スタンダールは考えていたのよ。

だから、スタンダールの小説に肉体恋愛のシーンはほとんどないの。例外的に『パルムの僧院』▼の八章で、ファブリスが女優のマリエッタを好きになるところなんか、④肉体恋愛の描写といえるかもしれないわね。

　「ファブリスは内儀の役をやっている若い女優にふと目をそそぎ、おかしい女だと思った。さらに注意して見ると、その女優はたいそうかわいくて、ことに所作がすなおだと感じた。ゴルドニの書いた愉快なせりふをいいつつ、自分からさきに笑っている無邪気な娘だ」（大岡昇平訳）

H　その軽さが身上ですね。

U　ファブリスは三日後に彼女の住所をつきとめるの。そして、変装して彼女の家に

④『パルムの僧院』あらすじをここで紹介しておこう。

　イタリアの貴族ファブリスはナポレオンを崇拝するあまり、一六歳でワーテルローの戦いに参加する。彼の叔母ジーナはファブリスを恋人のように熱愛し、なにかにつけて保護する。ファブリスは女優のマリエッタとの軽率な火遊びから人殺しをして古塔に幽閉され、そこで刑務所長の娘クレリアと恋愛におちる。ジーナは手練手管を使ってファブリスを脱獄させるが、ファブリスはクレリアに会うために牢獄に戻ってしまう。ジーナは自分の魅力を利用して大公を動かし、ファブリスを赦免させる。クレリアはファブリスのために政略結婚に踏み切り、ファブリスは大司教補佐に任命され高名な説教家となる。二人はひそかに逢瀬を続けるが、二人の間にできた子どもがやがて病死。クレリアはわが子の死を天罰と考え、絶望のあまり死ぬ。ファブリスはパルムの僧院に隠遁し、一年後に死ぬ。ジーナも間もなくその後を追う。

押しかけてゆくの。マリエッタにはすでにジレッチという男がついていて、嫉妬のあまりファブリスを「殺してやる」などと言い廻っているという噂を聞くや、好奇心が頭をもたげて一時間あまり恋の気持ちになったとあるから、ここで「虚栄恋愛」に移行したのね。この虚栄恋愛が災いして、彼はジレッチを殺して牢獄の人となり、やがてそこでクレリアという「情熱恋愛」の相手を見つけることになるわけ。

H　ファブリスは恋愛の模範生というわけか。

趣味恋愛は少女マンガの世界

U　次に恋愛の二年生「趣味恋愛」というのはね、一七六〇年頃というから、スタンダールにとっては五〇年ほど前に流行った恋愛のことで、なにからなにまでキレイキレイの、「影までがバラ色」に塗りつぶされたような恋よ。

H　星と花で埋められた少女マンガみたいなものですか？

U　そうね。スタンダールは趣味恋愛の作家を色々あげているんだけど、⑤ヴィジュアル世代のあなたにはそれらを全部略して、趣味恋愛の画家としてスタンダールが挙げているカラッチ派の絵を取り上げるわね。

H　えっ、誰ですって？

「パルムの僧院」の挿画。ファブリスとクレリアが獄中で初めて抱きあう。

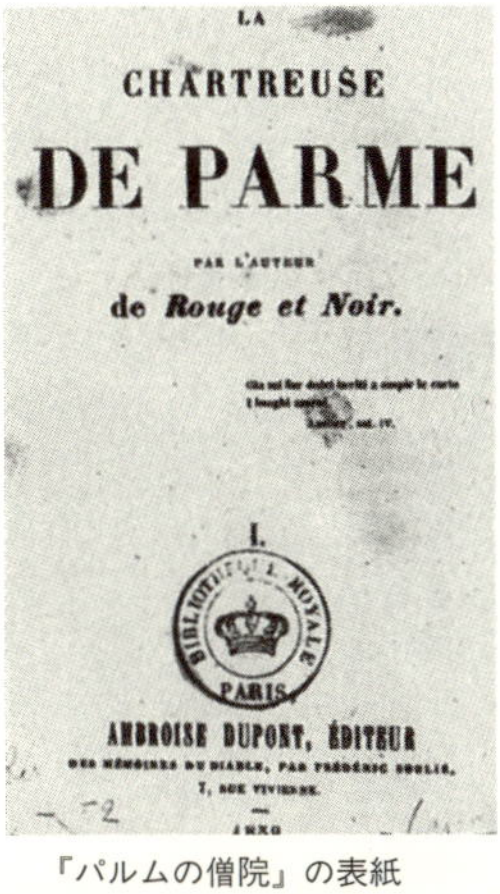

『パルムの僧院』の表紙

U　カラッチ派というのはね、一六世紀から一七世紀のボローニャで活躍した画家たちのことよ。たぶんスタンダールはこんな絵を指したのだろうと思われる絵として、『ヴィーナスとアンキエース』▼というフレスコ画を選んでみたわ。

H　アンキエースというのは、確かギリシャ神話中の人物で、人間の身分でありながら女神ヴィーナスの愛を得た幸運な男のことですね。

U　（絵を指さす）彼は歓びに打ち震えながら、ヴィーナスの靴を脱がしているところよ。

H　脱がしてるったって、もともと裸じゃないですか。

U　女神は服なんか着ないというのが、絵画の決まりごとなの。でも、きれいな絵でしょう。スタンダールも『ローマ散歩』ではこの絵を絶賛しているんだけど、『恋愛論』では、生気のないカップルを描く画家として例にあげているの。確かにドラマ性と動きに欠けるわね。このカップルの会話を想像してみて。

H　「今度発表されたフェラガモのサンダル、ステキよ」「そう、じゃああしたプラザに見にいこう。ボクもヴィンテージのワインが欲しいからね」。こんな感じかな。

U　そうそう、ちょっと退屈よね。スタンダールは「この貧弱な恋愛から虚栄心を引くと、残るところはいくらもない」と決めつけているわ。

⑤　デピネ夫人、シャンフォール、デュクロなどの文人たちが挙げられている。彼らの日本語訳の本はほとんどない。

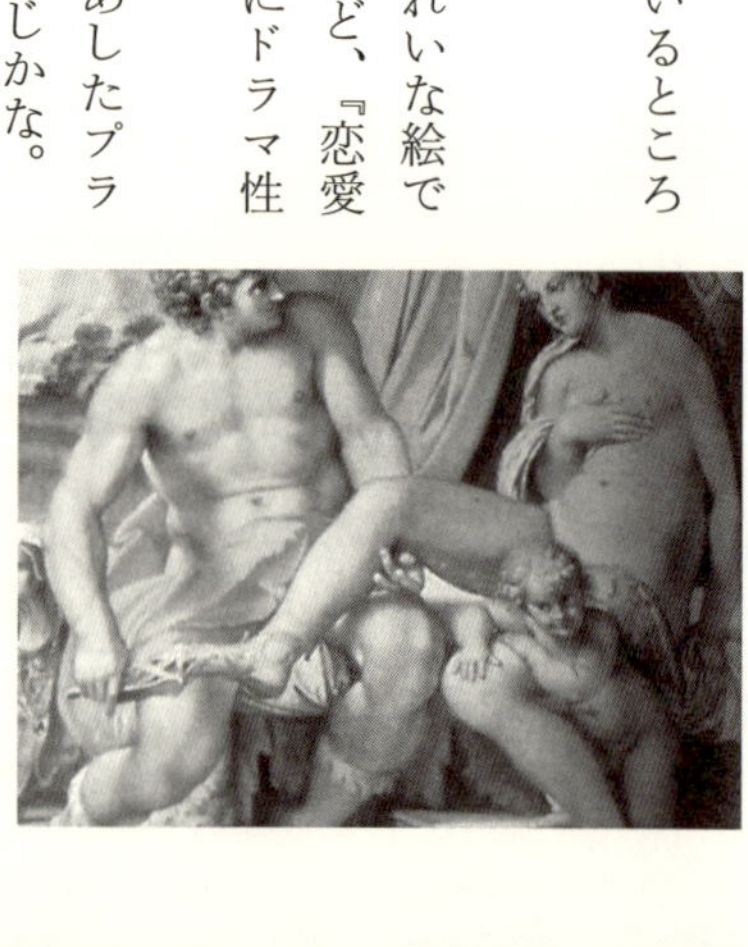

アンニバーレ・カラッチ『ヴィーナスとアンキエース』

虚栄恋愛などは恋愛ではない

H　ちょっと待ってください。それじゃあ三年生向きの虚栄恋愛と、二年生向きの趣味恋愛はたいして違わないことになりますよ。

U　五〇年経つうちに虚栄の度がどんどん増して、趣味恋愛から虚栄恋愛になったと考えていいのではないかしら。スタンダールは「このように四つに分類するかわりに、八つか一〇のニュアンスに区別することもできる」と最後で言っているから、程度の問題だと思うわ。

H　虚栄心の度合いが増したのですか？

U　「大多数の男は、特にフランスでは、いい馬でも持つように流行型の女性を持ちたがり、手に入れたがる。贅沢の必須アイテムであるかのように」という説明から始まっているわ。

H　いっしょに歩いて恥ずかしくない女のコを恋人にほしいという男は今でも多いですよ。

U　そうなのよ。「馬」を「車」に読みかえると、現代日本の若者の世代とそっくり同じよね。女性のほうも、「私のカレ、テレビ局勤務なの」とか、「カレの車、ベンツなの」とか自慢するのは虚栄恋愛です。スタンダールはこの虚栄恋愛がフランスで一番はびこっていると思っていたみたいよ。

H　うまく書きわけられないな。

U　スタンダールはこうも言っているわ。「ブルジョワにとって、公爵夫人は三〇歳以上には見えない」、つまり公爵夫人という虚栄心をかきたててくれるような相手は、ステキに見えるということらしいのね。

H　虚栄心という色メガネがなくなると、愛もさめてしまいかねないということですね。

U　自分の恋が人にどう見えるかを気にするのは、「窓から身を投げながらも、しゃれた格好で舗道に落ちたいと願う」ようなものだと断じているわ。

H　「自分らしさ」とは揺れ動くものだということを、知らなかったのかもしれませんね。ボクなんか、恋をすると自分が何者かわからなくなってしまうなあ。だから人の意見が必要になってくるんです。

U　（そしらぬ顔で）スタンダールは、人からどう思われるかばかり考えているのは、ほんとの自分を知ろうとしない卑怯者だと言ってるわ。

H　長く一緒に過ごすうちに、なんとなく愛情が生まれることもあるんじゃないですか。

U　スタンダールはそれを友情と呼んで、恋愛とは区別しているわ。「もっといい人は見つかるまいという絶望感や慣れから、この恋愛が友情に変わることがある」とね。

H　なるほどね。

U　こんなエピソードが紹介されています。グリムという当時の文人が「パリの恋愛関係について」と題して、そのころの有名夫人の架空の日常生活を想像して書いた文章を引用しているわ。デファン侯爵夫人⑥という女性で、美人で頭がいいけれど、辛辣なものいいをするので評判のサロンの女主人よ。五七歳で失明したけれど、それでもサロンにはたくさんの取り巻きが集まったということよ。そういう女性のもとに通うポン＝ド＝ヴェールという忠実な恋人がいたの。ある晩夫人は、安楽椅子に座っている彼にこう呼びかけました。

「ポン＝ド＝ヴェールさん、どこにいらっしゃるの」

「暖炉のそばですよ」

「思えば私たちのようにこんなに長く続いた関係も珍しいわね」

「本当に」

「五〇年ですよ」

「そう、五〇年が経ちましたな」

「しかもその長い間、二人の間に黒い雲がさすことはなく、口喧嘩ひとつしたことがなかったわね」

「あなたをお慕いしておりましたから」

「でも、ポン＝ド＝ヴェールさん、それは結局、お互いどうでもよかったというこ

⑥　一六九七—一七八〇年。デファン侯爵と結婚したが別居し、スキャンダルの多い華やかな生活を送った。毒舌で有名。時の首相と恋人となり、当時の名だたる文人の集まるサロンを開いた。書簡集（一八〇九年）を残す。

デファン侯爵夫人

とではないかしら」

「おっしゃる通りかもしれませんな」

というわけで、二人の関係は終わったと。

H　もったいない！

U　オヤ、「共に白髪の生えるまで」なんて結婚式でよく言われるけれど、あなたもそう思っているの？

H　長ければいい、というわけではないですが、「空気のような関係」というのはイイと思うな。ボクの友達で、恋人ができて半年になったかならないかで、「彼女は古女房みたいなもの」と自慢するのを聞いて、うらやましいなあと思ったことがあったっけ。

U　それは恋愛が発酵して友情に変化しただけのことよ。タイムスリップしてスタンダールが今の日本にやってきたら、大変でしょうね。若者の恋をどれ一つ見ても「それは恋愛ではない！」と叫び続けると思うわ。

H　そんなふうに一刀両断に決めつけるのは、どうかと思います。

U　情熱恋愛は不滅だ、断じてお前らのレンアイはレンアイではない、と言い続けるにちがいないわ。

H　じゃあ、恋愛でなければ何なんです？

U　「れんあい」ではなくて「なれあい」だとか。

H　なれあい結構じゃないですか。
U　そういう白けているところがスタンダールの逆鱗に触れるのよ。

恋愛とは魂が狂気に陥ること

H　じゃ「正しい」情熱恋愛ってどんなものですか。聞かせてもらいたいですね。
U　それが、一章では虚栄恋愛を非難することに忙しくて、はっきり書いてないの。定義するのが恥ずかしいみたいなのよ。三章の注にこっそり「恋と呼ばれるあの狂気──この世で人間が味わいうる最大の快楽」と書きつけています。つまり魂が狂気の沙汰に陥ることがなければ、本当の美と幸福には到達しないというわけね。
H　抽象的で、具体性に欠けますね。
U　じゃあ、さっきのデファン侯爵夫人に再登場してもらって、彼女にその後何が起こったかを話してあげるわ。スタンダールは五章で「恋愛に年齢はない」と主張するところで彼女を再登場させています。デファン夫人が六八歳になったとき、二〇歳近く年下のウォルポール⑦というイギリスの作家に激しい恋をしているの。パリとロンドンのあいだの遠距離恋愛ね。
　ポン＝ド＝ヴェールのときとは打って変わって、一〇年間、情熱をこめた手紙を一週間に一度のわりで書き続けたの。ウォルポールはわざわざ夫人に会うだけのために

七〇歳のデファン侯爵夫人

⑦　ホレイス・ウォルポール。首相の息子で、代表作『オトラントの城』を書いた作家。美術の鑑識家でもあり、四二巻になる書簡を残した。

ホレイス・ウォルポール

パリまでやってくるほど、夫人に敬愛を捧げていたのですが、そこはイギリス紳士、手紙が検閲されたらどうしようとか、「いい年をして」と笑われやしないかとか、いろいろ心配して、おさえた調子の慇懃な返事ばかり返していたの。それに反比例してデファン夫人の手紙は、脅したり哀願したりの嘆き節の手紙になってゆくのよ。それでもウォルポールが冷静な返事をすると、「ポルトガルの尼僧に対するフランス大尉の返事みたいな手紙をくれるなんて、私は凍ってしまいましたわ」という調子なの。

H　つまりデファン夫人は虚栄恋愛から情熱恋愛に昇格したと。

U　そう。「あまり優美とは申しかねる」とクレームをつけてはいるけれど、亡くなる一カ月前までラブレターを書き続けた情熱に、スタンダールは敬意を表しているわ。

情熱恋愛とはどうしようもなく跳ぶことだ

H　高校生の頃『赤と黒』を夢中で読んだ思い出があるけれど、ひとつわからないことがあったんです。勇気とクールさを武器に、出世も恋愛も計算どおり手に入れたジュリアンが、どうして唐突にレナール夫人を撃つことになったか説明がないでしょう。それに牢獄に入れられてからも、どうして簡単に「幸福」になれるのかもわからない。⑧▼「おいおい、ジュリアン、どうして最後にそんなヘマをするんだ、お前らしくないぞ」ってね。情熱恋愛＝狂気の沙汰と考えれば、少しはうなずけるわけだけど。

⑧『赤と黒』のあらすじをここで紹介しよう。材木屋のせがれジュリアン・ソレルは、美貌と才気をたよりに、出世して世間を見返してやりたいという野心を次々に実現してゆく。まず町長のレナール家の家庭教師として住み込み、自分の名誉と義務を守るために、レナール夫人を誘惑する。ジュリアンは虚栄恋愛から始めたのだが、レナール夫人は純な心で、まっしぐらに情熱恋愛に突入する。

やがて召使の密告でレナール家を追われたジュリアンは、ラ・モール侯爵の秘書となる。その令嬢マチルドは、ロマネスクな恋愛にあこがれて、ジュリアンに虚栄恋愛をしかける。ジュリアンもそれに虚栄恋愛をもって応える。ついにジュリアンは二人の結婚をラ・モール氏に承諾させ、野望が達成したかに思えたとき、レナール夫人はジュリアンを告発する手紙を送る。ジュリアンはただちに故郷にもどり、教会で祈りを捧げる夫人をめがけてピストルを撃つが、夫人は一命を取り止める。

U　評論家のなかにも、この結末があまりに唐突だと考える人は多いんだけど、私はね、情熱恋愛とはこのような説明なしの突然の結末しか考えられないことを強調するために、スタンダールは整合しない結末をつけたのだと思うの。マチルドと結婚して幸福な父親になったジュリアンなんて、考えられないもの。主人公のジュリアンが虚栄恋愛を経て、いかにして情熱恋愛に跳んだかの物語が『赤と黒』よ。ふたつの恋愛の間には、深い溝があります。理屈では繋がらないの。

H　見るまえに跳べ、ですか。

U　そうですよ、アンリくん。

H　しかし、跳んだ先が、監獄、死しかないのなら、やっぱりボクは二の足を踏むなあ。

U　じれったいわね。死につながるような深い絶望や、監獄に近い孤独感と恋愛は深く繋がっているんだから、覚悟を決めなさいと言っているのよ。

H　そう書きながらスタンダールは、実生活では売春宿で数々の肉体恋愛、社交界でもたくさんの虚栄恋愛をたびたび経験したんでしょ。

U　（眉をしかめて）虚栄恋愛の海をうまく泳いでいるつもりが、突然前方に、ナイヤガラの滝が見えてくる。その時、スタンダールはまっさかさまに滝に跳び込んだのよ。そのたびに死ぬような思いをして、生き返ってきたのよ。『恋愛論』で彼が書きたくて書けなかった唯一のことは、読んでくれるあてもないメティルドに向かって、「メ

牢獄に入れられたジュリアンは、面会にきたレナール夫人に再会し、彼女との恋こそ、自分がほんとうに求めていたものだと悟って、幸福感に浸りながらギロチンにかかる。レナール夫人は三日後に息絶え、マチルドはジュリアンの首を膝にのせてジュラ山脈の洞窟に葬る。レナール夫人もマチルドも、自分流のやりかたで情熱恋愛を貫いたと言える。

牢獄で成就した情熱恋愛。ジュリアンとレナール夫人

ティルドさん、私の恋は虚栄恋愛のカケラもありません。私は跳んだ男です。それだけをわかってください」という哀訴だったと私は信じているの。

H　どうやったら跳べるのでしょうか。

U　そう考える前に、もうどうしようもなく滝に跳びこむんですっ。あっ、そうだ、斎木先生のレポートの題は「跳べるスタンダールと跳べないボク」にしたらいいわ。

H　そんなあ！

U　これだけ説明してもわかってくれないんだもの、疲れたわ。今夜は食事抜きよ。

H　ちょっと待ってください。そのタイトルは意外と面白いかもしれません。「跳べるスタンダールと跳べないボク」という題、いただきます。なにしろ時間がない。

U　そうお、残りもののとろろめし、ご馳走してもいいんだけど……。

H　とろろめしですかあ……。オバさん、おじゃましました。それじゃ、今夜一晩ででっちあげます。

U　待って。傘を持ってゆきなさいな。ああ、どしゃ降りの中を行ってしまった。参考文献を渡そうと思ったのに……。恋する男も気が早いなあ。

第六話　「結晶作用」とは何？

——恋はすべてが記号である

『化粧する女性』（ティティアン画）

——八月の太陽がアスファルトを焦がし、蟬の鳴き声が滝のように降ってくる午後三時。杏里夫が両手に荷物を持ち、上半身汗まみれでやってくる。

H　オバさん、こんにちは。夏真っ盛り、ボクのココロも真っ盛り、っと。

U　おや、アンリくん、妙にテンションが高いわね。どうしたの。まあ、中に入って。レポートの首尾の報告を、今日か明日かと待っていたのよ。

H　レポートですか。あれはあの晩のうちに書き上げて、斎木先生のところに提出しました。そしたら昨日電話があって、君がこんなにユニークだとは知らなかったと言われました。で、言うんですよ、「だから次のレポートは、もっとユニークなものにしないと卒業は認められない」って。

U　ふーむ、斎木先生が褒め上げるというのは、とても危険な兆候ね。学界では「誉め殺しの斎木」と恐れられていますからね。それで次のレポートのテーマは何と？

H　「結晶作用《クリスタリザシオン》とは何か、具体例をもって示せ」です。

U　第一弾につぐ正攻法ね。これはアンリくん、腰を据えてかからねば、卒業はおぼつきませんぞ。

H　大丈夫ですよ。今のボクは何があっても乗り越えられる自信があります。今夜もびしびしいじめてもらって、屈辱をエネルギーにして、一気に書き上げたいと思っています。オバさん、今夜は徹夜でやりましょう。そう思って食材を買ってきました。タジーヌ①なんてどうですか。

U まあ、この前は跳べないボクとか言って元気がなかったのに、一カ月でこの違い。もしかして、何かいいことがあったとか。

H ピンポ～ン。オバさんはカンがいい。この前、町田さんに会ってお茶したんですよ。ボクは跳びますよ、跳ぶつもりです！

U なんだか心配だわね。ま、とりあえずアンリ、レポートが大事。仕事も恋もそれから考えるのね。この前はうまくいったけど、柳の下にどじょうは二匹いるかな？

H とにかく一緒にやってみましょう。

U 一つ質問していいですか。

H なに？

U この前から気になっていたんですが、恋を四つに分けるとか、これからうかがう結晶作用《クリスタリザシオン》だとか、スタンダールの『恋愛論』って当時としては新しいものだったんですよね。

H そうね、恋愛を科学的に分析するっていうところが新しいとスタンダールは思っていた気配があるわね。

U 分析はどうでもいいんですけど、スタンダールの言っている内容も当時としては

① とり肉のぶつ切りを、オリーブ油で焦げ目をつけてから、玉ねぎ、ズッキーニ、じゃがいもなどありあわせの野菜と、スパイスを加えて煮こむ。フランスの典型的な「男の料理」。

画期的なんですか。

U　なにが画期的かって言うと、女性を高いところに祭り上げて崇めるという中世以来の古い恋愛道に、恋愛を自らの自由意志で選択し、その心の過程を冷静に自己分析してゆく近代的自我を結びつけたところが新しいの。

H　古い皮袋に新しい酒を入れるというやつですね。西欧ではこれが恋愛の王道になってゆくんですね。（キッチンへ行く）エプロンを借りますよ。自由意志で料理を作りますからね。

U　このパターンが今でも大勢を占めていると思うわ。戦後日本でも大フィーバーが起こったけれど、定着しなかったの。

H　どうしてですか？

U　（アンリの背中にむかって）それはおいおい考えてゆくとして、勉強、勉強。

ザルツブルグの小枝

H　仕上げに、オイル漬けのレモンを串切りにして放りこんでと。これを手に入れるのが一苦労だったんですよ。これがないと味に深みが出ませんからね。

U　タジーヌが煮えるまで、『恋愛論』の一巻第二章を読んでみましょうね。

「ザルツブルグの塩鉱では、冬になって葉を落とした枝を、廃坑の奥深くに投げ込

② 最初、二章を読んだ友人たちに、言葉の意味がよくわからないと苦言を呈されたので、スタンダールは一八二五年に「ザルツブルグの小枝」を補遺として書き加えた。「クリスタリザシオン」という言葉は、それまで鉱物学界でしか使われていなかった特殊用語だったので、恋愛心理を説明するのにそのような言葉を使うのはあまりに唐突だったわけである。彼がこの言葉を選んだのは、この書に科学的研究の外見をまとわせたいという魂胆のほかに、自分が本当に言いたいことは、既成の言葉にはないという気負いがあったと思われる。注に「この言葉がひどく不愉快に響く読者は本を閉じてください」とまで書いている。

む。二、三カ月して取り出すと、それは輝く結晶におおわれている。山雀の足ほどもない、細い小枝も、無数の揺れてきらきらと輝くダイヤモンドで飾られていて、もとの小枝とは認められない」。きれいな文章ですねぇ。②（うっとりしている）

　この美文のせいで、スタンダールも『恋愛論』も知らないという人でも、結晶作用という言葉は聞いたことがあるというほど有名になったのよ。

H　その結晶を、スタンダールは実際に見たのですか？

U　よくわからないわ。一八〇九年四月、ウィーン滞在の折、ザルツブルグの近くを通っているので、あるいは見たかもしれないわね。描写が生き生きしてるものね。塩坑には、滑車のついた樅《もみ》の木の幹にまたがって降りるのだけれども、革の前掛けをつけた坑夫が先導して、あまり早く滑らないようにしてくれるとか、だぶだぶのズボンを穿かせられる貴婦人たちの格好が愉快だったとか、いかにもリアルに書き加えているわ。③

恋愛の発生から結晶のできるまで

H　ところでオバさんは、塩の結晶を見たことあるんですか？

U　南フランスの塩田で見たことがあるわ。ごつごつした灰色の石のような外見で、あまりきれいではなかったの。きらめくダイヤモンドがびっしりついている小枝なん

③　有名なスタンダリアンである作家大岡昇平は、わざわざザルツブルグまで塩鉱を見にいったが、ザルツブルグの人は誰もスタンダールを知らず、ガイドに結晶作用のことを聞いてみたけれど、「そんなことはここではしていない」とあっさり言われたと、紀行エッセイ『ザルツブルグの小枝』の中で書いている。▼

一九五四年、ザルツブルグの塩坑で。右から二人目が大岡昇平

て、見てみたいわねえ。▼

H　前置きはそのへんにして、そろそろ結晶作用に行きませんか。

U　はいはい。結晶作用、クリスタリザシオンというのは、一言でいえば相手を理想化して、それに酔い痴れることなの。これが恋の本質だと、スタンダールは信じているのです。恋が始まってから結晶に固まるまで七段階あるそうよ。この七つのステップを、固まるまでの時間もつけて説明してくれているわ。いいですか、第一段階から行くわよ。

①恋は目から始まる。

ある人の姿を見たときに「あっ！」という感情が起こる。西洋の恋の伝統にのっとって、恋はまず目がびっくりすることから始まるというわけ。④これは必ずしも相手が美しくなければならないということではなくて、目を引くものならどんなことでもいいのよ。そこから恋する人の心が結晶作用をおこして、貝が真珠を分泌するみたいに美を産み出してゆくのね。ここがスタンダールの新しい感覚なの。

②心が忙しく働きだす。

「あの人に接吻されたらどんなにいいだろう」とか、「あの人は私が…するのを見て、どう思うだろう」などと、空想をたくましくする。

H　わかります、わかります。今のボクにはよ〜くわかります。

U　それなら話が早いわ。スタンダールのあげている例をとれば、「灼けつく夏の日、

鉱石の結晶作用

④　恋の電流は目から目に伝わるという考えは、宮廷恋愛の伝統である。一三世紀のトゥルバドゥール、リガウド・デ・バルベジュー作「あたかもペルスヴァルが」という詩を読んでみよう。
あなたの心を宿したやさしいま

ジェノヴァの海岸沿いにあるオレンジの林がどんなに気持ちがいいか話したとする。あの人と一緒にその涼しさを味わったらどんなにいいだろうか、と連想する」、あるいは「友人が猟で腕を折ったとする。それを見て自分も怪我をしてあの人に介抱されたらどんなにいいだろうか、と考える」

H　そうそう。

U　でもこれをただの妄想と呼ぶ醒めた人もいるのよ。この妄想、じゃなかった空想がすぐ実行に移されると肉体恋愛で終わってしまう。だからここでしばらくこの空想を寝かせておくように気をつけてね。

H　まるでパスタのこね方の講釈をきいているようですね。（メモをしながら）③希望が生まれる。つまり空想が希望に変わる。これが第三段階ですね。

U　感心。感心。

恋愛が生まれるために必要なこと

H　空想と希望はどう違うのですか？

U　いい質問ね。②の段階はあくまでとりとめのない空想だけど、希望とは恋をスイッチ・オンする決意のようなものなの。相手があまりに高嶺の花だったり、あまりにタカビーで、木で鼻をくくるような扱いをうけたら、ここで枯れしぼんでしまうでし

なざしは
その道をたどってわが眼を通り
もとへもどることなく
わが心にとどく。
宮廷恋愛の掟をアレゴリーで説明した一三世紀の『薔薇物語』にも、こんな一節がある。
愛の神が射た弓は
私の目を通して一気に
私の心まで送り込まれた。

ょう？「女王が誘ってくれないのに、女王に恋しようとする男がいるだろうか」というわけよ。

H　ほんのわずかの希望でいい。これがあれば次に繋がる、と。恋を産み出す触媒みたいなものなんですか。

U　そうなの。その人に初めて声をかけてもらったとか、ちょっとしたプレゼントをもらったとか、そういうことによって想像力を養い、果敢な精神力を失わない人間なら、希望はさらに少しでいい」とスタンダールは強調してるわ。つまり彼のような恋の苦労人になると、相手がこっちをみてすぐ目を伏せたとか、肩に朱色が走ったように見えたとか、そういう目につかないほどの些細なことから、

④恋が生まれる。希望が生まれると自動的に恋に変わる。これが第四段階ね。

H　いいなあ。有楽町駅から東京駅、梅田駅から大阪駅みたいな近さで、恋が生まれるわけだ。

U　スタンダールは恋の治療法を説明している三九章の三で「恋ではすべてが記号である」と言っているわ。スタンダールの恋愛観を言い得て妙だと思わない。恋にとってまずシニフィアン⑤が大切で、ひとつのシニフィアンが確立すると、水面に石を投げたように、それからいくつものシニフィエ⑥が次から次へと派生して、それらが奏でる交響曲に酔うことができるという次第よ。だからこれを逆利用して、恋愛をストップ

⑤　記号学用語で「意味するもの」という意味。恋人を表す記号。

⑥　「意味されるもの」という意味。シニフィアンによって喚起された、恋人にまつわるあらゆる細部。

するときに利用することもできると言っています。「劇場の桟敷に入るとき彼女は手を貸してくれなかった」というような些細なことを重要なシニフィアンと考えることに決め、そこから無数の否定的なシニフィエが涌き出るのにまかせて恋愛を毒殺することができるってね。

H　スタンダールはそうしなかったのですね。

U　自分の意志でね。

H　（腰をうかしながら）ああ、いい匂いがしてきたな。

U　たかが料理に何をそわそわしているの？

H　そろそろ出来上がりかな。

第一次結晶作用、相手を理想化する

U　さてと、恋が生まれるとすぐに、

⑤第一次結晶作用がはじまる。スタンダールはこれを「ザルツブルグの小枝」の中で、ゲラルディ夫人⑦と筆者の会話ということにして、読者のために懇切丁寧に説明しているわ。

「わかりましたわ。つまり男の方が恋をすると、実際にその人のあるがままには見ないで、そうあってくれればいいとお思いになるように見るということでしょう」

⑦　一八〇〇年代のミラノ社交界の花形で、「プレシア一の美人」と評判が高く、また激しい恋の行状でも有名な女性だった。スタンダールが初めて一七歳でミラノに行ったとき、この人を遙拝したことはあったかもしれないが、再度イタリアに行ったときはもう亡くなっていたから、一緒に炭鉱を観光したという可能性はほぼない。スタンダールが作り上げたお話である。

それに対する答え。「ええ、だから善良さが女の一番の徳だと思うドイツ人はあなたの美しさを善良さの表れだと思うし、イギリス人なら淑女らしいと考えるでしょう。でも私ならあなたをあるがままに見るでしょう。最初からあなたのような誘惑的な方がいるとは思っていませんでしたから」

H　要するにスタンダールは、結晶作用などなくても「あなたはダイヤモンドみたいに美しい」と言い寄っているんだ。

U　ゲラルディ夫人が畳みかけます。「大事なことは、このダイヤモンドは恋する男の方にしか見えないということですね」

　スタンダール答えていわく、「だから、こうした結晶作用の現象を知らない賢い男には、恋する男たちの言うことはひどく滑稽に見えるのです」

　ゲラルディ夫人いわく、「結構ですわ。どうぞ私のためにたんと結晶してくださいな」

H　スタンダールは、男が女を美化すると女は必ず喜ぶと一方的に決めてかかっているようですが、女性はそんなことで喜ぶものなんでしょうか。

U　ゲラルディ夫人は、旅行で一緒になった金髪の青年士官が自分に結晶作用を起こしているのを見て、「あのきれいな目には私が完全だと写っているのね」と単純に喜んでさらりと受け流しているわ。これが、相手が結晶作用を起こしているときの女性の模範的反応だと、スタンダールは思っているらしいの。

⑧　スタンダールは初めての結晶作用を、『アンリ・ブリュラールの生涯』の中で回想している。それはキュブリー嬢に失恋してしばらくしてからのことだった。一五歳のスタンダールは、学友の妹で同じ歳のヴィクトリーヌ・ビジリオンという、田舎ブルジョワの娘に心惹かれていたが、まだ恋はしていなかった。ある日、彼は食卓でビジリオン家のことを話題に出すと、父や叔母が、あの田舎ブル

H　オバさんはどうですか。
U　ふふふ。私も無視するふりをしながら、心は喜びに沸き立つな。
H　（ひとりごと）たか子さんはどうかなあ。
U　（無視して）結晶作用という幻想は、自分の心を高める作用はしても、それを相手に押し付けることはないとスタンダールは信じていたの。だからこそ確信犯として、彼はこう言い放つのよ。「この恐るべき情熱にあっては、想像された事物はつねに存在する」つまりそうだと思ったら、ホントにそうなんだ、誰がなんて言おうと、自分がそう思ったらそうなんだってことなの。⑧
H　誰がどう思おうと、ボクがそう思えばそうなんだ。（と空を見つめる）
U　（アンリをまじまじと見て）「恋と呼ばれるあの狂気」ってホントね。

恋は「今のままでいいのか」という自分への問いかけ

U　次に行くわよ。第一次結晶作用が始まって一週間もたたないうちに、⑥疑惑が生まれる。恋する人の性格が激しかったり、猪突猛進型の人なら、疑惑が生まれるのも速い。
H　なるほど。
U　自分の恋は幻想ではないかという疑惑以外の、あらゆる疑惑が生まれます。「あ

ジョワがこんなこともした、あんなこともしたと物笑いの種にしたので、スタンダールは食欲をなくしてしまった。「どうして食べないのか」と聞かれて「おやつを遅く食べたので」と答えた。そして自分がうっかりビジリオン家のことを話題にしてしまったことに腹を立て、ショックのあまり五、六日のあいだ、そのこと以外は何も考えられなかった。この初めての体験を記念すべく、彼は立派なノートを買って、ヴィクトリーヌのVを飾る月桂樹の環を書き込んだ。

◀初めての結晶作用を記念する月桂樹とVのマーク

の方は私をからかっただけなのではないかしら」「自分は若すぎないかしら」逆に「老けすぎていないかしら」「あの人に自分はふさわしいだろうか」「あの人に自分は愛されているだろうか」「あの人に自分はどう映っているだろうか」等々、ハタから見ると馬鹿げたことでも、恋する人には生きるか死ぬかの大問題のような気がするのね。

H　そういう「疑惑」ですか。「今の自分でいいのだろうか」という、哲学的な疑問に通じますね。いやあこれもボクにはよくわかるなあ。そういう疑問に直面したくないからこそ、マニュアルに走るんです。

U　マニュアルなんか効かないところまで行きなさい、そしたらすごい体験が待っていますよと、スタンダールは言っているの。それはまた、メティルドに対して、自分はあなたへの結晶作用のおかげでこんな深いところまで降りてゆきましたという叫びでもあるのね。そんな地獄か天国か区別のつかない場所で、できるだけ客観的になって、人間の心理がどう働くか見極めようとしている分析的好奇心のようにも見えるわよね。『恋愛論』を書いているときの心の揺れをスタンダールはこう書き記しているわ。

「私はそっけなく書こうとして、できるだけ努力をしている。(…)一つの心理を記録したつもりでも、じつは一つの嘆息を書いたにすぎないのではないかと心配でならない」

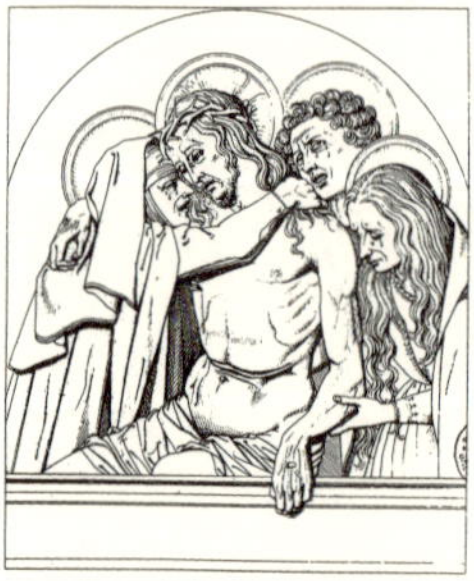

「アンリ・ブリュラールの生涯」の口絵に使われたピエタ像

H　長いため息ですね。

第二次結晶作用は、辛く嬉しいマゾ的快楽

U　疑惑が生じると、間髪を置かず⑦第二次結晶作用が始まります。

H　疑惑は恋愛を妨げると思っていましたが。

U　希望と同じく、疑惑は結晶作用を促進するための触媒なのよ。二章を読んでみるわね。

――疑惑の発生に続く夜、恐ろしい不幸のひとときの後、恋する男は一五分毎につぶやく。

「そうだ、彼女はやっぱり私を愛している」。結晶作用は転じて新しい魅力を発見し始める。と、またものすごい疑惑が彼の心を捉え、急に彼を立ち止まらせる。彼はつぶやく。「しかし彼女は本当に私を愛しているだろうか」。こうした心を引き裂く、しかし快い交互作用の中で、哀れな恋人ははっきりと感じる。「彼女が私に与える快楽は、彼女のほか誰も与えてくれはしない」

H　昨夜のボクがそれでした。

U　（聞こえないふり）片手は天国に触れながら、片手はいつそこから墜落するかわか

らない絶壁に触れている故に、第一次の結晶作用よりもずっと「重大なもの」だとスタンダールは言ってるわ。また別のところでは、この体験は「絶壁に咲いている花に命がけで手を延ばすようなものだ」とも。

H　すると、第二次結晶と疑惑はペアになっているのですか。恋が続くかぎり、幸福と疑惑があざなえる縄のごとく絡まってどこまでも続くなんて、辛いなあ。

U　辛くもあり、嬉しくもあるという、マゾ的な快楽ね。相手が自分にとってこれ以上考えられないほど完全であるという心境に達するまでには、第二次結晶から一週間ほどかかるそうよ。そうすると相手がまるで神様かマリア様のように見えてくる。近づきたい、いや近づきがたい、という矛盾した心に楽しく引き裂かれる。

H　苦しくて楽しい。略して「くるたのしい」って感じですね。

U　スタンダールはこうも言ってるの。「この試論を読み返してみたが、私は真の幸福についてじつに貧弱な観念しか述べていない。（…）私にはこんなにはっきりと見えるのに、それを表現する術がないのだ。自分に才能がないのがこんなに辛いとは知らなかった」と。それで、サルヴィアッチが書いた日記とか、デルファンテ伯爵を観察している筆者という、いろいろなフィクションで説明しようとしているの。

H　将来、彼が書くことになる小説の芽みたいなものですね。

U　ほら、『恋愛論』の第二九章で自分の分身デルファンテを、三時間レノ川の滝で瞑想させるくだりがあったでしょう。そのあと彼とそれを観察していたリジオは、夜を徹してそめそめと恋の話をしたそうなのよ。「彼の言った言葉に較べると、諸君のこれまで読まれたページはなんと冷たく見えるだろう！」「恋をしていない私よりも、彼はずっと幸福だと思う」と結んでいます。ポジティブな部分を凝集した自分と、それを観察する自分とに分離させることで、やっと「想像された事物はつねに存在するのだ」と強弁できたわけね。

H　多次元視点ですね。

U　スタンダールは『恋愛論』を、リジオ・ヴィスコンティがイタリア語で書いた原稿の自由訳ということにしたの（一〇六ページ注②）。さらにサルヴィアッチという、もうひとり別の自分を登場させたりして。それでも足りなかったのね、本の中にはしばしばスタンダール自身が顔を出しています。

H　乱視の人に見える世界のように、スタンダールとおぼしき人がいくつも重なっていることが、この本をひどく読み難くしていますよね。それでも彼はそれ以外書きようがなかったわけですね。

樹木も岩も恋人を称えて語る

U　リジオが観察者としての自分、デルファンテがポジティブな自分を代表しているとしたら、サルヴィアッチは、メティルドにつれなくされて、死ぬ苦しみを味わっているスタンダールを反映したものと言えるわね。『恋愛論』の中ではリジオともども死んだことになっています。

　サルヴィアッチの生活は、きっぱり二つに分けられていたと『恋愛論』には書かれているの。レオノール（即ちメティルドの変名）のサロンに行く前と後よ。行く前はその時がくるまで、一刻一刻が耐えがたいものになり、やがて時がきて、彼女の家のドアを叩かねばならないときは、留守だったらどんなにホッとするだろうと思うの。
H　女性の前では、結晶効果のために想像力が働きすぎて、注意散漫になり、優柔不断になってしまうわけですね。恋の駆け引きとしては負けに決まっているんだなあ。
結晶作用を起こした人は、雄弁に恋人を喜ばすようなことは言えないもんな。
U　それが恋の不条理というものよね。こうして一時間も悪戦苦闘して、やっと想像力の魔法の世界から抜け出して、しゃれたセリフでも言えるようになった頃は、もう帰らねばならないというわけ。
　一番恐いのは、一歩先には無限の幸福があるような気がするのに、それはその相手のただ一つの言葉、ただ一つの微笑にかかっているということなの。彼女が眉ひとつ動かしただけで、もう生きている意味がなくなってしまうくらいにね。
H　ああ、そうですよねえ。船板一枚下は深い海ですものね。
U　何を見ても彼女のことに結びつく。恋する魂は、あたりのものすべてが虹色のプリズムになったようなヴィジョンの中を遊泳するの。恋と風景が互いに共鳴しあって、魔術的な新世界が展開するわけよ。それはコレッジオやダヴィンチの絵を眺めたときの幸福、音楽会で完全な演奏を聴くときの喜びと同じだと、スタンダールは強調しているわ。「私は今夜、完璧な音楽を聴くと、愛する人といっしょにいるときと全く同じ気持ちになる、ということを経験した。つまりそのような音楽は、この世に存在する明らかに最も生き生きとした幸福感を与える」[9]

H　恋、音楽、絵画、そして風景、この四つがコレスポンダンスの交響曲を奏でるってことか――。

U　うまいことを言うわね。スタンダールは五九章でこう書いてるわ。「恋する男はあらゆる風景の水平線に、愛する女性の姿をかいま見る。この一瞬のために百里の旅を行けば、樹木も岩も彼女について様々なことを語り、新しいことを教えてくれる」。これが恋愛の最高の醍醐味だというわけよ。

H　一目見るために百里ですか、ボクは一目見るために、百貨店を三軒回って……。

U　なんのこと？

H　オイル漬けレモンを見つけるのが大変だったんですよ。

U　そんな苦労したものをいただけるなんて感激ね。

[9] 『ローマ・ナポリ・フィレンツェ』の中で、スタンダールは「音楽は情熱の絵画だ」とも言っている。

恋の時刻表

U　「ザルツブルグの小枝」では、この七つの過程をたどる恋をボローニャからローマまでの汽車旅行にたとえています。▼さらに四章ではそれぞれの過程にどのくらい時間がかかるかを書いているの。私たちもそれにヒントを得て、恋を旅行にたとえて時刻表を作ってみようね。ざっとこんな図になるでしょうかね。▼(次ページ)

H　ふーん、すると第二次結晶作用が起こるまで、出発してから一番長くかかって一年一カ月と数日なのですね。ここまで着いたらそのあとどうなるのかな?

U　絶壁を徒歩旅行するよりないわね。

H　苦しい徒歩旅行のあとも、ハッピーエンドの保障はないと?

U　相思相愛というハッピーエンドは、それこそスタンダールが望んだものなんだけど、そうはゆかないほうがより真実に近いと彼は信じていたの。恋の幸福と悲しみはちょうど半々なのよ。

H　どうしてうまくゆかないのですか?

U　もう一度、時刻表を見てちょうだい。汽車の時刻表と違って、一つの駅から次の駅まで、極端に長かったり短かったりしているでしょう。そのうえ一方は早く着きすぎたり、一方は大幅に遅れたりするのよね。虚栄恋愛なら時間調整もできるでしょう

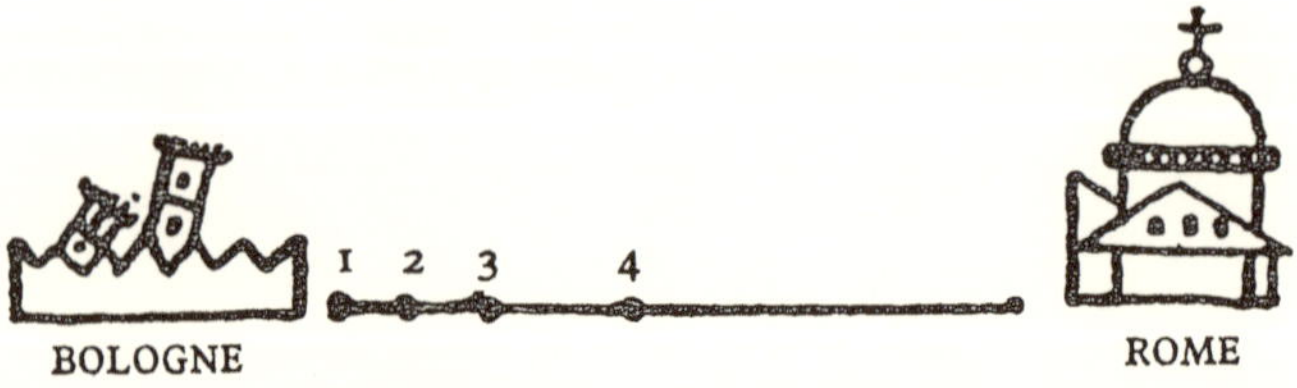

恋の過程。ボローニャからローマまで

が、情熱恋愛はじつに個人主義の恋愛だから、そうはゆかないわ。二人が同時に同じ駅に着くというのは、奇蹟に近いことよ。

H　『恋愛論』の補遺にスタンダールは、「エルネスチーヌ、または恋の発生」という三〇ページほどの短編小説めいたものを付け加えていますよね。さっきの時刻表に沿って、男と女がどんな心理状態をたどるかを具体的に示す小説仕立ての論文です。これをレポートの材料にして、二人のたどった行程を記録するというのはどうかな。

U　いいわね。七つの過程の、とてもいい応用問題になるもの。

H　恋愛がどうしてハッピーエンドになりえないかが、これでよく説明できるはずだ。二人の時刻表が全然合わないんだから。[10]オバさん、同じ汽車に乗るということは不可能なんでしょうか？

U　自分というやっかいなものがあるかぎり、無理でしょうね。

H　ジイドは『贋金作り』の中で、結晶作用という言葉にいたく触発されて、結晶作用があるなら、そのあと結晶溶解作用というのもあるんじゃないかと言っているそうですね。

U　恋愛とは幻想というマシュマロでできたナマモノだから、いつも鼻を突き合わせていると、結晶を結ぶ間もなくべとべとに溶けてしまうのは避けられないわ。

H　それを知っているから、スタンダールは結婚できなかったんだろうな。

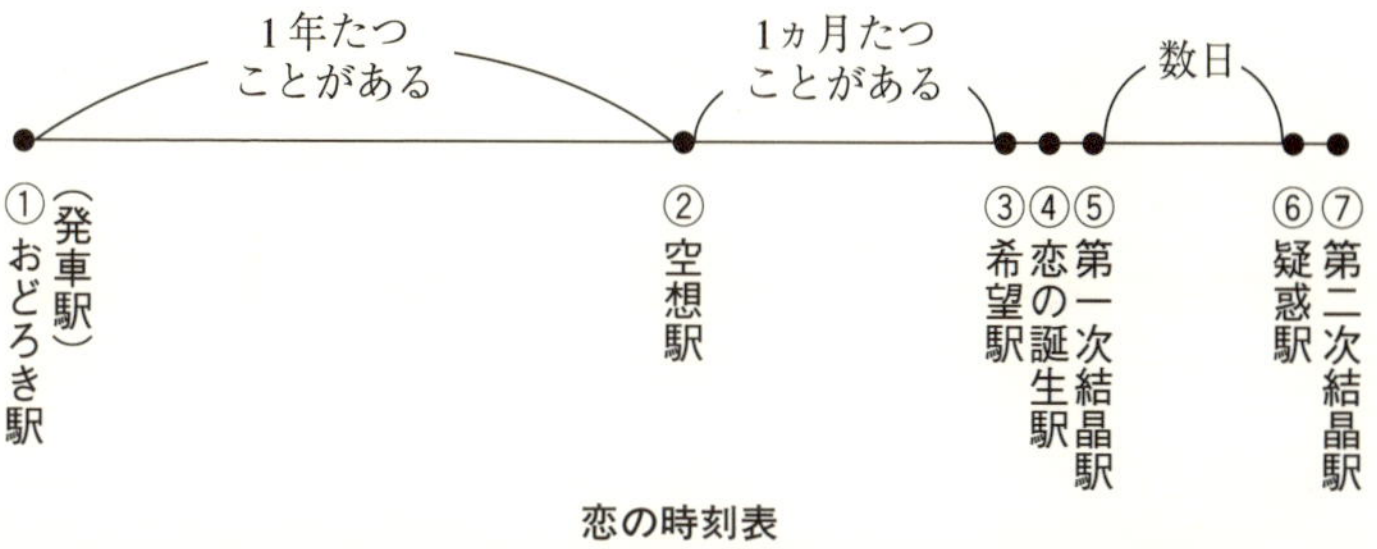

恋の時刻表

一目惚れは邪道なの？

H　ところでオバさん、一目惚れという言葉がありますが、スタンダールに言わせれば、これは邪道ですか？

U　邪道とは言っていないけれど、優しく想像力に富む魂（つまり情熱恋愛をするような魂）は疑り深いので、なかなか一目惚れはしないと言っているわ。しきたり通りの公式的な出会いでは、想像力が死んでしまうので、絶対に起こらない。だから社交界のダンスパーティのようなお見合いの場では、恋は決して起こらない。「この合法的売淫は羞恥心を傷つけさえする」と書いているわ。

H　日本のお見合いをスタンダールに見せなくてよかったですね。

U　ただし最初の出会いが劇的なものだと、一目惚れもあり得ます。例えば警官に追われた泥棒が逃げまどって、ドアが空けっぱなしになっている家に入り込むと、ソファーの上で娘がぐっすりと眠り込んでいる、そんな極端な場合とかね。

　それ以外に一目惚れが起きるのは、うんと退屈している魂が、退屈まぎれに理想の恋人像を作りあげていて、ある日偶然、そのような型の人に会ったとき。それからもう一つ、肉体恋愛も一目惚れは起きやすい。しかし一カ月とは続かない。

H　これを読んで腹を立てる人は、今の日本で多いんじゃないかなあ。合コンやダン

⑩　読者も、つれづれに表をお作りください。エルネスチーヌという、若い世間知らずの娘と、フィリップ・アステザンという手だれのドンファンが、それぞれ七つの過程を忠実に踏んでゆくのが、教科書的に書かれている。それなりに細部は最高に面白い。世間知らずの娘のほうが、結局見事な恋の狩人になってゆくという逆説も面白い。

ウィルヘルミーネ・フォン・グリースハイム

スパーティに命をかけている人を、退屈しているせいだなんて決めつけるんだから。

U　彼はその点、妥協を知らないの。なにしろ一二人の恋人のリストの五番目に入っている、ウィルヘルミーネ・フォン・グリースハイム▼まで槍玉にあげていますからね。彼女は一八〇七年、スタンダールが任地ブラウンシュヴァイク▼で一方的に片思いした女性で、理知的で気高い女性だったそうよ。この高嶺の花が、見知らぬ男と一〇分間踊っただけで恋に落ち、一五分後には人生で一番大切な人になってしまったそうなの。ところがこの男の正体は、踊りがやけにうまいだけが取り柄の、貧乏で陽気で自信たっぷりの遊び人にすぎなかった。

H　スタンダールは悔しかったんでしょうね。

U　そのせいかどうか、ウィルヘルミーネは毒を飲んだか飲まされたかで、死んでしまったと書いているの。⑪

H　ホントですか。

U　毒を飲んで死んだというのは作り話。でもウィルヘルミーネが一目惚れしているのを、スタンダールが指をくわえて見ていたのは本当かもしれないわ。

H　まったくスタンダールという奴は、純情なのか執念深いのかわからないなあ。

任地ブラウンシュヴァイク

⑪　このエピソードがスタンダールの作り話であることは、研究者たちによってほぼ確実視されている。

恋は螺旋を描いて昇ってゆく

U　正直に言うと、スタンダールのいう結晶作用って、相手のことを考えない、ひとりよがりの恋愛になる危険性もあるのね。日本の諺に「あばたもえくぼ」というのがあるでしょう。日本人はバランス感覚がつよいので、恋の幻想が高く飛びあがるのを規制する人が多いわね。私もそうだけど。

H　オバさんは日本人離れしてますよ。オバさん以外の日本人には、恋を自己規制するところに美を見出す傾向が強いことは確かですね。「忍ぶ恋」なんて。花を眺め、月を見るたびに、諦めたはずの遠い憧れを思い出して泣くというパターンが恋の原型なんですよね。自己規制が幻想のゆりかごになるんですね。

U　私はね、スタンダールを日本人にして、鎌倉時代に住ませると、西行法師▼になるのではないかと思うの。彼は一八歳で鳥羽院の北面の武士になるなど、赫赫たる出世の道が開けていたのに、突然仏門に入ってしまうでしょう。その原因は口にするのも畏れ多い高貴の女性、つまり鳥羽天皇の中宮である待賢門院▼への失恋だったという説があって、とても手の届かない相手を思う心が舞い上がってゆくのを楽しんでいる歌が多いの。

西行像

待賢門院像

花を見る　心はよそに隔たりて
身につきたるは　君がおもかげ

ともすれば　月すむ空にあくがるる
心のはてを　知るよしもがな

H　西行が日本のスタンダールだなんて、思いがけなかったなあ。

U　幻想とひとりよがりは、似ているけれど全然ちがうものなのよ。ひとりよがりというのは、相手をよく見ないで、あらぬ方向に暴走してしまうこと。幻想とは相手を見て、それに触発されて、もっと美しいものに跳んでゆこうという心のエネルギーのことなの。だからそれは、相手から離れて昇ったと思ったら、また相手のところに戻ってきて、また新しい方向に誘われて跳んでゆく、そういう運動を際限なく繰り返す。それが恋の醍醐味なのよ。西行さんも歌っておられます。

いとおしや　さらに心のおさなびて
魂切れらるる　恋もするかな

H　恋の醍醐味ですか。（うなずく）オバさん見ててください。

U　まあ、レポートを書くのに自信満々ですね。斎木教授も喜ぶわ。

H　レポート？　ああ、それもやります、確かに。でもボクは跳びます。美しいものに向かって……。

（そのとき、チャイムが鳴る）

H　きたきた。ちょうどタジーヌもできたところだし……。

U　アンリ、どういうことなの？　白状なさい。

M　センセイ、こんばんわ。アンリさんのお言葉に甘えて、ごちそうになりにきました。

第七話　恋愛は美男美女でなければいけないの？

──スタンダールは醜男だった

ベルナルディーノ・ルイーニ『ヘロディアス』

——やっと秋風がたった土曜日の夕刻、町田たか子がU邸にやってくる。前日電話で話したときに、たか子さんがあまり疲れているようなので、Uが手料理で励まそうと招待したもの。献立は、イタリアンサラダ、ミラノ風カツレツ、フヌィユ（茴香《ういきょう》）の煮込み、①カシスシャーベット。

U　今夜はスタンダールにちなんで、ミラノでたぶんスタンダールが舌鼓を打ったのではないかと思われる料理を作ってみたのよ。

M　ごちそうさまでした。どれもこれも、作り方は簡単そうなのに、心がこもっていて、美味しくいただきました。

U　ごはんのあとは、あなたが持ってきてくれた地酒の「福娘」で、女どうし夜長の物語でもしましょうか。きのう電話で話したとき、元気がないようで気になっていたんだけど。

スタンダール、お前もか

M　私、スタンダールにムカついているんです。それで先生と一緒に「福娘」を飲ん

① ミラノ風カツレツは本書三六ページ注⑭参照。フヌィユの煮込みとは、フヌィユの根をざく切りにして、ベーコンとオリーブ油でさっと炒め、それをスープで煮込んだもの。香りが実によい。

でやろうと思って。
U　何があったの？
M　編集長のことなんです。彼にはいろいろ欠点があるんですが、一番の欠点は美人に弱いことだというのは、衆目の一致するところなんです。ところが二週間ほどまえ、同僚が私の陰口をきいているのを、偶然ドアの後で聞いてしまったの。「町田サンが連載の企画を持たされたのは、あの整形したカオのおかげよ」って。
U　んっまあ、それは強度の嫉妬からくる悪質な噂ですね。
M　悔しいのは、私が整形したなんて嘘を言いふらされていることではないんです。私の目から見ても確かに編集長は、女性を美醜で判断しています。私がこんなに一生懸命仕事をしても、彼はそれを冷静に評価しないで、外見だけで私をへんに持ち上げるのにハラがたちます。
U　まあ、容貌コンプレックスって、美人ではない女性だけが持つものと思ったら、美人も味わっているのねえ。でもどうしてそれがスタンダールと関係があるの。
M　結晶作用って「あばたもえくぼ」ってことでしょう？　恋をすれば想像力がうんとやわらかくなって、どんな相手でもそこに美しさを発見する能力がつくって言っているんでしょう？　それで、そういうことを『恋愛論』以外の小説でも書いているのかと思って、徹夜で『赤と黒』そして『パルムの僧院』を読んでみたのですよ。そしたらやっぱり、恋愛するのは国一番の美女とか、誰もが振り向くような美男ばっかり

② 『赤と黒』でジュリアンは、女と見紛うほどの色白でかわいい目をした美少年、レナール夫人は地方一番の美人という定評のある女性、マチルドは舞踏会でまわりの娘たちをすべて霞ませてしまうほどの、西洋人形を思わせる金髪碧眼。『パルムの僧院』のファブリス、ジーナ、クレリアもすべて、「あっ」と人目をひく美男美女である。

『赤と黒』の挿画。ジュリアン、初めてレナール夫人と会う

じゃないですか。[2]「あばたもえくぼ」を信じているのなら、どうして小説の中でもフツーのルックスの男女を書かなかったのかしら。スタンダール、お前もか、という感じですよ。他の小説でも、恋する主人公たちは皆、美男美女なんですか。例外はないんですか？

一番大切なのは「あっ！」

U　そう言われれば……例外はないわねえ。

M　やっぱり。

U　でも注意して読み直すと、どの小説でも確かに主人公は「美男美女と評判の人」とは書かれているけれど、本当はどうかということは、あまり描写されていないわよ。もう一度読み直してみたらいいわ。例えば『赤と黒』でジュリアンは、マチルドがカールペーパーをつけたまま、寝起きの姿で図書室に入り込んで本を探しているところを見つけて、▼「やさしさのない、まるで男のような女だ」とショックをうけたと書いているの。一番大切なのは「あっ！」という驚きなのよ。それは「美しい人だ！」でもいいけど、そうでなくて「あっ、男みたい！」でも「あっ、この人前歯欠けてる！」でもいいのよ。[3]

M　恋されるために、前歯の一本でも抜こうかしら。

図書室でのマチルドとジュリアンの出会い

③『アンリ・ブリュラールの生涯』の中で、スタンダールは初めてオペラ『秘密の結婚』を見たとき、大感激したことは憶えているが、後に鮮明に思い出せることといえば、女優さんの前歯が欠けていたことだけであると書いている。

U　誰のために？

M　もちろんルーマニアのカメラマンのためですよ。

U　そこまでしなくても、いい企画を出すのが先じゃないの。

M　（ため息をつく）スタンダールもメティルドに「あっ！」を感じたのですよね。

U　そう。一八一八年三月四日、友人のヴィスマラに連れられてメティルドの家を訪問し、初めて彼女に出会った時のことね。この前話したように、メティルドは現代人からみても、自立心がとても強いし、それに政治意識も高い、さらにミラノ人の誇りも巧みに表現できる稀有な女性です。スタンダールはそこに「あっ！」を感じたと私は思いたいの。

M　ドゥオーモの午前一時にびっくりしたわけですね（六三ページ参照）。

U　スタンダールはすっかり舞い上がってしまって、三日おきに訪問するのよ。メティルドの魂と自分の魂が響き合って、舞い上がるような空想の広がりを感じたの。第一の結晶作用がはじまったわけね。ところがメティルドのほうは、しょっちゅうやってくるスタンダールに鼻白んで、立て続けに居留守を使ったり、しかたなく訪問を受け入れても、これからは訪問の回数を減らすように言いつけたりしたの。こうしてスタンダールは心ならずも「疑惑駅」にたどり着いてしまったわけ。

M　つらい「疑惑駅」ですね。

U　それから六カ月経った九月三〇日頃、九時三二分ジャルディーノ通りの教会で、偶然彼女に出会います。同じ時間と場所を当時の日記に二度も書きつけています。このときのメティルドは現実ばなれした美人に見えたのではないかと思いますよ。スタンダールに完璧な第二次結晶作用が起こったわけね。

メティルドは本当に美人だったの？

M　でも第一印象の段階で、すでに篩《ふるい》にかかっていたのかもしれませんよ。おどろき駅で、もう美醜の振り分けができてしまっているんじゃないですか？

U　疑い深いわね。メティルドの肖像画が一枚だけ残っているわ。▼どう？

M　う〜ん。微妙なとこですね。

U　同時代の証言では、彼女は「優雅だし言うことはしっかりしているが、目鼻だちは骨ばっていて優しさにとぼしい」と書かれています。同時代人が彼女を誉めた手紙が発見されているけれど、逆境とたたかう彼女の勇気や、心の気高さは口をそろえて称えていますが、特に美貌について触れてはいないの。

M　資料を通しては、メティルドの凛々しさのほうが、強く感じられるわけですね。

U　そうなの。次に結晶作用が起こった後、メティルドがどのように見られているかを見てみましょうか。

スタンダールは『ローマ、ナポリ、フィレンツェ▼』のなかで、メティルドの美しさ

メティルド・デンボウスキー

を、イタリアのルネサンス期の画家ルイーニが描いた『ヘロディアス』(一五五ページ写真)を思わせると書いているの。当時この絵はレオナルド・ダ・ヴィンチの絵だと信じられていたので、スタンダールもそれにならってダヴィンチの絵と思いこんでいたんだけど。

「顔立ちはレナルド・ダ・ヴィンチの絵のような優しい気品を想起させるが、この顔立ちの天使のような表情と、繊細な静謐から引き起こされる尊敬の混じった魅力はどのように表現すればいいのだろう。彼女が誰かを思うとき、善意と正義と気高さの溢れたこの顔は、欠けている幸福を夢見ているようだ」

(このとき杏里夫がずかずかと居間に入ってくる)

H　ヘロディアスといえばサロメのお母さんで、近親相姦のかどで自分を糾弾するヨハネ憎さに、娘にセクシーダンスを踊らせて夫のヘロデ王を惑わし、褒美にヨハネの首を切らせた稀代の悪女ですよね。

U　(アンリの突然の出現に驚くが続ける)聖書ではそうなっているけれど、その後サロメとヘロディアスは一体化して、ヨハネにかなわぬ恋をする悲劇的な女性ということになって、絵や詩歌の重大なテーマになったの。ヨハネの首をのせたお盆を抱くヘロディアスの絵は、宗教絵画の重要なテーマの一つとなったのよ。預言者の斬死という宗教的なものに、エロチックで肉感的なテーマを結びつける格好の題材ですからね。

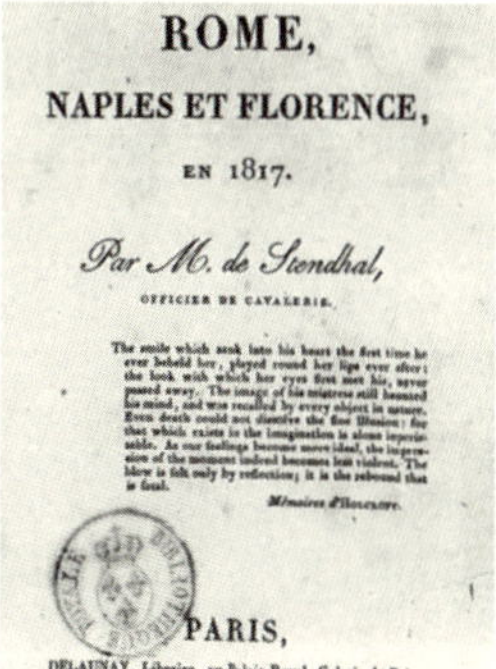

『ローマ・ナポリ・フィレンツェ』原書

ルイーニは、刑吏がぶらさげる恋人の頭をいまお盆に受けようとしているヘロディアスを描いているわ。

H　そういえば、『赤と黒』▼で、マチルドは断頭台で切り落とされたジュリアンの首に接吻していますね。

U　ええ、つれなかったメティルドに対して、スタンダールはこのシーンを書くことによって復讐したのではないかと考える批評家もいるほどよ。

H　ボクも気をつけないとね。（首筋に手をあてる）

M　うぬぼれてるの？

U　アンリ、あなた何しにきたの？

M　私を追っかけてきたんですよ、今日ここにくるって電話で言ったから。

U　（困惑したように）それはさておいて、『ローマ・ナポリ・フィレンツェ』を引き続き読んでみましょうか。

「この顔立ちには何かしら純粋で、宗教的で、非凡なものが息づいている。M夫人は長い間不幸だったといわれる。ひとはトレッツォのように美しい谷間に臨み、激流に囲まれた寂しいゴチックの城でこの変わった女性に紹介される幸福を夢みる。優しさの溢れたこの若い人妻は情熱を知っていたが、娘の純潔な心を失うことはなかった」

M　私がメティルドだったら、このうやうやしい調子に噴き出すでしょうね！

『赤と黒』の挿画。ジュリアンの首にロづけするマチルド

U　ルイーニのヘロディアスをアップにしてみましょうか。▼

M　あ、これぞ美女。この絵の人とメティルドが似ていると思うスタンダール、かなりキていますね。はっきり言ってカンちがいです。でもスタンダールには確かにこう見えた。なるほどこれが結晶作用ですか。

スタンダールも自分を美男に仕立てた

M　センセイ、『赤と黒』のジュリアン、『パルムの僧院』のファブリス、どちらも稀代の美男ということになっていますよね。解説書を読むと、スタンダールは主人公に自己を投影していたと書いてありましたが、彼自身のルックスはどうだったのですか？

U　美男ではなかったという証拠がかなりたくさん残っています。まずスタンダールが深く愛していたお祖父さんが、「おまえは醜い。しかし誰もおまえの醜さをとがめるようなことは決してすまい」と言ったと、『アンリ・ブリュラールの生涯』で思い出しています。また『エゴチスムの回想』には、一六歳で故郷を出るときに、グルノーブルのドンファンとして名を馳せていたガニョン家の叔父さんから、次のようなはなむけの言葉をもらったと書いているの。

「出世するには女に限るのだ。ところがおまえは醜男だ。だが、おまえにはどこか

ルイーニの「ヘロディアス」部分

個性があるから、人はおまえの醜男ぶりなどとやかく言うまい。（…）女に逃げられたら二四時間以内に他の女を口説くのだ。手頃なのがみつからなきゃ、小間使いを口説くのだ④」

H　二人とも、とってもやさしい忠告ですね。

U　私も七歳のときおばあちゃんに言われたわよ。「おまえはおたふくだけど、頭がいいから自分で稼げる。やっぱりおまえは幸運だ」って。今思えば、あの言葉が私の人生を決めたんだわ。妹はいい人を見つけて、早々に結婚して、子どもを生んで……。

M　センセイ、気をとりなおして。

H　そうですよ。夫はリストラ、子どもは無職ですからね。

U　それもそうね。ここにスタンダールの一番若いとき、中央学校時代の肖像画があるわ▼。それから確かでないのだけれど、スタンダールの若いときのだろうといわれている肖像画▼。学友からは「中国人」と仇名されていたそうです。当時アジア人はじつに見慣れないヘンな顔だったのね。つまり「ゴジラ君」みたいな愛称で、容貌魁偉な男と見られていたと想像できるわ。一番理想化して描かれていると思われるのが二四歳のときのもの▼。確かに味はあるけれど、決して美男とはいえないわね。一八〇〇年にミラノに軍人として行ったときも、イタリア人から「イル・キネーゼ」、つまり中国人という仇名をもらい、一八一一年に一一年ぶりでアンジェラに再会したときも、彼女はスタンダールのことなんか忘れていて、しばらくしてから「ああ、あのイル・

④　このロマン・ガニョン流のドン・ファン哲学をスタンダールは実行しなかった。「折にふれ、この偉大な戦術家の忠告を思い出していたら、私はどんなにしあわせだったろう」

中央学校時代の同級生と

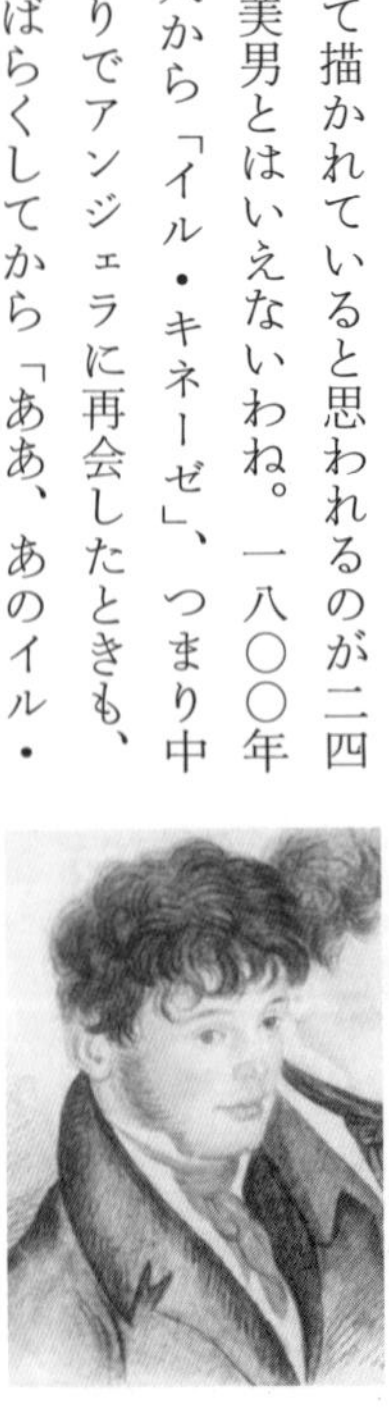
これも中央学校時代

キネーゼさん」と仇名をまず思い出したことが『イタリア紀行』のもととなった旅日記に書かれているの。

　これがピークで、その後スタンダールは肥満体質だったせいか、お腹は出てくるし、髪は薄くなってくる、そういう三重苦に襲われるのよ。メティルドに会った頃は、あるいは鬘《かつら》をつけていたかもしれません。

H　その上、外見に似ず、病気がちだったらしいですね。

M　今日ご馳走になったようなこってりしたものを、毎日食べていればねえ。

U　しかも毎食シャンペンを一本空けていたということですから。失恋してパリにもどってからもますます太って、四〇歳になった頃は、身長一六五センチに対して体重九一キロ。魁偉な容貌の口から才気ばしった毒舌があふれ出るものだから、サロンの人々に「太ったメフィストフェレス」と仇名されていたそうよ。そのころのスタンダールのカリカチュア▼が残っています（次ページ）。

M　こんな容貌で、スタンダールはジュリアンみたいな美男に自分を投影していたんですか。

U　それからのスタンダールの肖像を亡くなるまでずっと並べると、こんな具合なの。▼画家の力量に関係なく、どんどん若さが失われてゆくのが手にとるようにわかるでしょう。冷静な自己批判力を持ったスタンダールが、それに気がつかないはずがないわよね。

一九歳、パリに出る前後

年代不詳

二四歳、最も理想化されている

H　それを承知のうえで、自分をジュリアンやファブリスに投影していたのですね。

U　そうせずにいられなかったのよ。つまり、恋愛に大事なのは容貌ではないという、スタンダールの苦し紛れのメッセージね。

美しさは看板である、でも看板にすぎない

M　いままでのお話を伺って、恋のパワーで美を創り出せるということはわかりましたが、それでもやっぱり見かけがいいことが恋愛には大切だと、スタンダールは思っているように感じられるんですが。

U　残念ながらその通りね。この前アンリに説明したときに使った「恋の時刻表」をもう一度見てみましょう。最初の「おどろき駅」を出発して「希望駅」にたどりつくまでは、ある程度の美が必要だと言っています。一〇章でスタンダールは、若い男にとても親切にしてもらったけれど、どうしても希望駅にたどりつけなかった娘の例を引いているわ。その理由というのが、彼はヘンな帽子を被っていて、おまけに馬に乗るのが下手だからなんですって。

M　ヘンな帽子とか馬が下手なのは「あっ！」にはならないのですか？

U　娘には顔の美しさより、帽子や馬のほうが大事だったんでしょうね。美は恋を始めるための看板なのね。それは否定しないけれど、いったん看板で釣られてしまえば、

二四歳頃

カリカチュアにされたスタンダール

五〇歳前後のペン画

まもなくあるべき美人の基準などには目もくれず、その女性のあるがままが美しいと思うようになるってことね。もし理想の美人が一という単位で表せるくらいの恋の幸福を約束するとすれば、情熱恋愛は相手のあるがままの顔で千単位の幸福の量を約束すると。

H　だから「美は幸福の約束に他ならない」というわけですね。

M　美は釣りの餌みたいなものかしら。

U　第一印象が「みにくい」だと、「おどろき駅」を出発することがなかなかできません。例外的にこれが度を越した特徴である場合は、「おどろき駅」を出発することができるの。スタンダールはその例を二つあげています。

ひとつは大革命時代のミラボー▼。彼は醜男で有名な人だったのだけれど、彼に出会った人はミラボーの表情の美しさしか目に入らなかったという証言を説明して、これは、ミラボーの顔には彫刻的な美しさ、つまり一目見て皆が認める常識的な美しさが全然なかったので、逆に彼本来の魅力に気がつくことができたのだと言っているの。たしかに極端に醜いじゃがいも男は、色気がある人が多いと思わない？

M　編集長は典型的なじゃがいも男なんです。

H　にきび跡でもあるんですか？

U　（思わず吹き出すが無視して続ける）もうひとつ女性の欠点が魅力になる例があるの。ある男があばた面の痩せた女性に情熱恋愛していたんだけれど、彼女は死んでし

年代不詳

五二歳、ペンを持つスタンダール

五二歳、勲章をつけたスタンダール

まったんですって。三年の後、彼はローマで二人の女性と親しくなりましたが、一人は絶世の美女で、もうひとりは痩せてあばたのある醜女でした。一週間で男は醜女のほうを選んだそうよ。この女性は恋の技量に長けていたので、ちょっと男をドキドキさせる能力があったらしいの。「ちょうど一週間で、男は彼女の醜さを忘れることが出来た」とスタンダールは説明しています。

M　極端な例なので、まだ納得ゆきません。

U　確かにこれは稀な例外で、趣味恋愛はもちろんのこと、将来情熱恋愛に発展する恋でも、女の人は初めの五分だけは「この人を恋人にしたら人はどう思うかしら」と考えると書いているわね。

M　やっぱりね。

H　（うつむいて）恋にも資格がいるんですね。顔だけじゃない、その人の人格全体が問題になるんですね。

U　でも結局は「あっ！」なのよ。それが情熱恋愛の真髄よ。つまり結晶作用を起こさせるのは美醜でなくて、その人が持つ個性にどれだけパワーがあるかということなの。

五六歳、渋みをますスタンダール

五八歳、最晩年の頃。手が麻痺している様子が見てとれる

墓碑に埋めこまれたメダル

白を黒、黒を白というのが情熱恋愛？

M　看板の大切さは否定しないけれど、そこで留まっているのはつまらないということですか。

U　やっとわかってくれたわね。スタンダールは「美は精神的習慣の表現である」と言ってるわ。

M　意味がわかりません。

U　まあ、ひらたく言うと、皆がキレイキレイと言うと、誰もがそう思うようになるということよ。ほら、ある歌が大ヒットして自分もうっとりと聴くわよね。ところが次の年聴きなおすと、しらけてしまう経験ない？

M　ありますね。

U　従って「美はあらゆる情熱とは縁がない」。私たちに必要なのは美ではなくて情熱だけだという理屈よ。

スタンダールはさらにこう続けているわ。「美は一人の女に対して確率しか与えない。しかもしばしばその女が冷酷であるという確率である」。つまり美は約束するだけだ。なにを約束するかというと、幸福の確率よりは、彼女が冷酷である確率のほうが大きいと。

ミラボー、あばた面をした「革命の獅子」

M　けっこう失礼なヤツですね。

U　だから一番大切なのはなにを置いても情熱。うわべの美が効果を発揮するのは虚栄恋愛の場合だけ。「情熱恋愛を感じられない男は、同時におそらく最も激しく美の効果を感じる男だ」とね。

H　そういえばプルーストの『失われた時を求めて』の中で「美人は想像力のない男にまかせておこう」というくだりを思い出しました。

U　いっぽう恋のために想像力に羽根を生やした男は（つまりスタンダールのことよ）、社交界随一の美女が目の前を通りすぎても何とも思わない。そのかわり遠くの街角にメティルドが被っていたのと同じ白繻子の帽子を見かけただけで、胸がどうしようもなくときめく。考えられるかぎりの最高の美女、今の日本でいうと松島菜々子さんみたいな人が約束してくれる幸福を最高の四単位とすると、四という数字は完全を意味するのね。普通の美女は三単位、十人並は二単位くらいかな、なんて計算しているわ。

M　ホント、スタンダールって失礼なうえに俗っぽい人ですね。

U　ええ、でもこの二単位が恋のおかげで百単位にはねあがると。

M　あれ、さっきは千って言ってませんでしたか。

U　一七章では百と言っていますが、一〇章では千と言っています。無限ということね。

M　いいかげんなんですね。大げさすぎてやっぱり賛成できないわ。

U　恋という狂気にとりつかれると、習慣的な美醜の観念を忘れ、恋人の小さな美点をみるにつけ、また大きな欠点を発見するにつけ、そこから無限の陶酔の波紋を起こして桃源郷に引きこまれる。そうなると「相手の男が角《つの》を持っていたら、その角を美しいと思う」というところまでくる。白を黒、黒を白と勝手に思い込むのが恋というわけですね。

H　女の子のツノってかわいいですもんね。

U・M　（同時に）バカにしないで！

本当の美しさってなに？

H　スタンダールは、ギリシャ的な古典美は嫌いで、ファニーフェイスが好きだったのですか。

U　ええ、「古代の美とは、ひとつの有用な性格の表現である」と言っていますからね。

M　あ、さっきの「美は性格の表現である」というのと似ていますね。

U　ええ。続けて「なぜかというに、有用であるためには、性格が

クニドスのアフロディーテー

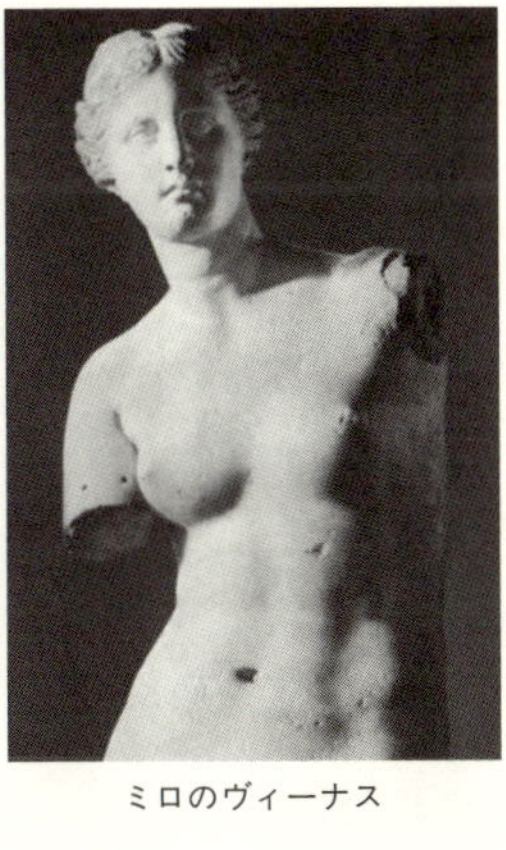

ミロのヴィーナス

あらゆる肉体的長所と結びつかねばならないからだ。情熱はすべて習慣を壊す。そのために美をそこなう」と言ってるわ。五人の美女の長所をつぎあわせて、理想のヴィーナス像を刻んだコリントの彫刻家がいたの。このようにして作られた美は、誰の目から見ても完全に見えるという点でとても有用だけれど、あまり端正で冷たいので情熱をかきたてない、と。

M　たしかに高校時代に美術の時間にスケッチさせられたミロのヴィーナスは、きれいすぎて退屈でしたねえ。

U　情熱恋愛は絶対的な美を追求するものでなく、時代意識や環境に触発されて魂が動くものであるとスタンダールは痛感していたの。⑤

M　センセイ、よくわかりました。型にはまった美人に弱い編集長は恋にも美にも縁なき輩なのですね。

U　今は世間の価値観とか、退屈な美醜の物指しなんて気にしないで、男も女も「あっ！」で踏み倒してゆく時代ですよ。さあ、編集長が「あっ！」と驚く日がくるのを祈って、「福娘」を飲み直しましょう。

M　今の私は逆に踏み倒された気分です……。

U　「あっ！」と踏み倒されるのも驚きの一種ですからね。

H　ボクもお仲間に入れてくださいョ。

U・M　（同時に）ダーメ。

⑤　スタンダールのこの感覚は、近代的美の感覚に近いものである。近代的な美の発見者であるボードレールは、町田たか子と同様、スタンダールのちょっと下品で意地悪なものの言い方を嫌っているが、一方「美は幸福の約束にすぎない」という言葉を高く評価して次のように書いている。「スタンダールは幸福の無限のヴァリエーションに美をあまりに服従させすぎた嫌いがあり、またあまりに性急に美から貴族的な性格をもぎ離そうとしている。しかしこの考えには、アカデミー界が犯している過ちから決定的に訣別するという、すばらしいメリットがある」

第八話　どうすれば恋の痛みから抜け出せるの？

――失恋こそ想像力のスポット

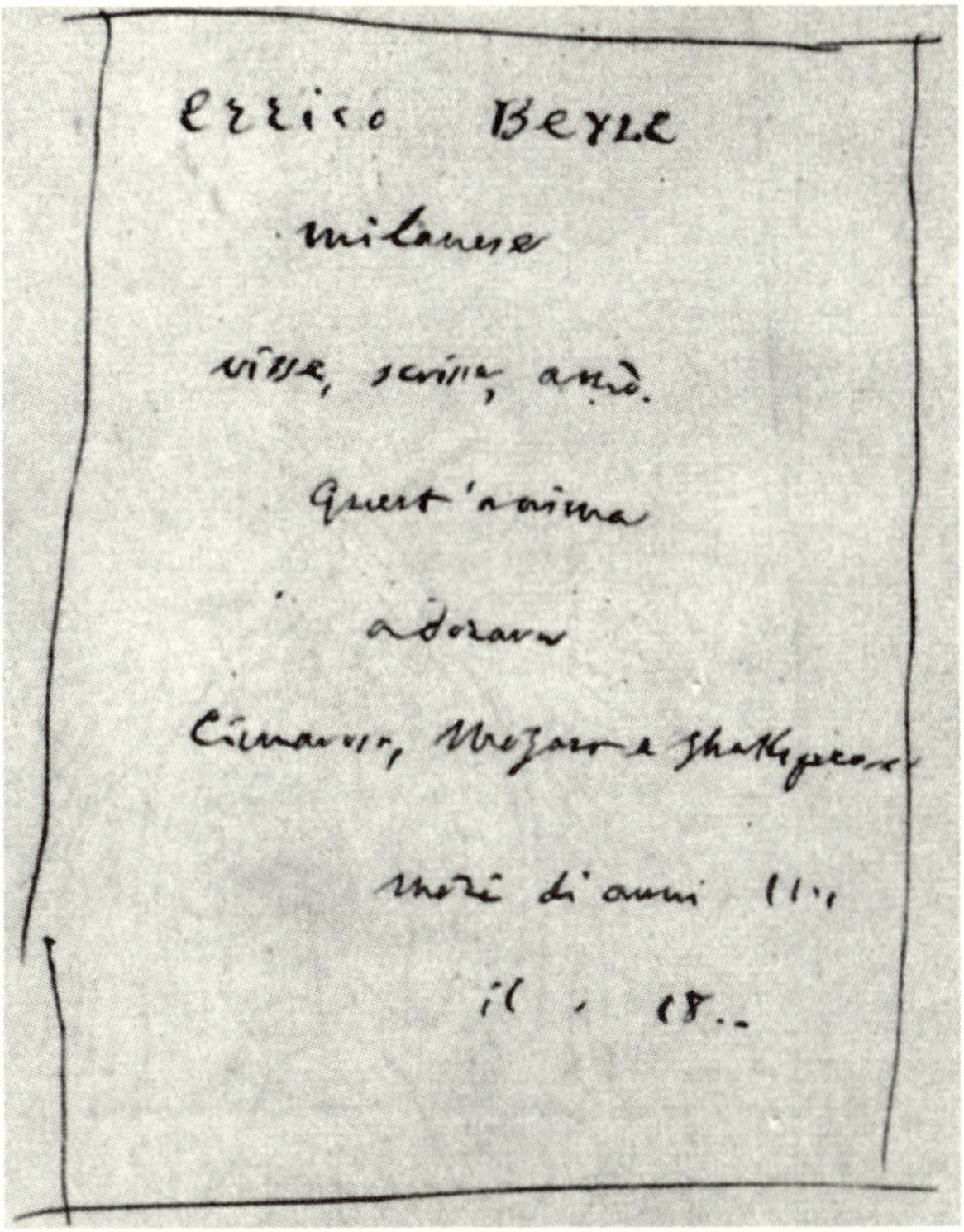
Errico Beyle
milanese
visse, scrisse, amò.
Quest'anima
adorava
Cimarosa, Mozart e Shakespeare
morì di anni
il 18..

『エゴチスムの回想』の中に書き込まれた自らの墓碑銘

——落ち葉舞いしきる京都の公園。米谷杏里夫がベンチに悄然と座っている。そこへUが急行する。妹から、杏里夫がたか子さんに告白して冷たく断られ、失恋旅行に出たはいいが、京都で行き倒れ状態になっているという知らせをうけたのである。

H　ああ、オバさん、こんにひわ。お世話かけます。

U　まあ、草よりも青い顔をして、まるで魂を抜かれたデーモンという風情。何も言わなくていいのよ、私にも経験があるもの。こういう時は、ご飯を食べて寝る、これを繰り返して、時間をやり過ごせば何とかなるものよ。ナニ？　一週間ロクなものを食べていない？　まず腹ごしらえをしなくっちゃ。ええいっ、今日は清水の舞台から飛び降りたつもりで、「吉兆」でおごりましょう。妹に頼まれてわざわざ京都に来たついでだ。

H　ボク、今食べたくない。またの機会に。

U　何を言うの。「またの機会」なんてものはこの世にはないと思いなさい。さあ、引きずってでも連れてゆくわよ。

失恋の五段階説

――Uは食事のあと、喫茶店に行くというフルコースを奮発する。

U　いやあ、参った。キミが口に入れたのは刺身のツマとおかゆだけ。

H　だから言ったでしょう。でも、すこし元気が出ました。

U　おかげで私は二人分食べて豚になった気分。仲居さんに笑われてしまったわ。

H　オバさん元気でいいですね。（長い沈黙）

U　失恋の大先輩スタンダールの話でもしましょうか。彼は恋愛が始まる七段階を綿密に分析したんだけれど、どんなふうに恋が終わるかという過程は分析していないの。恋愛の書にしては、これは手抜かりと思わない？　始まりがあれば終わりがあるのが当たり前ですからね。それでこの私がスタンダールの代役で、失恋には五段階あるという仮説を立ててみました。聞いてくれる？

H　（いやいやうなずく）

U　まずは①ショック。起こったことを理解できないか、「そんなはずはない」と現実を否認する。短くて一五分、長くて三日間続く。②怒りの昂揚期。孤独感、喪失感、自己嫌悪、自責、むなしさなどの感情がごちゃごちゃになって高まる。「ボクは大丈夫、いい勉強になった」などと口走る。やがて③怒りがやってくる。「どうしてこのボクだけが……」とか「あのとき……していたら」とかいう悔恨と恨みで溢れそうになる。石につまずいただけでも、身体がばらばらになるような気がする。一週間から三週間。あなたはこのステージにいるのよ。

H　どうしてそんなことがわかるんですか。

U　ほらほらそんなにつっかかる。もうすぐしたらあなたは④取引状態に入るわ。「オヤジがリストラされたから彼女は去ったんだ」とか「ボクが就職したら気持ちを変えてくれる」とか、失恋の原因を外に持っていって、それさえ解決すれば、彼女は考えなおしてくれると信じようとするの。失恋に理由をつけて、納得しようとするわけね。「悪いのは……だ。……さえすれば」と考える。これが一週間から三ヵ月。しかしどんな理由づけも失恋の前に意味がなくて、ただの逃避に過ぎないことは良く知っているのね。相手と合体することは無理なのだという現実に向き合って、深い抑うつ状態に陥る。自分とは何なのか、他者とは何なのかを深く意識する。一ヵ月から三年たつと、⑤受容の段階に入る。恋によって失ったと思ったものが、実はすべて自分の養分になったのだと納得して、相手に感謝する気持ちになる。図にするとざっとこうなるかな。①▼（喫茶店の勘定書きの裏に書きつける）

H　（ため息をつきながら）明日がくるかどうかもわからないのに、三年も先のことなんか考えられませんよ。

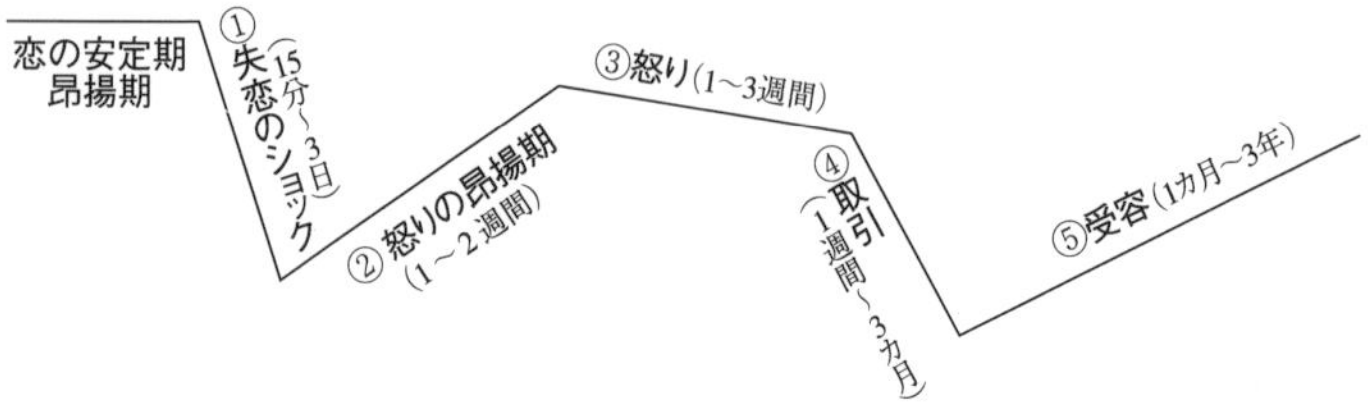

失恋の５段階

失恋とは真実があからさまになる状態

U　そうでしょうとも、そうでしょうとも。でも、今の感情を十分に味わっていれば、必ず先の段階に進むことができるから、心配いらないわ。スタンダールはこの失恋の過程を深く味わいつくした人だと思うの。

H　すべての恋は終わるんですか。

U　恋は必ず終わります。命と同じだからね。

H　結婚したら終わらないんじゃないですか。

U　何を言うの。現実の生活の中で自然に終わってゆくのよ。うまくゆけばそのかわりに、思いやり、同志愛というような、恋愛とはちがう愛が生まれてくるのよ。こっちのほうもまた素晴らしいものだけれど、恋愛とは違う愛なの。

H　恋は必ず五段階を経て終わるのですか。

U　そうとは限りません。人生の無常をよく知った人なら、恋をしても最初から終りを覚悟して始めるから、最初から第五期に達しているわね。

H　そんな人は始めから恋はしないんじゃないですか。

U　いや恋の始まりだけがあって、あとはエクスタシーの中で生き続けるのではないかしら。まあこういう聖人の恋は、スタンダールにもあなたにも縁がないから置いて

① 前ページ図。実はUはエリザベス・キューブラー・ロスの『死ぬ瞬間』に書かれている、人が死を受容する過程をそっくり借用している。

おきましょう。スタンダールは一二回の形の違った恋をして、一二回の違った形の失恋をして、一二の違った受容を完成したのではないかと思うわ。

　そのなかで、メティルドとの失恋は一番純度の高い失恋だったのね。とにかく始まりと終りしかなかったわけだから、中身の思い出がない、海中のホヤみたいな恋でしたからね。

H　食えない恋愛ですね。

U　ホヤは食通に好まれているのよ。あんたも嫌がらずに、失恋をしっかり味わいなさい。

H　やれやれ。

U　失恋の五つの過程をたっぷり味わえば、思ってもみなかった貴重な発見がザクザク見つかるわよ。

　スタンダールは、恋情やみがたくて、ヴォルテラまで子どもに会いにいったメティルドを、緑のサングラスと黒い服といういでたちで追いかけたでしょ、変装したつもりで。そしてそこで決定的に振られます。狂乱の一週間をすごしたあと、彼はフィレンツェに向かったの。そこで四〇日間も滞在したのは、メティルドが自分を追いかけてくるのではないかというありえない可能性に賭けて、絶望で泣きながら希望に酔っていたのね。「これが最後の賭けだ、もし彼女がフィレンツェにこなければ、最終的に諦めよう」というスタンダールの一世一代の取引だったのではないかしら。

H　そうまでしなければ次に進めなかったのですね。

U　失恋というのは真実があからさまにされることですからね。他の真実も連鎖反応で出てくるの。あなたの場合、もうオヤジの脛《すね》はかじられない、満を持した応募作は佳作にも入らない、斎木先生に意地悪されて卒業もあやしい。ああ、神も仏もあるものか、恋だけが命の綱だ、と思いつめたときに限って恋もかなわない。

H　やめてください。人の傷口をえぐって塩をすりこむようなことは……。

U　（楽しげに）第五期の受容期は、心が開き、感受性がするどくなって、人生の本当のことが納得される時期だからチャンスなのよ。取引の段階で止めてしまう人も多いけど、それってすごくもったいないことなの。

H　他人事だと思って。

U　スタンダールの特徴は、第五期に入っても、またぞろ第四期に戻って、ひょっとしてという万が一に賭けて、玉砕を繰り返す点にあるの。まるで失恋の断末魔をできるだけ長く伸ばしたいと思っているような節があるわ。

　例えばね、グルノーブルでスタンダールはメティルドから手紙を受け取るの。その手紙は残っていなくて私たちは内容を想像することしかできないけれど、儀礼的なお悔やみの手紙だったのではないかと推察されるわ。けれど、この手紙をどう解釈すればよいかを書きつけたスタンダールの手記は残っています。「この手紙はこれ以上ないほどの恥じらいを持って『愛しています。会えないので手紙を書きます。これが私の連絡先です』と解釈できる。だからこちらはできるだけうやうやしい返事を書こう」というような内容なの。

H おいおい大丈夫か、という感じですね。

U 第五期に入っても、このようにしばしば第四期に逆もどりします。一〇月二二日にミラノ入りすると、翌日メティルドに挨拶にゆき、「冷たい待遇」を受けます。「やっぱり」というのでまた第五期に進む。

そして娼婦に頻繁に会っています。「苦しみを和らげるのは仕事ではない、女性だ」とも日記に書いています。その返礼として淋病に罹るの。高くつく逃避になったわけね。

H 目も当てられないほど悲惨だ！

U 悪いことのオンパレードですが、最後に一番の大物が出ることになります。オーストリア政府の反革命的しめつけがますます厳しくなり、もうミラノにはいられないということになったの。一八二一年六月一三日のことよ。ミラノを出なければならなかったということは、メティルドに振られたより辛いことだったかもしれないわね。ここで死ぬまで、イタリアびいきのフランス文化人として生活しようと思っていたのですからね。社会的経済的基盤が一挙に根こぎになってしまったのです。

H ミラノを発つということは、ミラノで文人として成功したいという希望を百パーセント諦め、一世一代のメティルドとの恋も諦めることになるんですね。

U　『エゴチスムの回想』▼にはこのときの旅行の様子が面白おかしく書かれているわ。
「一八二一年六月、私はミラノを去り、たしか三五〇〇フラン持っていたと思うが（これが父の遺産のすべてだった）、この金を使い果たして、ピストルで頭をぶち抜くのがせめてもの幸福だと思いながらパリに向かった。三年越しの親しい付き合いの末、私の深く愛していた女性、私を愛してはくれたが、決してわがものにはなってくれなかった女性と別れた」

H　私を愛してくれた？　まったく現実を受け入れてないじゃないですか。

U　彼はメティルドが洟《はな》もひっかけなかったとはどうしても認められなかったの。スタンダールファンとしては戸惑うところよね。でも彼は、彼女とは決して結ばれないということは認めたのよ。これでよしとしてあげようではないですか。メティルドは最初、この面白いフランス人との会話を楽しんだこともあったでしょうし、しっかりした意志のせいで、サロンで悪い噂の犠牲になったこともあったわけですから、スタンダールは彼女のことを、自分の魂の同胞だと信じこむ理由があると思い込んだわけよ。

H　それは「取引」ではないですか。

U　まあ、もう二人が会うことは決してないことははっきり受け入れているのですか

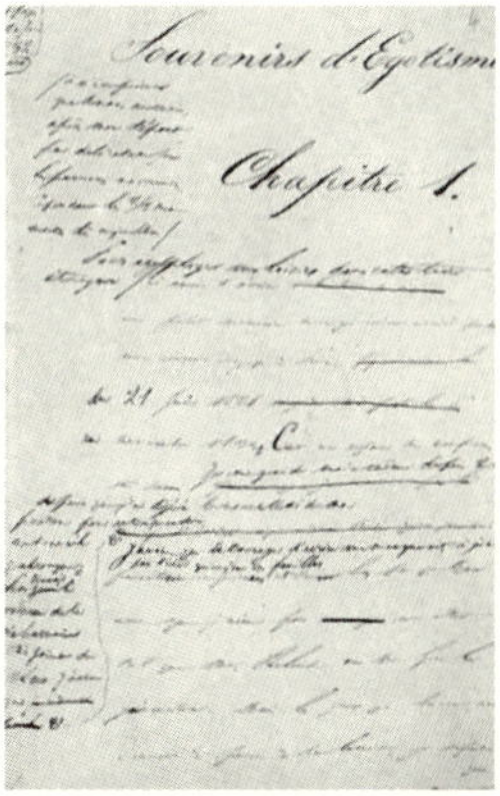

『エゴチスムの回想』第一章

ら、受容期と考えたいな。

「失恋につける薬はない」といいながら

U　失恋の第五期に入ると、どんな言い訳も理屈もきかなくなるの。スタンダールは三九章の二で「失恋の療法はほとんどないと言ってもいい」と断言しています。「あんな女のどこがいいのか」と相手の肉体的欠点を言いたててもだめ（結晶作用がさらにかきたてられる）、「失恋旅行」に出かけてもだめ（見えない相手のイメージは、離れるとさらに純粋になる）、まわりの人が「こんな目にあわせるなんて、なんてひどいやつだ」と相手の忘恩に腹を立ててやっても逆効果。恋する男に自尊心はないので、相手を責めることなど考えられないの。また気晴らしをしようと、友人に華やかな場所につれて行ってもらうのも逆効果。豪華なサロンの柱時計を見ると、「私は彼女が雨の中を歩いて友人の家にゆく時間を計った」となってしまうの。それじゃあ、戦争にでも行って、危険にわが身を晒したら忘れられるかというと、それもだめ。「たとえ敵前二〇歩のところに立ったときでも、ふだんより一層の魅力をもって愛する人を思い出したりする」からよ。

H　治療がないのが治療法と。逆療法ですね。

U　そう、結晶作用は相手の存在を触媒として、自分の想像力を羽ばたかせるという装置だから、そもそも失恋に似ています。相手との接触が断たれて、想像力だけがますます働くようになるので、結晶作用にとっては理想的環境になるのよね。

H　自分で傷口に塩をもみこむのですね。

U　そう、そう。覚悟を決めると、苦しみがやがて創造的治療法に通じるということを、スタンダールは発見したのね。

スタンダールが発見した荒療治法、その①——失恋旅行をする

H　オバさん、「涙の数だけやさしくなれる」調の説教なら、聞きたくありませんよ。

U　はい、はい。『アンリ・ベールの生涯』の中にこんな一節があります。「私は繊細な感受性をもって美しい風景の眺めを求めた。旅行したのはもっぱらそのためだ。風景は私の魂のうえに奏でられるヴァイオリンの弓のようなものだ。誰もほめないような景色でもそうなのだ」って。失恋によって清められた魂は、実によい共鳴体となって、あたりの景色を新しい目で見ることができるようになるというわけなの。

H　京都に来たのも間違いじゃなかったんですね。ボクの目にも、色づいた紅葉が怒りで赤くなったたか子さんのほっぺたに見えました。

U　そうでしょう。ラングルという町を通ったときには、ヴォルテラに地形が似ていることに彼は深い感慨をもよおします。またスイスを通る道すがら、ウィリアム・テ

ルの肖像を見たの。ウィリアム・テル▼は今も昔もスイスの国民的英雄ですが、彼がへんてこな野良着を着せられているのを見て、こう考える。「どんなに立派な人物も俗物の目にはこんなことになってしまうのだ。メティルドよ。君もトラヴェルシ夫人のサロンではこんな目にあわされているのだ」

こうしてうつろな絶望から、はじめて甘い憂愁を憶えたと書いているわ。つまり気の毒なメティルドは、自分をまげて心ならずもトラヴェルシ夫人に従っているのだと信じていたのね。

H　なんて独善的なんだ。ボクはそんな幻想はまっぴらです。

U　五九章の「恋する男はあらゆる風景の水平線に愛する女の姿を見る」という一節と同じくらい私には切実に響くけどなあ。しかたない、もっときつい療治といきますか。

シラー作『ウィリアム・テル』からテルの衣裳（1804）

治療法、その②——遺書を書く

H　どんな治療法です。

U　死と親しんで、遺書を書くこと。

H　ふん、そんなことならボクもやっています。

U　自分が死ぬことについて冷静に考えるのよ。逃避や腹いせでなくて。

H　どういうことですか？

U　自分が自殺したら、友人は、家族はどうするか、そして一体自分はこの世で何者だったか、なにを残せるのか、を冷静に分析し、遺書を書くの。②『エゴチスムの回想』に、「ぼそぼそ書いていたへたくそな恋愛もののドラマのはしに、ピストルの絵を描いたりした」とあるけど、このころスタンダールはドラマを作っていなかったから、実は『恋愛論』の草稿に描いたのかもしれないと私は思うのよ。私がもし編集者なら、『恋愛論』の表紙にピストルの模様を縁飾りで囲むわね。

H　ボクも母がどうなるかを考えて、思いとどまりました。

U　アンリの場合は、あなたを支えるしっかりした家族があるけれど、スタンダールは家族と縁を切っていたから、自分が死んでも、世間は羽根が落ちたほどの感慨も持たないだろうと思っていたの。

H　本を書いて名を残そうと思ったのではないですか。

U　名声は宝クジを買うようなもの。当たるかもしれないし、当たらないかもしれない、そう思っていたの。だから残るのはお金とモノだけ。

H　すごく唯物的ですね。

U　スタンダールは死ぬことばかり考えていました。死んだら自分はどうなるか、ではなく、自分がこの世で何者だったのかを克明にイメージすることに集中したの。一

② スタンダールは一生のあいだに、発見されているだけで三六通の遺書を残している。最初の遺書は二七歳のときに書かれた。年収が八九〇〇フランもあって、二輪馬車を買って毎日劇場に通うという日の出の勢いのときである。「自分が残した金を基金として、国際的な文学賞を設置してほしい。本部はロンドンに置くように、賞品は金メダルとシェークスピア全集を」と具体的である。

八一九年には「ルイ一八世を暗殺して自分を民衆の生贄《いけにえ》に捧げよう」とまで考えたと告白しているわ。

H　危ないなあ。

U　自分がどんなお墓に入りたいかイメージして、そこに彫り込む文章を考えはじめたのもこの頃。その後何回も書き直して、本当にそんなお墓に入ってしまったのね。▼（二五ページ写真参照）

H　『恋愛論』を書く手で、ピストルのイラストと墓銘碑を書いていたのですね。

U　それが彼一流の恋の治療法だったのね。

H　ボクもやってみようかなあ。危険に見えるけど、いい方法かもしれないなあ。

U　そう、そう。今自分が死んだら何を残すことになるのかリストアップしてゆくと、自分にとって一番大切なものが見えてきて、悩んでいることがすこし遠のくような気がしてくるものよ。その後もスタンダールは、「ほとんど毎年」遺書を書いているわ。危機に襲われた時には、一年に何度も書き換えているのよ。

治療法、その③――分身を数々つくる

U　実は、もうひとつ荒っぽい治療法があるの。分身を作ること。

モンマルトル墓地にあるスタンダールの墓

H　孫悟空でもあるまいし、どうやって分身を作るのですか。

U　簡単です。偽名をたくさん作って、その人になりきった気分になるの。『恋愛論』の一章の注をみると、この本はリジオ・ヴィスコンティという青年の遺書の自由訳だということになっています（一〇六ページ）。

H　彼はヴォルテラで死んだことになっているんですよね。

U　でもそれだけではないの。二九章でもスタンダールは、デルファンテ伯爵という、松の木の下で恋の幸福に酔いしれる、ちょっとカッコいい分身をこしらえています。「彼の言ったことに較べて、ここまで皆さんが読んだページはなんと冷たく見えることだろう」「デルファンテは無関心な私よりももっと幸福だと思う。私はちょっと見にも実際にも、たいへん幸福な状態にあるけれども」と書かれているわ。

H　私ってリジオ・ヴィスコンティのことですね。

U　ええ、スタンダールの分身のリジオよ。

H　分身が分身を眺めている図ですね。

U　スタンダールの分身の術はさらに進んで、三一章にゆくと今度はサルヴィアッチという分身が登場します。火の上のスルメのように失恋にのたうつ男よ。その日記というのが引用されます。「世の中には二つの不幸がある。情熱を拒まれた不幸と死の空白（dead blanc）の不幸。恋をすると私は二歩先に無限の幸福、私のあらゆる願いにもまさる幸福があるような気がする。しかもそれはただ一つの言葉、微笑にかかっている」。蜘蛛の糸を待ち望む恋人だわね。でも糸はついに降りてこなくて彼も死んでしまうの。「そんなことをペトラルカの本の余白に書きつけた彼は、まもなく死んでしまった」とね。

H　リジオは観察者、デルファンテは幸福な恋人、サルヴィアッチは苦しむ恋人というわけですね。しかもそのうち二人まで殺してしまったんですね。それで自分は生き残ると。都合のいいやり口だなあ。

U　彼の分身術は、自分の側面をいろいろに分けて、ダイヤモンドをカットするように、それぞれの面がお互いを眺め合うナルシシズムの世界を作りあげる装置だったのよ。[3]ロラン・バルトはこの心理状態を『恋愛のディスクール』のなかで、「恋する私は狂っている。そういう私は狂っていない」と巧妙に要約しているわ。

H　それが小説の母体になるという、思いがけない副産物まで生まれたんですね。

U　こうして彼は転んでもただでは起きない力を獲得したのよ！

治療法、その④――書く

U　一八一九年の一一月四日、まずスタンダールは自分の恋を小説仕立てにすることを思いつくの。四時間夢中になって書くんですけど、結局放棄します。

H　なんだ、たった四時間であきらめたんですか。

③　日記などを読むと、スタンダールは本の中だけでなく、日常的に偽名を使っていたらしい。研究者の報告によると、彼はドミニックを始め、三五〇個にものぼる偽名を使っていたという。

U　確かに読んでも全然おもしろくない代物なの。でもこの経験が、『恋愛論』を書くことを思いつかせる布石になるのよ。

H　ヘボ小説を書く元気は、ボクにはとても起きません。

U　一二月二九日、スタンダールはため息をつきながら「淋病の兆候」とメモに書きつけ、それからある本を取り出して読み始めるの。詩人モンティの絶望的な愛を歌った『マスケロニアーナ』とトラシーの『法の精神注解』に白紙を綴じ込んで製本させたもの。じっくり勉強しようというテキストはこうするのがクセだったの。これをじっくりと読んでいるうちに、突然、死んだ男の遺書と称して、自分の恋愛について、恋愛の科学的研究という名目で、そっけなく突き放して書くことを思いたつの。これが『恋愛論』の成立の瞬間です。翌年の二月には「ドン・ジュアン論」を書いて激しい喜びを感じるとあるわ。どん底まで落ちて途方にくれたら、必ず解決法がみつかるといういい例よね。

H　ボクはまだ、そこまで行っていないのかもしれないな。

U　たぶんそうね。大丈夫、これからもあなたの将来は難関だらけよ。

H　ありがとうございます。

U　そうそう『恋愛論』にはもうひとつ、有効な治療法が書かれているわ。あなたが恋の経緯をそめそめと話すのを、ひたすら聞いてくれる相手をみつけること。自分で自分の話の長さに退屈し、言っていることが矛盾しているということに自分で気がつくまで、ひたすら相手に話すことだ、とスタンダールは言っているわ。

H その役目は、一方的に話すオバさんの性格には合わないでしょうね。

U しかたない。今日だけはカウンセラーに徹して何も言わないことにしましょう。失恋の醍醐味をさらに追求したいんだけど、ガマンするわ。

H そうとなったら、お腹がすいてきました。オバさん、なにか食べさせてください。

U まあ、「吉兆」ですってんてんになってしまったわよ。そのへんのうどん屋でがまんしなさいな。

第九話

国によって恋愛は違うの？

――緯度が三度変われば恋愛も変わる

牛に変身したゼウスにさらわれるエウローペー（ポンペイのフレスコ画）

――一二月二二日深夜。町田たか子が怒った様子でU邸を訪れる。

U　おや、たか子さん、どうしました？

M　年末の仕事がドカ雪のように降ってきた上に……。

U　その上に？

M　あの人が、突然イラクに行ってしまったんです。

U　あの人って、ルーマニアのカメラマン？

M　戦争にまき込まれた子どもたちの写真を撮りに行くって言って……。

U　フーン、突然行ってしまったわけですね。挨拶もなしに。

M　挨拶をしてもらうような関係じゃないです。特集の仕事を一〇日間一緒にしただけですから。

U　たか子さんの眼鏡にかなう男性がいるということだけで、おめでたいことです。その人はまた日本に戻ってくるんでしょう？

M　いいえ、帰ってこないと思います。たとえ帰ってきても、私が視野に入る余地はないと思います。仕事に夢中の人ですから。でもねえ、先生。

U　何ですか。

M　恋に国境はない、言葉や風習を超えた、個人同士の心のコミュニケーションだと信じていたんですが、彼との関係でそれが揺るぎました。あの人の前にゆくと、自分が自分でわからなくなってしまうんです。話すことがたくさんあるのにいざ彼の目の前にゆくと、言葉が出ないのです。きっと彼は私のことを、おとなしくて可愛い典型的な日本の女の子だと思っているに違いないです。

U　ははは。日本のスカーレット・オハラという仇名のあなたにしてそのていたらく、悔しいでしょうねえ。

M　どうしてこうなってしまうのか、不思議です。

U　だれかさんも同じようなことを言っていたわよ。

M　アンリくんのこと、もうご存知ですよね。センセイの目には同じように見えるかも知れませんが、今度の件では、自分自身に腹を立てているんです。

EUを先取りしていたスタンダール

U　スタンダールもあなたと同じように感じたのではないかしら。例のヴォルテラ事件を言い訳する手紙の中で、彼はイタリアとフランスの、恋の表現法の差異を説明して、自分の行動を弁明しています。

「あなたと私は異邦人同士です。それは国が違うということだけであると思っていますが、そのせいで私たちは理解しあえません。することなすこと違う言語を語るのです」ってね。

M　スタンダールは一九世紀初頭の人としては、極めつけの国際人ですよね。

U　ナポレオンの官吏として、ドイツ、オーストリアに滞在し、モスクワにまで行き、イタリアには七年間住み、フランスとイタリアを何度も往復しているわ。イギリスの雑誌に寄稿し、ロンドンに傷心旅行もしているしね。

M　お金も時間も余裕があったんですねえ。うらやましいなあ。

U　ヨーロッパが国家統一へと向かっていた当時、彼は「ヨーロッパ全体」という観点を持っていたと私は思います。

M　でも『恋愛論』の中では、「緯度が三度変わるごとに恋愛は変わる」ということで、ヨーロッパの各国の違いというか、イタリアの優秀性、他の国々のダメさかげんが強調されているように、私には読めましたけど。

U　違いは強調してはいるけれど、真の恋愛――もちろんスタンダール流の情熱恋愛です――はどこに起源があるのか、どうしてヨーロッパでこの恋愛がダメになったのか、恋愛の未来はどうなってゆくのかという、グローバルな視点があるのよ。だからこそ比較という発想が成り立つわけ。

M　スタンダールは時代を五〇年どころか、もっと先のEU時代▼を先取りしていたってことですね。

EUのマーク

U　そうなのよ！
M　失恋するのに先取りもないような気もするんですけどね。

恋愛は文明の奇蹟だ

U　たか子さん、恋愛の起源はどのへんまで遡ると思いますか？
M　そりゃあ、人間が人間となった時、つまり人間が二本足で立つようになったといわれる五二〇万年以上も前に遡るんじゃないですか？　いや、ひょっとすると、人間の先祖である霊長類も恋を知っているかもしれないです。
U　恋愛については二つの対立した考えがあると思うの。時代や場所が違っても恋愛という人間の基本的関係は変わらないと考える人。最古の人類の恋と、現代人の恋は原則として変わらないと考える人ですね。その一方に、そうではなくて恋愛は文化だから、どんどん変化あるいは進化してゆくという考え方もあるの。スタンダールはこの考え方ね。「恋愛は文明の奇蹟である。未開人、もしくはひどく野蛮な民族にあっては、肉体的恋愛とか、最も卑猥なものしか見出せない」、「非常に進歩した社会では、情熱恋愛は未開人における肉体恋愛のように自然である」とも書いているわ。
M　私は、恋は今も昔も恋わらないという考え方です。
U　スタンダールは、情熱恋愛はいつごろ始まったと考えていたと思う？

M　西洋人だからギリシャが源だと考えていたのかな？

U　ギリシャは恋愛を生むほど成熟していなかったと彼は考えているの。例えばサッフォー①▼ね。彼女はギリシャを代表する恋愛詩人と呼ばれているのだけれど、そんな人をつかまえて、「官能の陶酔」あるいは「肉体的快楽」しか恋愛に見出さなかったとけなしているの。同時代のアナクレオーン②もいっしょくたに「官能と精神の愉楽」しか理解しない輩と決めつけているわ。ギリシャは恋愛の発展途上国とみなされているのね。

M　アポロンに追いかけられて月桂樹に変身したダフネーの話▼とか、白い牛に変身したゼウスにさらわれるエウローペーの話▼（一九一ページ写真も参照）なんか、好きだったんですけど。

U　たか子さん、それたぶんギリシャ神話をおとぎ話ふうにリライトしたものを読んだんでしょう。

M　たとえ絵本でも内容は間違えてなかったと思います。

U　ギリシャ時代は日常的な安全感が全然なかったので、恋をする余裕なんて生まれなかったとスタンダールは考えていたのよ。「安全足りて恋愛を知る」と信じていたのですね。アポロンが一目惚れしてやみくもにダフネーを追いかけたなんて、彼にいわせれば野蛮な肉体恋愛なの。レイプから逃れようと月桂樹に変身、つまり死んでしまうなんて、ダフネーが気の毒よ。まして月桂樹の枝を切り取って頭に巻くアポロン

① 前六一〇年頃から五八〇年頃活躍したギリシャの女流詩人。レスボス島出身。乙女たちを集めて音楽と詩歌を教えた。これはアフロディテを崇める宗教的な集りであるとも考えられ、共同生活をして、やがて結婚する娘らに対するはなむけの歌をたくさん残した。ファオンに対する失恋のために、エペイロスのレウカスの断崖から海に身を投げたという伝説は後世の作り話である。詩集九巻を残す。

サッフォー、ファオンとキューピッド（ダヴィド画）

② 紀元前五七〇年頃生まれたギ

は悪趣味。

M それってセンセイの考えですか？

U スタンダールも同じように考えたに違いないわ。その証拠に彼は「情熱恋愛はすでにホメロスの時代に、ギリシャからあまり遠くない所に存在していた」と書いているもの。

M そんな文化があったんですか。どこですか、それは？

U アラビアよ。ホメロスと同時代のジャーヒリーヤ時代には、すでにアラビアの恋愛文化の原型が存在していたと言われているの。それが文学や詩歌に定着するまでには、九世紀まで待たねばならないのだけれど、ギリシャ人は近くにいながらそれを知らなかったと皮肉っているのね。「真の恋愛の典型と母国が求められるのは、アラビア・ベドゥイン族の黒いテントの中である」ってね。そこでは男女は恋愛において平等で、自分が感じると同じだけの幸福を相手にも与える義務があると考えられていたと。別のところで「私は一九世紀のフランスよりも五世紀のアラビアに生まれたかった」とも書いているわ。一一世紀に西洋人が十字軍によって初めてアラブ文化と接触したとき、「東洋に対して野蛮人だったのは我々のほうであった。だから我々の風習のなかで高尚な点は、すべて十字軍とスペインのモール人に負っている」と。

リシャの抒情詩人。サモスやアテネなど各地の僭主たちの宮廷に招かれて、流浪の生活を送った。彼の詩は酒や恋を歌った軽い遊戯的なものが多く、文体も簡潔だったために、多くの模倣者を生んだ。

アポロンとダフネー（ベルニーニ作）

M　（不満そうに）へえ。
U　社会学者のセニョボスが「恋愛、この一二世紀の発明物」と言ったのは有名。スタンダールは、一二世紀の宮廷恋愛や一三世紀のエロイーズのアベラールへの恋は、情熱恋愛だと賞賛しているから、真の恋愛はヨーロッパでは中世から生まれたと考えていたんじゃないかしら。『恋愛論』を書いた一〇余年後、黄色に変色した一六、一七世紀のイタリア古写本を手に入れるの。そこにはスタンダールが夢中になるような情熱恋愛のエピソードがたくさん書かれていて、彼は大喜びしたのよ。それをヒントにして『カストロの尼』『チェンチ一族』『パルムの僧院』などが書かれたわけ。
M　はあ。
U　しっかりしなさいよ。企画はどうなっているの？　仕事ができないともっと落ちこむわよ。

進化の梯子は恋愛に通用しなくなってしまった

M　恋愛は右肩あがりで発展してゆくんですか？
U　彼は別のところで「一七六〇年代のヴェネチアに生まれたかった」とも書いているの。[3]ヴェネチア▼は政治の進化と恋愛の進化が幸福な一致を見た例だと、スタンダールは考えていたようね。「この時代、この狭い土地に人間の幸福にとって最も恵まれ

ゼウスにさらわれるエウローペー（ティティアン画）

③　ヴェネチア共和国は五世紀に誕生し、しだいに海軍力と経済力を増大させつつ、高い共同体意識に支えられた安定的な政治体制を実現した。しかしナポレオンの進入を許し、一七九七年に滅亡した。

た制度と世論が集められた」とね。というのは共和制のおかげで、だれもが幸福と平安に恵まれ、偽善が入り込む必要がなかったので、恋の花がにぎやかに咲いたのだと思っていたみたい。けれど、政治や経済体制の進化のおかげで幸福になれる確率は、あるときを境にピッタリ止まってしまったと考えたのです。

M いつのことですか？

U ヨーロッパ列強が富の蓄積と国威の高揚にやっきになりはじめた頃よ。それ以後恋愛はどんどん衰える一方だと考えました。国家統一ができないために進化から取り残されたイタリアだけに、かろうじて情熱恋愛が生き残ることになったの。

M どうして産業が進むと恋が衰えるのですか？

U 「虚栄心」も発生するからね。虚栄心は恋愛という植物を殺す農薬みたいなものだとスタンダールは考えたのね。資本主義国家が進むにつれて恋愛の木は、かつては自然に生い茂っていたのに、今は滅亡途上の植物になってしまった。スタンダールはイタリアという政治の遅れた国にかろうじて生き延びているこの稀なる木を、天然記念物として死守しようという、反進歩のエコロジストみたいになってしまったわけです。政治的には革新派、恋のためには昔に戻れという回顧派になってしまったのね。

M 気の毒なジレンマに陥ってしまったわけですね。

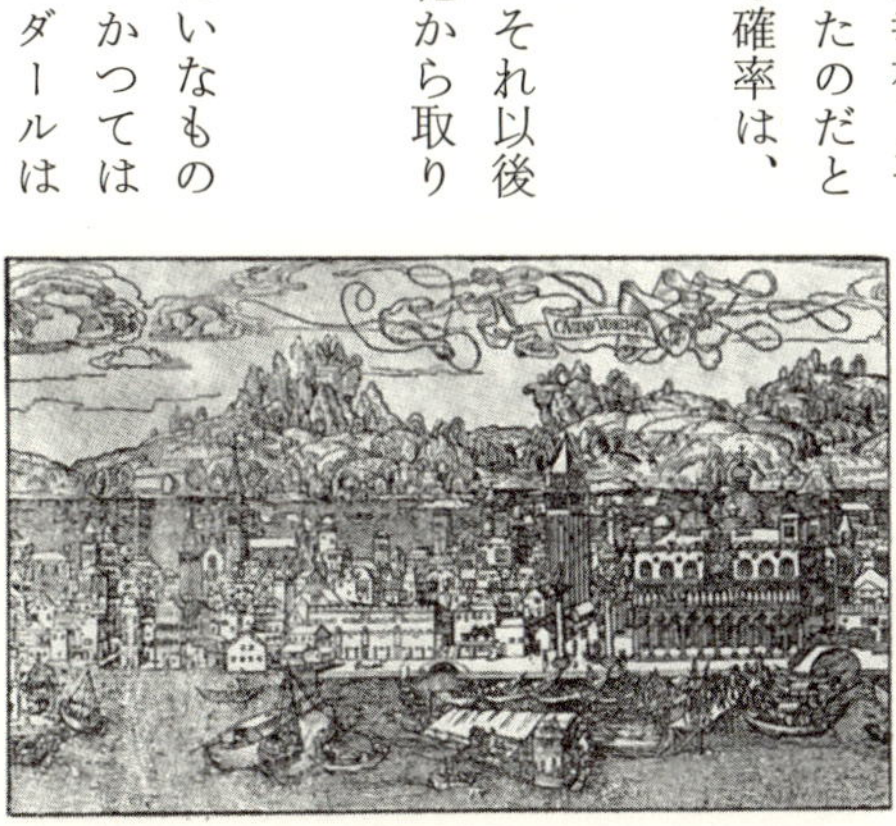

一五世紀のヴェネチア（木版画）

恋愛には無限の組み合わせがある

U　『恋愛論』の冒頭で、スタンダールは恋愛を四つに分類して、普遍的真実を客観的に追求するそぶりをしながら、実は情熱恋愛だけを熱烈に支援したわけよね。第二巻の冒頭で、またぞろこの「科学的」なそぶりを繰り返すの。四つの分類のうえに、さらに別の三種類の変数を付け加えることができると。

M　どんな変数ですか?

U　①人間がもっている体液の質、②国の違い、③その人の年齢および「個人的特性」

M　ひゃあ、そんなこと言ったら、人の数だけ異なった恋愛があるということになってしまいませんか。

U　そうね。恋愛には無限の組み合わせがあるということになるわね。

M　結局、スタンダールもあたりまえに落ちついてしまうのですね。恋愛を四つしかない、と独断と偏見で断定したところだけは面白いと思っていたのに。

U　でも、この三つの変数は面白いわよ。まず①の体液なんだけど、「人間の心理は体内に流れる液体の質によって支配される」という観念学派として有名だったカバニ▼スの説を、スタンダールはそっくりそのままいただいたのね。

ジョルジュ・カバニス

M　当時はそれが主流だったのですか？

U　ええ、カバニスはパリ大学医学部の教授でね。生理的心理学の創始者と考えられています。彼は人間の体液を多血質、胆汁質、憂鬱質、粘液質、神経質、運動質の六種類に分け、人間の心の動きはすべてこの身体の生理と関連していると主張したのよ。スタンダールはこれにならって、恋愛もこの六種類の色合いを帯びると考えたのね。

スタンダールは恋と政治は深い関係があると信じていたから、さらに五つの「政府もしくは国民性」の変数を掛け合わせます。

①アジア的専制国家（例えば当時のオスマン帝国）

②絶対王制（ルイ一四世下のフランス）

③憲章の仮面を被った貴族制、あるいは一部の金持ちによる支配（イギリス）

④連邦共和体、万人のための政府（アメリカ）

⑤立憲君主制、ここには国が書き込まれていません。

M　あれ？　この政体は当時のフランスじゃないんですか？　ルイ一八世は立憲君主だったと歴史で習ったような気がするのですけれど。

U　そう、彼はわざと思い出せないような振りをしているの。そして六つめに、大胆にもフランスは革命下にある国として分類しています。

⑥革命状態にある国家（スペイン、ポルトガル、フランス）

M　当然ここにはイタリアが入ると思ったのに、入っていませんね。

U　これも政治的配慮じゃないかしら。意中の国をわざと入れないで、行ったことのないスペイン、ポルトガルを挙げる。そして自分の国を政体定まらぬ国と規定する。優秀な検閲官なら、見逃さなかったでしょうね。
M　そんな所が『恋愛論』を読みにくくしているのですね。
U　そうね。恋愛のような個人的な事柄が、政治と切っても切れない関係にあるということに、こんな時代にすでに気がついていたなんてすごいよね。具体的分析は微妙にずらされていて、ドイツ、スイス、イタリア、スペイン、イギリス、アメリカ、フランスなどの国別の恋愛が、どんなふうに違うかを論じているの。

ドイツ式恋愛は安全・安心・退屈

U　まずドイツ人の恋。いったん恋に陥ると「ドイツ人がいわゆる哲学の中に飛び込む早さは、驚くべきものである。これは甘く、愛すべきもので、少しも憎悪を含まない一種の狂気だ」とあります。恋をすると、まるで二人だけの宗教団体に入ったように、他のことはちっとも目に入らなくなり、相手から片時も離れようとしない。他の人がしらけようが、退屈しようが、気がつかない。恋人以外には興味がなくなってしまって、相手に献身的愛を捧げるのが最大の楽しみになる。浮気などはありえないし長持ちもするってね。

M　ちょっと待ってください。それこそ純愛じゃないですか。二人だけの世界に浸って、他のことは目に入らなくなるのが、恋愛の理想の形ではないですか。
U　スタンダールはそうは考えなかったのね。彼は、男たちに大もてのドイツ美人が、恋人を見つけてからは言い寄ってくる男たちに見向きもしないで、「あの人たちは私が○○さんに恋をしているのを知らないのかしら」とつぶやいているのを聞いて、「ずいぶん奇妙で、失礼な言い方だ」と言っています。
M　じゃあ、なんですか。好きな人がいるのに、外の男に言い寄られてもベタベタしろというんですか。それって不潔じゃないですか。
U　たとえ恋する人にさえ、ベタベタしてはいけません。まして言い寄る男はよく観察し、適当に対処するクールさがほしい。恋に酔うだけでは一段下のものと彼は思っているのよ。
M　恋に酔うのが情熱恋愛じゃないんですか。
U　ちょっとちがうの。恋というアルコールを浴びるほど飲んで、しかも酔わないのが情熱恋愛です。
M　なんと言われても、ドイツ流の恋は、安全で安心できるような気がしますけど。
U　恋と安全は両立しないのよ。「確かにこの国では夫は欺かれない。しかしなんという女どもだろう。まるで彫刻だ」。スタンダールは、絵画は好きだったけれど、彫刻は嫌いだったのよね。「やっとかたちをなしたばかりの肉塊だ。（…）結婚すると子供製造機になってしまい、相棒を見てただただ感服している」

M　結婚して子どもができても、夫しか見えていないなんて、家庭の理想形です。

U　本当にそう思う？　私はちょっと気持ち悪いと思うわ。彼は独・仏・伊の恋愛の違いをこう定義しているの。

「イタリア人が情熱に生き、フランス人が虚栄に生きているとしたら、ドイツ人は想像に生きている」って。

M　あれ？　たしかセンセイ、スタンダールは「想像されたものは常に存在する」と言いきったんじゃなかったですか。結晶作用＝想像力を働かせるということなら、ドイツ式は最高ということになりませんか？

U　想像力には良い想像力と悪い想像力という、二つの種類があるとスタンダールは考えていました。良い想像力とは「熱烈果敢な想像力」のことで、ただちに行為に導くものです。外のものを見るとすぐにボッと燃え立つけれど、対象をすぐに自分の本質に同化して、情熱の燃料に変えてしまう。

M　せっかちな想像力ですね。

U　そう。ところがそうではない、トロ火のような想像力もあるのよね。それがドイツ式想像力で、恋をだめにする――と。というのは、少しずつゆっくり燃えるので、籠《こ》もってしまい、外のことが見えなくなってしまう。こういう想像力の持ち主は自分の情熱にしか関心をもたず、他に糧をもとめない。だから「思想の緩慢や貧困」にも満足してしまうとね。

M　そうかあ、一筋の恋はダメなのか……ちょっと希望がみえてきました。

U　え、どういうこと？

M　ふた心も悪くないってことですものね。

見栄と自意識過剰のイギリス式恋愛

U　スタンダールはフランスに帰って四カ月ほどたってから、イギリスに五週間ほど傷心旅行に行きました。若い頃からシェークスピアの祖国として、イギリスは憧れの国だったからなの。

M　貧乏だったといっても優雅ですねえ。

U　当時有名だった俳優キーン▼演ずるシェークスピアを見に行ったのよ。④

M　ああ、私もどこか傷心旅行に行けたらなあ。

U　それには、まだ行ったことのない、魂の故郷のようなところがいいわよ。スタンダールはロンドンの劇場や街角で、オフェリア⑤▼やイモジェン⑥に会いたいと思ったのかもしれませんね。しかしロンドンで出会った女性たちは「たいへん美しく、人を引きつける表情はしているが、思想的には物足らないところがある」、つまりメティルドにあったような、ピリっとした独創性がないと感じたのね。どうしてか。それはひと

リチャード三世を演ずるキーン

④　墓石に刻み込むべき、彼が愛した三大人物の中には、チマローザ、モーツァルトと並んで、シェークスピアがノミネートされている。また一八一五年の『ハイドンについての手紙』には、次のように書いている。「フランスでは、いかに多くの愛すべき女性たちが英語を知り、amour というフランス語ではもう表現できない魅力を love という言葉に見出していることか！　それは love という言葉が、彼女たちの面前で、その感情を体験する資格のない人物の口から出されたことがないからである」

⑤　『ハムレット』のヒロイン。ハ

えに男に責任があると考えたの。

M　どういうことですか？

U　イギリスの男性は「臆病で気難しく、怨嗟に満ちた自尊心」に毒されているので、付き合う女性になによりも従順でしとやかであることを求める、それが女性をハーレムの奴隷状態に置いていると彼は考えました。ところがこうして女性を望み通りの従順な奴隷に仕立ててみると、彼女と付き合うのはつまらなくなって欲求不満になる。結局、男たちは女抜きのパブで、寂しく酒を飲むより他ないというわけなの。イギリスの二大悪徳、つまり偽善と自意識過剰のために、彼らの恋は惨憺たるものだと決めつけています。

M　フランスと同様、イギリスでも虚栄という毒によって恋愛が殺されたわけですね。

U　虚栄だけでなく自尊心までプラスされるので、情熱恋愛の条件はフランスよりも悪いかもしれないわ。美しく魅力的な女性が結構いるのに、男の陰気な自尊心によって、恋は枯れてしまっていると見えたわけね。これがスタンダールには残念でしかたがない。だから「完成されたイギリス女とは、あらゆるしきたりを十分に守り、最も病的な貴族的自尊心の満足と、死ぬほど退屈な幸福を夫に与えることになっている」と書くことになるのね。

M　それでもスタンダールはイギリスが好きだったのですね。

オフェリア（ウォーターハウス絵）

ムレットを恋して気が狂うところがスタンダール好みである。

⑥　一六〇九年ころ書かれた『シンベリン』の女主人公の名。ブリテン王の娘イモジェンが、様々な障害を乗り越えて愛する人と結ばれるまでを描くロマンス劇。

U　ええ、このときのロンドン滞在がいかに楽しかったかは、『エゴチスムの回想』に詳しく書かれています。平土間で人に押しつぶされそうになりながらキーンを眺めたり、街路をうろついたり。当時のロンドンは貧しい労働者が一八時間労働にあえぐ、名だたる貧民の町でした。▼街頭でこれらの人々を見たスタンダールは、「ボロをまとったイタリアの労働者のほうがずっと幸福だ」「モロッコ以上の奴隷状態だ」と感想を綴っているわ。

『恋愛論』の中で、自分はイギリスをあまりにも愛しているから、「目に涙をためて」この国の悪口を書いているといってね。

M　好きな相手に辛辣になるタイプなんですね。

U　スタンダールはこのとき、生涯で「最も愛すべき女」に出会うことになるの。

M　誰ですか、それは？

U　ロンドンで出会った娼婦。友人に連れられて場末の娼婦が三人で共同生活している家に行ったのね。彼女たちがそこで心優しくつつましく暮らしているのに感動して、その中の一人のもとに通うようになったのです。スタンダールがパリに帰るとき、彼女は「リンゴしか食べないから」自分をフランスにつれていってくれ、とせがんだそうです。彼はそれでもバイバイし、回想で「アップルバイ嬢」という仇名をつけているわ。

M　いじらしいですねえ。どうして連れて帰らなかったのですか。

ロンドンの街角

ロンドンの困窮者のたまり場

U　妹の夫が亡くなったとき、可愛そうに思って妹の面倒をみたら、牡蠣《かき》のようにへばりつかれたので、かえって仲たがいすることになってしまった、そんなことはもう繰り返したくない、と説明しています。スタンダールの頭の中では、「身分も誇りも高いマドンナにひざまずく、女にとことん尽くす男」というパターンしか恋愛と考えられなかったのね。

M　うーん、じれったい。だからスタンダールは幸福な結婚ができなかったのよ。

U　「結婚と恋愛を結びつけるのは邪道」とスタンダールは言い返すでしょうね。

M　スタンダールがここで言っていることって、日本男性の悪口をいう西欧人の男と似てますね。外野席に座って同情してくれても、あなた達には言われたくないヨって反発したくなりますもん。

U　ふふふ、たか子さん、顔が赤くなっていますよ。

アメリカにほんとの恋はない

U　イギリスにはこんなに愛を注いでいるのに、アメリカには何の可能性もスタンダールは見ていなかったようよ。アメリカで恋が不毛なことは、古代ギリシャで恋が花開かなかったのに似ていると言っているの。ギリシャでは男たちが「身の安全を守る心配」に汲々としていて、恋をする余裕がなかったの。アメリカでは安全を保障する制度はできたけど、こんどはお金がなくなりはしないかという不安に支配されることになって、アメリカ人もギリシャ人同様、肉体恋愛しか知らない、と書いています。

M　アメリカびいきの私として納得ゆきませんね。アメリカの政治体制は当時最も進化した形だと、スタンダールだって認めていたのでしょう？

U　政治体制は立派でも、それが恋を殺すということもあり得るのよ。アメリカがそのケースなの。ピューリタン的な理性と合理主義が恋の生きる土壌を奪ってしまったと彼は考えました。

M　大切な自由があるのに？

U　確かにアメリカの男女は、自由があるおかげで肉体恋愛を思いっきり楽しむことができるわ。「ロシアと同じくこの国の楽しい季節である冬がくると、若い男女は昼も夜も橇《そり》に乗ってかけ回る。彼らは非常に陽気で、一五マイルから二〇マイルも遠くへ出かけるが、監督する者はいない」。しかし、こんな自由があるのに、「決してまちがいは起こらない」というわけ。

M　自分の選択で起こらないのなら、それだけ自立しているということですから、立派ではないですか。

U　スタンダールはそうは考えません。恋とは狂気の沙汰ですからね。「ここには青春の肉体的快活さはあるが、それはやがて血の熱度とともに去り、二五歳にもなれば消えてしまう。（…）合衆国には理性の習慣がありすぎるので、結晶作用は不可能と

『風とともに去りぬ』の一場面。おそまきに情熱恋愛に目ざめたスカーレットを、スタンダールはどう考えるだろうか。

なる」というわけなの。

別のところでも「合衆国の若い娘はあまり理知的な考えに浸透され、それで身を固めているので、恋愛という人生の花は、あの国の青春から立ち退いた。ボストンでは、若い娘を美しい旅行者と二人きりにしても絶対に安全である。彼女は未来の夫の財産のことしか考えていないと思って間違いない」と繰り返しているわ。

M そんなことないと思うわ。ハリウッド映画は恋の話ばかりじゃないですか。たしかにハッピーエンドが圧倒的だけど。

U あのねえ、ハリウッド風の恋愛とスタンダールの恋愛論ほど似ていないものはないのよ。片や恋愛の狂気じみた喜びが物語の中心にくるのに対して、ハリウッド式恋愛は障害を乗り越えて成長と成功を獲得する物語ですからね。『赤と黒』や『パルムの僧院』がハリウッド映画になるなんて考えられないでしょう。⑦

M たしかにそうですが、恋をして幸福になりたいと考えるのは自然じゃないですか。

U スタンダール流の恋こそ究極の幸福で、ハッピーエンドは皮相な社会的達成にすぎないとは言えないかしら。

M フーン、皮相かどうか知らないけれど、わかりやすいほうがいいけどなあ。

⑦ ジェラール・フィリップ主演のフランス映画『赤と黒』も『パルムの僧院』も成功した映画とはいえない。

イタリアでは子どもの頃から恋愛教育

U　じゃあこんどは、スタンダールが最高の恋の国と考えたイタリアが、どんなにアメリカと違うかを見たら、少しはわかるかもしれないわ。

M　全然納得できないと思います。

U　まあまあ、そう言わないで。スタンダールはイタリア人がどうして情熱恋愛に向いているか、分析しているの。

①政情不安定のおかげで虚栄心が育つ場がない。

②時間はたっぷりあるのに、疑惑の心は持たざるをえないので、孤独感を強く感じるチャンスが多い。——孤独は恋という奇妙な植物を育てる肥沃な土壌なのですね。

③フランスのように小説が流行っていない。⑧

④恋に似た感情をかきたてる音楽がふんだんにある。

⑤青空がある。

M　青空と恋愛にどんなカンケイがあるのですかっ。何が恋愛を科学的に分析する、ですかっ。

U　怒らないで。これはスタンダール独特のレトリックですからね。風土がからっとして開放的だということなのよ。イタリア人がどんなに恋に対して自然にふるまうか

⑧　小説は恋愛の教科書。ルソーの『新エロイーズ』◀やスタール夫人の『コリンヌ』を読むとわかるように、たいていの教科書はくだらない、とスタンダールはいう。『コリンヌ』は『コリンナ——美しきイタリアの物語』という題で翻訳が出ている。佐藤夏生訳、国書刊行会

『新エロイーズ』を暗唱して聴かせる『赤と黒』のジュリアン

を示すエピソードを紹介したところがあるの。一五歳の娘のいる前で、母親があまり親しくない女友達に、恋人のつれなさを嘆いてこんなセリフを言います。

「あなた、○○と親しくしちゃあいけないわよ。（…）あんなに優しい控え目な様子をしているけれど、あんたの心臓に短刀を突き刺して抉りながら、『痛いかい、お前』なんて言える人よ」。こういう環境で子どもたちは恋愛教育を受けるわけですね。

M　娘の前で不倫の話をするなんて、最低の母親ですね。今まで我慢して聞いていましたが、スタンダールにはついてゆけません！

U　スタンダールは、このような自然な自由さの中で一年暮らせば、北の国の気取りが我慢できないものになるだろうと言っているんだけれど、あなたはそうは思えないのね。

M　思えませーん。

U　不倫も悪くないって言ってるのに。

M　教育にたずさわるセンセイがそんなことを言っていいんですか。

虚栄百パーセントのフランス式恋愛

U　じゃあ、きっとスタンダールが断罪したフランス流「虚栄恋愛」には味方をしたくなるでしょうね。「パリの若者は恋人を、自分に虚栄心の満足を与えてくれる奴隷としてしか考えていない」。どうしてこんなことになってしまうかというと、それは、上流社会をはじめとして、フランス人が次の三つを信条としているからだと言うの。

①ものごとにあまり感動せず、すべて皮肉の対象として取り扱うのがいい。

M　皮肉と批判は紙一重ですよね。批判精神が旺盛なのがどうしてダメなんですか？

U　それが恋愛には毒として働くのよね。

②仲間づきあいが下手な男は、ダメ男である。

M　コミュニケーション能力はいつの世でも必要ですものね。

U　孤独を知らない恋愛なんて、恋愛ではないのよ。

③人に尊敬されたいので、他人が自分のことをどう考えるかばかり気にしている。

M　人の目をある程度気にするのは必要じゃないですか。

U　情熱にとらわれた人は、自分のことしか考えないの。前にも話したけど、スタンダールは、こんなふうに虚栄心に毒されたフランス男は「まれに絶望して窓から飛び降りるときも、しゃれたかっこうで舗道に落ちたいと思う」と、毒舌を吐いています。

M　私、いままでスタンダールになにかと反発してきましたが、そこまで自国の悪口を言うスタンダールが可哀想になってきました。彼のいう恋愛なんて、いつまでたっても少数派で、認められるはずがありませんもの。

U　彼もそれは認めていて、これから「なお一世紀の間、虚栄はフランスを支配するだろう」と予言しているの。一八〇年以上たって、今のフランス人はスタンダールの望みどおり、虚栄心からは少々自由になって、人間は恋するために生きていると考える人が多いように思われるわ。日本でもスタンダール流の恋愛は、ヒマと刺激がふんだんにある老人と子どもの世界には、しっかり生きているのではないかしらね。

M　なんだか私も馬鹿をしてみたくなってきたから不思議だわ。

U　そうそう、ルーマニアの何とかさんに手紙を書くのはどうかしら。「ぜひまた日本に帰ってきてください」とか。

M　それはたぶんしないでしょうけど、いろいろ考えてみます。

U　あっ、ちょっと待って。雪が小止みになるまでちょっと待ったほうが……。ああ、行ってしまった。たか子さんは失恋しても、相変わらず気がはやい。

第一〇話　スタンダールにとって宮廷恋愛って何？

——不倫が恋愛の原形

騎士の一騎打ちを貴婦人たちが見守る

――朝から雪がしんしんと降り積もる一月の半ば。例年にない寒波である。杏里夫は九月にレポート二題を提出してかろうじて卒業し、新年早々小さな出版社に就職先が決まった。その報告にU邸にやってきたところ、Uは年末の大掃除を年始めにしている最中だったので、手伝わされるはめになる。掃除は終わったが、あまりの雪に帰るのがおっくうになって泊まることに。

U　おかげさまで家もぴかぴかになったし、ありあわせの野菜で作ったポトフ①があるから、それをつつきながら、あなたの失恋が受容期に達したか、それともまだ取引している段階なのか、診察してあげましょう。

H　いやだなあ、そんな話はやめましょう。もう終わったことです。

U　口とはうらはらに、目が聞いてくれと言っているわ。どれどれ。

H　ボクが小学一年生のとき、膝に怪我をしてやっと直った頃、オバさんがやってきて、かさぶたを剝がしてあげるといってボクを追いかけ回したことがありましたね。オバさん、覚えていますか。

U　ふっふっふ。逃げようとしても今日は百年に一度のドカ雪の日。どこにも逃げられないわよ。覚悟を決めなさい。

① 牛のすね肉と大きく切った野菜をひたすら煮込む。できれば二日間。コツはローリエやハーブをきかせること、牛の骨を入れること。

恋愛には失恋の遺伝子が組み込まれている

H　ずっと前から気になっていたんです。オバさんは「恋は命と同じで必ず終わる」とか言って、恋愛の行き着く先は失恋だときめつけているみたいだけれど、それって中年女性にありがちのマイナス思考じゃないですか。

U　マイナス思考じゃないわよ。西洋式恋愛の本質の中には、失恋が遺伝子として組み込まれているの。

H　いったいいつ組み込まれたわけですか。

U　たぶん一二世紀に突然発生した宮廷恋愛▼が成立した頃ではないかな。スタンダールはそれに感銘して、宮廷恋愛のことを第二巻の五一章と五二章で扱っているわ。国別の恋愛の違いを論じた直後よ。あたかもフランス南部のプロヴァンス地方の「奇妙な風習」を、五〇〇年の時間の隔たりを無視して扱っているような構成です。

H　レポートを書いているとき、アンリ・ダヴァンソンの『トゥルバドゥール――幻想の愛』（新倉俊一訳、筑摩書房）を偶然読んだのですけどね。スタンダールという輩は、自分を唯物主義者だと思い込み、シニシズムを衒《てら》い、「女とやる」ことしか口にしないイデオローグかぶれだったのに、ある日突然、宮廷恋愛に目覚めたと書いてあったけど、本当にそうかなあ。

愛の庭での雅びな語らい

U　スタンダールが宮廷恋愛に触発されて、その後の人生を変えたということはないと思うなあ。恋の理想郷を文献で見つけて、大喜びで書き加えたにすぎないわ。スタンダールが使った種本は二種類だけよ。友人のアラブ学者フォリエルという人に教えてもらった、レヌアールの六巻からなる『トゥルバドゥール詩選』。これはプロヴァンス地方の言語であるオック語の詩をフランス語に訳して、それに解説をつけているの。その後たくさん出版されるアンソロジーの走りよね。それと、ニヴェルネ公爵の『吟遊詩人たちの伝記』。これだけの文献しかなかったので、かえってスタンダールは想像力を膨らませて夢を見ることができたのかもしれないわね。

H　どんな夢ですか？

宮廷恋愛の鉄則①——女性への絶対服従

U　「負けるが勝ち」という彼の持論を、宮廷恋愛が追認してくれているように感じたと思うの。例えば「爪剝《は》がし」のくだりを読んで、スタンダールは膝をたたいたのではないかしら。

H　ああ、五一章に紹介されているエピソードですね。でもそれが夢といえるかどうか。

U　夢よ、ぜったい夢なの。ふとしたことで恋人を怒らせてしまって、謝罪の手紙を出し続けたけれど、まるで返事がもらえず、ひどく苦しんでいた詩人がいたの。二年間手紙を送り続けた末、やっとこんな返事をもらったの。「もしあなたが爪を一枚剝がして、一途の恋をしている五〇人の騎士を見つけ、彼らにその爪を持たせて私のもとに届けさせたら、許すかもしれません」。さっそく詩人は自分の爪を剝がす手術を受け、厳選した五〇人の騎士にこの爪を、まるで宝物を捧げるかのように持たせたの。行列は王子の入城式のようにおごそかだったそうよ。詩人自身は改悛と恭順を示す服装をして、行列のあとからずっと離れて従ったの。これを見た奥方はやっと、詩人が床《とこ》に入るのを許したというのよ。

H　ボクなら爪のかわりに詩を捧げるな。

U　まだ試練が残っているの。ベットに入ってもまだ男の勝ちとはいかないのよ。アサーグ（asag）といって、床の中に一緒に入っても、シーツ一枚で隔てられたまま、一晩中なにもしてはいけないという試練、さらにカレッザ（karezza）あるいはドリュリー（druerie）といって「接して洩らさず」という行を命じられることもあったそうよ。▼

H　ふーん、それはきつい。

U　男の人はたいていそう言うけど、女性はみんな「いいなあ」と言うのよね。恋する相手の女性がどんな無理難題を言ってきても、黙って言いなりになるの。絶対服従ね。「爪」という言葉はオック語では拷問の道具という意味もあったらしいの。恋の

恋人たちの抱擁

苦痛を通じてこそ、最高の幸福に達するという考えよ。

H　信じにくいなあ。

U　じゃあ、もう一つ『ランスロ、または荷車の騎士』という物語を話してあげるわね。これはクレチアン・ド・トロワ[2]という詩人が作ったものです。ランスロ[3]はアーサー王に仕える、徳も力もある美しい騎士でしたが、アーサー王の后グニェーヴルに恋をしていました。王妃が誘拐されて危うい目に会いかけたとき、ランスロは馬が倒れてしまうほど急いで、王妃を救うために敵のもとに駆けつけました。途中荷車を引く小人に妃の行方をたずねると、「荷車に乗るなら教えてやろう」と言うの。ランスロは荷車に乗るのを二歩あるくあいだはためらったけど、三歩目に荷車に飛び乗ったの[4]。

さまざまな艱難辛苦をへてやっと妃を助け出したランスロは、妃にお目見えがかなうことになりました。ところが妃は大変な不機嫌で、「あなたの苦労など少しも有難いとは思いません」とけんもほろろの言いぐさ。それに対してランスロは「なぜだ？」などとは一言もたずねず、「なにごとも王妃の御意のままに」と引き下がって、国を去るのよ。失意のランスロが敵に殺されたという噂を聞いた王妃は、自分の本心をランスロに明かさなかったことをいたく悔いて、重い病気になってしまうの。妃はあまりに衰弱して亡くなったという噂がランスロの耳にも入ります。それを聞くや、彼はすぐに首に帯を巻きつけて馬から落ちるの。馬に引かれて自殺しようとしたので

② 中世最高の韻文詩人という定評のある人物であるが、本名はおろか、どこの生まれか、どんな経歴かなどは一切知られていない。後述するマリ・ド・シャンパーニュや、フランドル伯フィリップなどのパトロンに仕えて作品を作った。代表作に『エレックとエニード』『クリジュス』『ペルスヴァル または聖杯物語』など。

③ 英語発音ではランスロット、后グニェーヴルはギネヴィアとなる。

④ 当時、荷車は人殺しや詐欺師、盗人など重罪人を乗せる晒し台のようなもので、それに乗ることは一生不名誉をそそぐことはできないほどの屈辱だった。

す。

H　中世の恋は笑わせますね。

U　黙って聴いて。やがて誤解がとけてやっとランスロは妃と濃やかな会話を交わすことができました。そのとき初めてランスロは、どうしてこの前はあのようなつれない仕打ちをしたのかと、恐る恐る質問しました。

「何ですって。あなたはあの荷車のことを恥ずかしいとも思っていないのですか。あなたが荷車に乗るとき、二歩あるくほどの時間ためらっていたのは、荷車に乗るのが気乗りしなかったということです。これが、私があなたに声もかけず顔を見ようともしなかったことのまことの理由です」。それを聞いたランスロは何と答えたと思う？

H　「そんな不理尽な。二歩といえば、たった一秒のことではないですか。ここまでやっても誠意が通じんのですかっ！」

U　ランスロはこう答えたのよ。「神よ、もし王妃のおっしゃったことが間違っているなどと私が一度でも口にすることがあったら、どうぞ私を容赦なく罰してください。そして王妃よ、いつか私を許す気になったら、知らせてください」

H　これも笑わせますね。

U　中世の宮廷では、そんな話が大好きだったのね。

やがてランスロはトーナメント試合に出場することになったの。⑤　妃のグニェーヴル

小人の引く荷車に乗るランスロ

もそれを見物してランスロに指令を出します。▼「できるだけまずくやりなさい」。それを聞いたランスロはその日逃げ回って皆の笑い者になります。翌日も王妃は同じ命令を伝えるの。ランスロは「お后のご命令とあらば、それに従いましょう」と答え、またもや逃げ回って無様な姿をさらします。

U　プライドの高い女性の考えそうな手口ですね。

U　これはランスロの絶対服従度をためす試験だったわけよね。試験の結果にじゅうぶん満足した妃は、「こんどは立派に振る舞いなさい」と命令する。「お妃の喜びは私の喜び」と答えて、最初の相手を馬から百フィートも突き飛ばす勢いで、すばらしい働きをして姫君たち全員のため息を誘うの。

H　試験ばかりで、ごほうびはなかったのですか?

U　おおありよ。まずは名誉。そして艱難辛苦をへたのちに、ひょっとして獲得できるかもしれない奥方とのベットイン。

H　(首を振る)ハッピーエンドってことですか。

U　クレチアン・ド・トロワは、結婚というハッピーエンドが好きだったようよ。でも『荷車の騎士』では、まさかランスロとグニェーヴルを結婚させるわけにはゆかないから、完結しないまま、他の人に委ねているわ。

　クレチアン・ド・トロワは宮廷恋愛の本質を推し進めてゆくにしたがって、ハッピーエンドの結末が書きにくくなったのではないかと思うの。恋愛とは絶えざる障害、

⑤　トーナメントは騎士にとって最高のハレの場だった。それは第一に騎士たちの交流の場であり、また城主たちに自分の武勇をみせつけるためのリクルートの場であり、さらに貴婦人たちに自分をアピールするお見合いの場であった。

ランスロとグニェーヴル

驚愕の連続ならば、ハッピーエンドはそれが終わるということですからね。今でも恋をアヴァンチュールと呼びますが、この言葉の語源は「未知のものがやってくる（advenire）」という意味だそうよ。

H　ハッピーになったら未知のものはもうやってこないから、ハッピーにはなりたくない、と。マイナス思考なんだか、プラス思考なんだかわかりませんね。

U　そう、障害や災害をのり越えたときに感じる束の間の充実感を追い続ける、ハッピーエンドは死ぬまで引き伸ばす。

H　実は快楽に対してすごく貪欲なのかもしれないですね。スタンダールは宮廷恋愛を理想だと思っていたのかな？

宮廷恋愛の鉄則②――障害は恋の着火材

U　理想とは思っていなかったけれど、スタンダールが目のあたりにしている一九世紀のパリ社交界よりはずっとましだと思っていたようね。何を一番評価していたかというと、恋愛における女性の絶対的権利が認められていたことです。宮廷恋愛がきわめて進歩したものだという証拠は、「力がすべてを決定した中世と封建時代の恐怖を抜け出たばかりだったのにもかかわらず、弱い女性が今日合法的に受けているほどの圧制もこうむっていなかったことである」と言っているもの。それに較べて、男に卑劣なやり方で振られたパリの女はなんて無力なんだろうと同情しているわ。⑥

H　騎士をかわいそうだと思わなかったかな。いい中年女性におもちゃにされて、かたなしじゃないですか。

U　スタンダールはベッドの中の試練や、女性に求愛する作法には、あまり感心しなかったようね。昔はこんな作法にも新鮮さがあったかもしれないけれど、今日から見ると無味乾燥に見えるし、情熱恋愛とは嚙みあわないかもしれない、でも「宮廷恋愛にはなんともいえない繊細なニュアンスがある」と評価しています。

宮廷恋愛の鉄則③——遙かなる恋

U　トゥルバドゥールの詩には、必ずその詩人の生涯を述べたヴィダ、つまり古伝が残っているのですが、それを読むと、トゥルバドゥールたるものは、すべてが理想的な雅《みやび》の恋をして、そこから詩が生まれたように書いてあります。例えば私の一番好きなベルナール・ド・ヴァンタドゥール▼は城のパン焼き職人の息子だったのですが、詩がうまくて声もいい、そのうえ美男だったので、たちまち有名になったの。この世界では身分が騎士でなくても、騎士の立場になって歌をつくれば立派な詩人として認められたのね。城の主人はベルナールに騎士の身分を与え、彼は人気詩人となるの。主人の后と相思相愛になり沢山の歌を残しますが、恋が発覚して城を追い出されてしま

⑥　しかしこの恋愛の場における男女の権力の逆転は儀式的なものに過ぎず、実質的には妃の夫たる領主への絶対忠誠を強化する意味合いがあった。

ベルナール・ド・ヴァンタドゥール

うの。次にノルマンディー公に仕えますが、またもその妻アリエノール[7]と恋をして、そこでも優れた歌を作ります。やがてアリエノールはイギリス王ヘンリーと再婚してイギリスに行ってしまうんだけれど。傷心のベルナールは泣き泣き詩を作って、トゥールーズのライモン伯爵に仕えるのよ。このパトロンも亡くなると、彼は修道院に入ってそこで亡くなります。

ここで、イギリスに行ってしまったアリエノールを慕うベルナールの詩を一つ紹介するわね。

あの女《ひと》とわかれてもなお、
これほど幸せなのは、
いつか相まみえる日が来たとき、
暗い気持ちが晴れるだろうから。
わが心は愛のもとにとどまり、
魂もそこに走りゆくというのに、
わが身体はこの地、あの女《ひと》から遙か彼方の
ここフランスにとどまっている。
……
ああ神よ、なぜこの身が燕であって

⑦　アキテーヌ公の娘で一一三七年フランス王ルイ七世と結婚したが不和となり、離婚。次にイギリス王のヘンリー二世と再婚。すぐれた文芸庇護者であるとともに、リチャード一世など多くの王子を産んで国政にも重きをなした。

王妃アリエノール

天翔けて高く飛びゆき、
夜のしじまを縫って
あの女《ひと》の住むところに行くことがかなわないのか。
やさしく、喜びにあふれた貴婦人よ、
あなたに愛を捧げるものは死にかけております。⑧

H　もういいですよ。わかりました。いやあ退屈ですねえ。

U　そーお？　これから男の泣き節が本格化するところなんだけど。

H　おふくろの繰りごとのほうがまだがまんできるな。

U　このすばらしさがわからないのかしら。奥方は距離的にも社会的にも、はるか遠く手の届かない所にいる。それを恋う騎士は、嘆きながら嘆くことを喜んでいる。このパターンを彼らは「まことの恋」とか「遙かなる恋」と呼んでいるわ。

H　遠距離恋愛のすすめですね。

U　だから巡礼や戦争のために遠くへ行った騎士がはるかな恋人を思うというパターンがよく見られるの。究極の例をもうひとつあげましょうか。

H　せっかくのポトフが冷めてしまいますよ。

U　（聞こえないふりをして）ジョフレ・リュデルはいとも高い身分の貴族でしたが、アンチオキアから帰ってきた人々が、トリポリ伯爵夫人は美しいうえに徳も高いと

⑧　『トルバドゥール恋愛詩選』沓掛良彦訳、平凡社

口々に誉めそやすのを聞いて、会わないうちから夫人に恋をしてしまいました。夫人に会いたいばっかりに十字軍に加わって船出するんだけど、途中で病を得てトリポリに着いたときはもう虫の息だったの。このことを伝え聞いた伯爵夫人はお見舞いに駆けつけ、リュデルをひしと腕にかきいだきます。そして彼は愛する人の腕の中で幸せに息を引き取るのよ。

H　ラブロマンスは永遠に――ですね。

U　リュデルがまだ見ぬ人を恋して歌ったシャンソンが今に歌いつがれているのよ。

わたしの心はあこがれ出る
わたしがひたすらに愛する人のほうへ。
もしわたしの欲望ゆえにあの人からうとまれるなら
それはわたしの本意ではない。
その苦しみはいばらよりも痛く胸を刺すけれども
歓びがその痛みをなおすことだろう。
それゆえ　わたしは同情されることを望まない。⑨

貴婦人から兜をいただく騎士

⑨ ジョフレ・リュデル『愛と歌の中世』小佐井伸二訳、白水社

U 「恋を勝ちとるのは困難でなければならない。それが愛を価値あるものにする」という掟がいつも底流にながれているの。この詩もスタンダールは膝を打って喜んだのではないかしら。「恋人を理想化するには距離と時間がかかる」という結晶作用の原則とピッタリだものね。

宮廷恋愛の鉄則④——夫の至上権の完全なる剝奪

H しかし不倫がそんなに崇められていたというのは、納得ゆかないです。貴婦人の夫の立場はどうなるんですか。

U スタンダールは夫の立場が完全にコケにされていることにも、強い印象を受けているようよ。「恋の掟はまず夫の至上権の完全な剝奪から始まっていた。それはなんら偽善を予想していなかった。人間性をあるがままに受け入れているから、多くの幸福を生むはずであった」

H 幸福ですって！ いったいどんな幸福があるっていうんですか。

U トゥルバドゥールの詩の中で、一番冴えないけれど重要な鍵を握っているのが、貴婦人の嫉妬ぶかい夫、コキュの存在です。恋の障害という重要な役割を果たすからです。『恋愛論』のなかにこんなエピソードが紹介されているわ。

春の再来を祝う貴婦人とトゥルバドゥール

レーモン・ド・ルションという城主が気の毒なコキュの役をさせられています。レーモンは雄雄しい殿様ですが、その妻マルグリートも当代随一の器量良し。そのうえ気立てがよくて、頭がよくて、愛想もよいという最高の女性でした。そこへギョームという愛嬌のある美男子が、お付きの騎士に志願してきます。ギョームは貧しい騎士の息子でしたが、レーモン卿は気にいって雇うことにしたの。ところがギョームと奥方は結局、さっき言ったベットに入っても何もしないという関係に入ったの。

H　面白い展開ですね。

U　ここからがレーモンの出番なの。噂をばらまく悪いヤツが必ず出現して、夫をたきつけます。二人の間の秘密は必死で守られるんだけど、ついにレーモンは真相をつきとめます。それで彼は何をしたと思う？

H　奥方をばっさりお手討ち……。

U　一二世紀の南欧では違うの。まずギョームを遠くに呼びだしてその首を刎《は》ね、心臓を抉りだして串焼きを作らせ、それを奥方に食べさせた。食べ終わるのを見届けて、やおらギョームの生首を見せ、「串焼きはおいしかったかい」と聞いたわけ。

H　シェークスピアの『タイタス・アンドロニカス』⑩はこれを一部パクッたのかな。

U　すべてを悟ったマルグリートはこう答えたの。「たいへんおいしゅうございましたわ。これから何を食べ何を飲んでも、この口からギョーム様の心臓の味は消えないでしょう」とね。逆上したレーモンは剣を抜いて奥方を切りつけようとしたけれど、

⑩　シェークスピアの戯曲の中でも最も上演されないものの一つで、きわめて残忍な復讐劇。一五九四年頃の比較的初期の作品である。

彼女は露台から飛び降りて、頭を砕いて死んだの。

H 勇敢な奥方ですね。

U そう、崇拝の的となっている貴婦人は没個性的で、イメージが湧かない人が多いのだけれど、マルグリートは鮮烈です。

この顚末を聞いた他の領主たちは、残虐に殺された奥方とギヨームを悼み、戦争をしかけてレーモン卿を生け捕りにし、獄死させたそうよ。それでも足りなくて、財産はギヨームと奥方の遺族に分け与えたというの。そして二人の遺骸を納めた立派な碑を教会の前に建てたの。それ以来、そこにはたくさんの恋人たちがやってきて、二人の恋のために祈りを捧げたんだって。

H レーモン卿は踏んだり蹴ったりではないですか。心を他の男に移した妻を成敗したら、それを口実に滅ぼされるなんて。

U 夫は「まことの恋」のかたき役で、悪役を演じるほかないのよ。

H こんなに夫がコケにされても、スタンダールは納得だったんですか。

U 恋を邪魔する重要な脇役として、尊敬していたんじゃないのかしら。

宮廷恋愛の鉄則⑤——結婚は恋愛をさまたげない

H トゥルバドゥールの詩人たちは結婚に恨みでもあるんですか。

U　反結婚主義ということはないけれど、恋愛から結婚へというコースは一般的には考えられなかったのね。さっきのクレチアン・ド・トロワのように例外はあったにしてもね。なにしろ、これから社会的にも精神的にも昇ってゆこうとする若い騎士と、騎士が仕える主人の妻との恋愛が原型なんだから、結婚が最終ゴールになるはずがないのよ。
H　じゃあ、何がゴールなんですか。
U　恋を通じて、騎士の精神性が高まること。
H　なんだ、つまらない。
U　当時もあなたみたいに納得ゆかない人がいたの。史上最古の恋のマニュアル本がこのころ書かれました。
H　へえ、騎士やお妃もマニュアルを見ながら恋をしてたんですか。
U　そう、こまどり姉妹が、
　♪習わなくても　オンナは泣ける
と歌っているのは、理論的には間違いです。
H　誰ですか、そのナントカ姉妹って。
U　昔はやった双子の演歌歌手よ。つまり恋は本能ではなくて学習するものだってこと。
H　オバさんの勢いには負けます。

U　黙ってお聞きなさい。このマニュアルを書いたのは、アンドレーアース・カペルラーヌスという名前のフランス王国の宮廷付司祭だったの⑪。

H　お坊さんが不倫を勧めるんですか。

U　そうなのよ。アンドレーアースは、彼が仕えていたマリ・ド・シャンパーニュの命令でこの本を書いたといわれているの。

H　ああ、クレチアン・ド・トロワに『荷車の騎士』を書かせたスポンサーですね。

U　ええ、実はマリ・ド・シャンパーニュはアリエノールの娘なのよ。この本は、恋の定義から口説きのノウハウ、そして宮廷で行われた愛の法廷の記録までを、騎士になりたてのウォルターという若者に懇切丁寧に教えるという趣向で書かれた指南書です。たぶんマリはあなたのような若者を教育しなければ、と思ったんでしょうね。

H　よけいなお世話ですよ。

U　スタンダールもこの本に興味をもって、『恋愛論』の付録に紹介しているの。彼はこの中で特に愛の法廷▼があるということに興味を抱いたようね。

「一一五〇年から一二〇〇年まで、フランスには愛の法廷があった。愛の法廷に集まった貴婦人は、法律の問題、たとえば『恋は結婚せる者のあいだに存在しうるや』に関して判決をくだした」とね。

⑪　二種類の翻訳で、日本語でも読める。ジョン・ジェイ・パリ編『宮廷風恋愛の技術』野島秀勝訳、法政大学出版局、『宮廷風恋愛について』瀬谷幸男訳、南雲堂

愛の法廷

Ｈ　ほんとうに愛の法廷なんてあったのですか？

Ｕ　マニュアル本には確かに記録があります。スタンダールはこの裁判がどのくらい拘束力があるか知りたがっていました。今日の研究では、これは宮廷の純粋なお遊びにすぎなかったろうと思われているんだけれどね。

Ｈ　居並ぶ貴婦人たちに有罪を決めつけられたら、すごいプレッシャーになったと思いますよ。

Ｕ　傑作なのは、どんなプレゼントなら受け取っていいのかということまで議論しているの。「ハンカチ、髪バンド、手鏡など相手を偲ばせる小物なら快くもらいなさい。指輪をもらったら、左の小指にはめて、石は手のひら側にまわしておくこと。恋人同士はあくまで秘密を守らねばならないから。手紙なども決して実名は使わないこと」なんて細かいの。

スタンダールが紹介している「結婚したら恋はできないの？」という裁判の記録もいくつかあります。一つ二つ紹介するわね。

ある貴婦人がまことにふさわしい愛人を持っていましたが、その後、彼女自身の責任ではないけれど、立派な男性と結婚してから身を引くことになり、いつもの愛の慰めを拒むようになりました。けれどこの女性の不誠実な態度はナルボンヌのエンマガルド子爵夫人により、次のような非難の言葉を浴びたの。「新たな結婚の契りがかわされても、女性が恋愛を完全に捨てて二度と再び恋愛するつもりがない場合を除き、今までの愛人を締め出すのは適切な振るまいとは言えないでしょう」と。

H　そんな馬鹿なっ！　結婚してからも愛人とは続けるのがモラルだなんて。今のずるいコマダムみたいじゃないですか。もし当時の男が同じことをしたら、その法廷はどういう判決を下したんですか。

U　恋のパターンは未婚の若い男性と既婚の奥方ということになっているので、あなたのいうシチュエーションは想定しにくかったと思うわ。古典ギリシャ時代以後の欧州における男と女の関係といえは、①経済行為としての政略結婚による夫婦、②買った買われたの売買春関係、③どう料理してもかまわない奴隷関係、この三種類しかなかったわけで、三つをラディカルに逆転しているところが面白いわね。

H　行き過ぎですよ。

U　あなたがそんなに過剰に憤慨するとは不思議だわ。スタンダールは『恋愛論』を書いている一八二二年より、こんな法廷があった一一七四年のほうが貴婦人たちは「いっそう陽気で才知があり、より幸福ではなかったろうか」と書いているわよ。

H　現代に生まれて、同じ年ごろの女性に失恋してよかったと思いますよ。

U　次に、「平民の男と平民の女」から「大貴族の男と大貴族の女」まで、八つの組み合わせをシミュレーションして、その場合に応じてどんな口説きをしたらよいか、実例があげられています。それを読むと、まるで今はやりのディベートね。その中に「大貴族の男が貴族の女に言い寄る話術」というのがあるの。女が「私は結婚していますから」という理由で男につれなくするのは正しいかどうか、マリ・ド・シャンパーニュに裁定を願い出るというくだりがあるの。どんな判決だったと思う？

H　どうせ、ダメという判定でしょう。

U　そのとおり。「夫婦の間で恋は成立する余地なし。なぜなら恋は自由に与え合うものだが、結婚はそれを義務とするから」なんだって。

H　やっぱりおかしい。どこか狂っている。

宮廷恋愛の鉄則⑥——秘密は恋の防腐剤、嫉妬は恋の促進剤

U　そんなことという若造は、一二世紀も二一世紀も出世できないぞ。

H　オバさんの話を聞いていると、自分のために強弁しているような気がするな。

U　私はね、失恋したあなたのために、何時間もかけて話してあげてるのよ。

H　ボクの言いすぎでした。どうぞ最後まで行っちゃってください。

U　本の最後の部分に、こうした宮廷の評定を要約して、三一ヶ条の「愛の規則」を残しています。スタンダールも印象が深かったのか、全部あげています。それについての議論はしていないけどね。あなたを憤死させるのではないかと思われる項目を、五つほどあげておくわ。

六ヶ条、男性は成人に達するまで愛することができない。

八ヶ条、愛は人に知られると長続きはしない。
二一ヶ条、真の嫉妬によって愛情は常に増す。
二八ヶ条、愛人は実にささいな思いこみによっても、愛する女性に不安な疑いの心を抱く。
二九ヶ条、過度の情欲にかられるものは真に愛することにはならない。

H それだけですか。

U 要約するとこうなるわ。「秘密は恋の防腐剤、嫉妬は恋の促進剤。しかしこの劇薬は、大人になるまで飲んではいけません」

H 当時の女性はスタンダールのいうように本当に幸せだったのかな。

一二世紀の二重構造。女性崇拝と女性嫌悪

U 実は私もそれは疑うのよ。確かに男女の濡れごとといえば、男のほうが肉体と経済の優位を証明するものだった時代に、一部の貴族階級が、架空の世界とはいえ、こんなふうに関係を逆転させて、女性に絶対権を与えるような装置を作ったのは、快挙だとは思います。でも宮廷恋愛がこんなふうに称揚されたのは、この遊びを通して、君主への忠誠が逆に強調できるし、恋愛で我慢を学ぶことによって、キリスト教的な徳を獲得できるので、騎士にとっては一石二鳥の利点があったからなのよ。一方女性

の方は「あなたはマリア様です」と言われて、幻影の形代《かたしろ》として崇拝されているだけですものね。自分の意志は無視されているわけで、決して心地よいものではなかったのではないかしら。

H　女性の気持ちはどうでもいいというわけですね。女性が男性を崇拝するというスタイルはなかったのですか。

U　あったわよ。作品に残っている男性トゥルバドゥールは三千五百人を数えるんだけれど、トロパリッツと呼ばれる女流トゥルバドゥールは二〇人いたの。詩人といっても身分の高いアマチュアの婦人ばかりだけれど。これを読むとマドンナもつらいよ、ということがよくわかるわ。騎士に会えない奥方の苦しみを訴える歌が定番です。ディア伯爵夫人▼の歌を読んでみるわね。

気にそまぬことを歌わねばならない、
恋人へのこの望みはさほどにも深い。
この世の何にもましてあの方を愛しているのに、
慈悲もみやびもあの方の眼には入らない、
わたしの美貌も、わたしの値打ちも、わきまえある心も。
なぜならわたしは欺かれ、裏切られたのだ、
醜い女ででもあるかのような仕打ちを受けて。⑫

ディア伯爵夫人

⑫『トルバドゥール恋愛詩選』沓掛良彦訳、平凡社

H　なるほど。失恋の前では、男も女も一緒なんですね。

U　そう、いったん恋すると、男であれ女であれ、恋するほうが立場が下になってへりくだらねばならないのよ。

H　愛するもの同士が一緒になにかに向かってゆくという発想はないのですか。

U　そういう幻想がうまれたのは、最近五〇年くらいのものよ。恋と社会的成功をワンセットで考えるのは水と油を混ぜるみたいなものなの。

H　オバさん、なんか怒っていませんか。

U　べつに。

H　話し方ががらりと変って、いつものかわいげに欠けますよ。

U　（ちょっと笑って）アンドレーアースの書いた恋のマニュアル本は、あっと驚く二重構造の本だってこともつけ加えておかなきゃね。一章と二章で、恋は騎士の人間性を高いところに導いてくれると謳いあげていることはもう言ったわよね。ところが続く三章は「恋愛の否定について」と題されていて、筆者はいきなり疑似読者であるウォルターに向かって、「こうして女性を扱う術を学んだ後には実行を差し控えるように」と忠告しているの。

H　それはまたどうして？

U　女は愛するに値しないからなんですって。「女性は皆その本質上、悋気と貪欲の悪徳にまみれており、金銭を追い求めて利欲をむさぼる」「その上女子は嫉妬深く、他の女性を中傷し、強欲で、胃袋を満たすに忙しく、気紛れで、言うことは矛盾し、不従順で、禁じられたことに逆らい、傲慢の悪徳に染まり、無益な名誉を追い求め、嘘を吐き、酒を好み、おしゃべりで、秘密は守らず……」

H 驚いたなあ。アンドレーアースさんは大の女嫌いだったんだ。

U こんなお経が幾ページも続くの。だから恋なんかやめたほうがいい。だいいち恋は体にわるい。魂にもわるい。友達も失うし、金も失うというわけ。

H スタンダールは三章を読んだんですかね。

U 読んでもすぐ忘れたのよ。

H スタンダールに不利ですものね。オバさんにも不利だ。

U 別に不利じゃないですよ。ヨーロッパ思想は、中世、ルネサンスを通じて、極端な女性崇拝と女性嫌悪の二階建てだったということは、つとに有名ですからね。しかも一階と二階の間には階段がない。泥も聖水もどちらもおいしいという「重層する魂」の持ち主たちなのよ。「シロ」か「クロ」かを決めたがる近代人には実に分かりにくいけど。女性を崇める歌を聞いたあとで、ひどくあけすけで陽気でエッチな歌を聴いて拍手喝采していたのね。アンドレーアースの本音は三章にあって、一章二章はスポンサーのためにいやいや書いたのではないかと私の友達が疑ってたけれど、私はどっちもそう信じて書いたと思うわ。階段のない二階建ての家に平気で住んでいたんじゃないかしら。

H　階段なしでどうやって移動できるんですか。

U　パッと跳べばいいのよ。

結晶作用への疑問

H　ドニ・ド・ルージュモンの『愛について』を翻訳で読んだんですけれど、[13] 彼はスタンダールの『恋愛論』は「至高なるもののフィアスコ（不能、やりそこない）」だと言いきっていますね。

オバさんはスタンダールが情熱と明晰さをあわせ持っていたことをとても評価しているけど、ルージュモンは、それこそがスタンダールの俗悪なところだってね。スタンダールは自慢の明晰さを誇るあまり、逆に神話を解く鍵を失ってしまったと。

U　ああ、騎士道精神の正当な後継者であるドイツのロマン主義者たちにくらべて、スタンダールの恋愛は情熱の卑俗化にすぎないという言い分ね。[14]

スタンダールが二章で「私があえて結晶作用と呼ぶこの現象は、われわれに快楽を持つことを命じ、血液を脳に上らせる本能から生じる」と書いているのを引き合いに出して、結晶作用とは、性欲が引き起こしたカン違いにすぎないじゃないかと決めつけています。

H　オバさんとモロにぶつかりますね。

[13] ドニ・ド・ルージュモン『愛について』上下、鈴木健郎・川村克巳訳、平凡社

[14] ドイツロマン派の代表的詩人であるヘルダーリンは、次のように言い切っている。「昨夜、私は恋愛について、ながいあいだ考えてみました。勿論、至上恋愛の情熱は、決して現世では成就されません。これが叶えられることを求めるのは狂気の沙汰でありましょう。ともに死ぬこと！　これだけが成就の唯一の道なのです」（ルージュモン『愛について』下より）

U　ルージュモンは、スタンダールが快楽イコール性欲と考えていたと見ています。そこが決定的に違っていると思うわ。スタンダールはアンドレーアースのように「過度の性欲は恋愛をさまたげる」とは思わなかったけれど、結局そういう生き方を貫いたのね。性欲と情熱が一致したら最高の幸福だと思っていたけど、性欲は娼婦に、情熱は貴婦人にと区別せざるを得なかったのね。このへんの二重構造も、宮廷恋愛とよく似ています。

H　スタンダールはルージュモンの思うような単純な男じゃないと。

U　快楽主義者の仮面の下に、深い絶望がひそんでいます。メティルドとの場合は、性欲は娼婦で処理しながら、高嶺の花への情熱を苦しみながら楽しんだの。恋愛とは「シュブリーム（至高なもの）」に向かうエネルギーのことだ考えていたという点では、騎士道精神と共通するけど、このエネルギーが権力や人間関係によって、色を変えたり形を変えたりするのを観察したという点がスタンダールのオリジナルなところで、それを卑俗化と呼ぶのはちょっと違うんじゃないかしら。

H　同じ騎士道精神の一九世紀ヴァージョンといっても、スタンダールとドイツの文人たちではずいぶん違うということですね。

U　そうなのよね、ドイツは死のほうにまっしぐらに突き進むのに対して、スタンダールは恋愛心理を、恐れずひるまず味わいつくしたの。ニーチェ▼はスタンダールのことを「彼はいつも事実に緊迫していた」と絶賛しているの⑮。宮廷恋愛はマリア崇

愛をかわす男女（マッセネ写本）

ニーチェ

⑮　ニーチェはスタンダールの大ファンで、スタンダールを知ったことを「私の最も美しい幸運に属する」と何度も書いている。

拝という宗教に帰属するのですが、スタンダールは宗教などには見向きもせず、「正直な無神論者」に徹したところもニーチェが評価するところで、自分が言いたいことをスタンダールが先に言ってしまったので、「ちょっぴり妬いているのかもしれない」なんて言っているわ。

宗教心なき宮廷恋愛

H　死んだら彼岸で恋愛が成就するなんて夢は、彼は見なかったのですね。失恋の痛みはそのまま受けとめると。それなのに、「夢の夢」として恋愛を捨てずに女性をうんと高いところに持ち上げたんですよね。そのエネルギーの源は何だったのかな。

U　それが結晶作用という名の想像力だと思うのよ。幻の恋人をテコに自分もうんと高いところ（シュブリーム）に昇りつめようとしたの。

B　それがボクにはピンとこないのです。

U　ちょっと窓を明けましょうか。ほら、あそこを見てアンリくん、一面の雪にぽっかりと黒い穴が見えるでしょう。あそこは水を溜めてあった睡蓮の鉢のあったところなのよ。庭が、丸い穴のあいたこんもりとした布団《ふとん》を被っているように見えるわね。こんなことが「崇高なものへの憧れ」の形の一つじゃないかしら。

H　なあんだ、とても日常的なことですね。雪に囲まれた穴がこんなにきれいに見えるなんて驚きです。

U　恋愛はスタンダールが言うように「日常に起こるとんでもない奇跡」なのよ。それを発見したのがスタンダールの最大の功績だと思わない？　だから味わいつくしたいと思ったのね。たとえふられても……。

H　オバさんの話を聞いていると、突然奇跡が起こるような気がしてきたから不思議だな。ポトフで体が温まったせいかな。

（このときアンリのケータイが鳴る）

H　あれ、今ごろ誰だろう……。

（相手の番号を見て首をかしげる）

U　もしかしてたか子さん？

H　ええ、まあ。何の用だろう……。

第一一話　スタンダールってフェミニストなの？

——理論より快楽が生きる指針

「不思議なことに、この鏡に映してみると、胸は平らに痩せて見えてしまうわ！…まあ、どうでもいいこと。スタール夫人もビュフォン氏も断言しているのですもの、天才に性別なしってね」（ドーミエ画）

――学期末の試験が終わった頃、U教授またもや行方不明になる。唯一つながったホットラインに町田たか子が連絡すると、山間の温泉宿で短期の隠遁生活をしているとわかる。その日の夕刻、露天風呂の湯気と闇に溶けつつある二つの影法師があった。

M　うわあ、びっくりした！　椿の花が落ちてきました。

U　お湯の中に花びらが飛び込むと、モーヴ色の湯気に溶けてしまうように見えるわね。

M　そんなことより、突然行方不明になるんですもの、心配しましたよ。

U　ごめん。よく連絡先がわかったわね。

M　ええ、杏里夫さんに聞きました。ひょっとしてセンセイが二〇回目の失恋をしたんじゃないかって、心配していましたよ。

U　あのねえ、人がちょっと旅に出るとすぐ失恋旅行と決めつけるのはやめてくれない？　それよりあなたの方が心配。会社を二、三日休んだんですって？　大きな失恋の後は、錯乱して別の小さな失恋を繰り返すことがよくあるんだけれど……。

M　さすが失恋の専門家、よくわかりますね。実は私、杏里夫さんの純情にほだされて、ついフラフラっとつきあう気になったんです。

U　ところが断られたと……。

M　どうしてわかるのですか？「誇りのないあなたなんて欲しくない」と言われました。

U　アンリは私の甥っこですよ。不器用なくせに誇りの高い子で、小さい頃からステキな残りものがタナボタ式に落ちてきても、ポイと捨ててしまう馬鹿な子だったの。

M　残りものだなんて、ひどいなあ。でもそのとおりですよね。私、最近仕事もうまくいっていません。例の「一九世紀フランスの恋愛マニュアル」の企画も実現しませんでしたし。

U　そうそう、あれは残念だったわね。

M　代わりに「恋の風水占い」になっちゃいました。

U　あなたにもアンリに言ったのと同じことを言うわ。失恋こそが新しい自分を発見するチャンスなのよ。ラッキーと思わなきゃあ。

M　ところでセンセイ、このところ夜眠れないものですから、ボーヴォワール▼の『第二の性』①をぱらぱらとめくっていたんです。スタンダールって女の気持ちを汲めないやつだと私は怒っていたのに、ボーヴォワールはスタンダールをけっこう誉めているので、びっくりしました。「彼は女を他者ではなく、主体として扱った唯一の男性作家だ」とかいって。

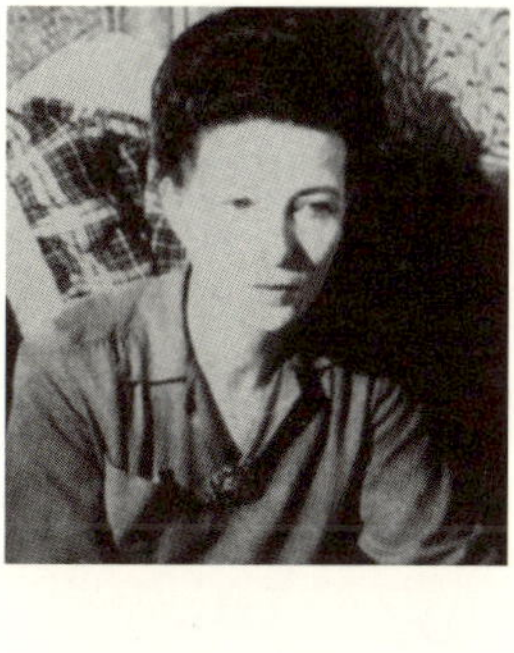

若きボーヴォワール

① たくさんの恋愛小説をフェミニストの立場で読みなおした力作。女性が差別されるには、深い社会的事情があり、それを抜け出るには並の男性以上の想像的投企がなければならないと教える。

U　まあ、失恋の傷をいやすために『第二の性』を読んだですって！　あれはうんと元気なときにしか読んではいけない本ですよ。

M　あとの祭りです。でもセンセイ、どうしてスタンダールがフェミニストなんて評価をうけたのか知りたくて、椿の湯までくる元気が出たんですよ。

U　それは口実ね。心の置きどころがなくてここまで来たんでしょ。

M　（振りきるように）スタンダールの話をしてください。

スタンダール、女子教育の必要を力説す

——古めかしい離れの一室。女二人が地酒と肴で語る。二人は『恋愛論』をパラパラとめくる。

U　ボーヴォワールが褒めたのは、スタンダールが『恋愛論』の五四章から五六章にかけて女子教育論を展開している所なの。「現代の女子教育のおかげで、少女の豊かな能力は彼女たちのうちに眠ったままになっている」なんていう書き出しは、スタンダールの悲鳴のようにも聞こえるでしょ。

M　当時の女子教育ってどんなシステムだったんですか。

U　義務教育という制度がなかったから、庶民には男も女も教育は施されていなかっ

たのよ。上流階級では男の子は、家庭教師について勉強した後、さらに神学校や大学で古典学や法律、医学を学ぶコースがあったの。ナポレオンはそんな教育制度を不十分に思って、各地に技術畑のエリートを養成する学校を建てたの。スタンダールが一三歳で入学した学校もそのさきがけとして作られた学校でした。[2]

M 女子教育のことを聞いているんですけど。

U ごめんごめん。上流階級の女の子が受ける教育の柱は、修道院と家庭教師で、彼女たちの時間割は、意外なことにかなりハードだったらしいのよ。でも音楽、絵画、刺繍は熱心に習うものの、プロになる教育ではなくてあくまで趣味。地理、歴史はひたすら暗記するだけ。お飾りの教養だけで、どんな思想を教えるかという理念がなく、かといって結婚したらすぐに役立つ実利性もない。お寒いかぎりだったのは確かなの。

M ひょっとして今の日本だって同じ傾向があるんじゃないですか。一昔前、私の母の友人が、ある女子高の音楽の教師になって赴任の挨拶に校長のところに行ったら、「将来、生徒たちが結婚した時に、ちょっとクラシックでも聞こうかなと思ってもらえれば十分ですよ」と言われたと言っていました。

U そんなことが一〇年ほど前までありましたね。ましてスタンダールの時代は、女子教育なんてとんでもないというのが、大多数の意見だったの。例えばスタンダールは、モリエールのヒット劇『女学者』[3]の一節を引用しています。

[2] しかしナポレオンは、女子教育に対しては一顧だにしなかった。一八〇四年に制定されたナポレオン法典によれば、女性は犯罪者、精神病患者、そして子どもとおなじカテゴリーに分類されていた。

[3] 当時のブルジョワ階級にまで広がっていた女性の学問熱を風刺した作品。一六七二年に上演された。モリエールには『才女気取り』(一六五九年)という、やはり学問熱に浮かされた女性たちを笑う作品がある。

女はせいぜい知恵をみがいて
胴衣とズボンの区別がつくようになれば
それでたくさんだ

M　そうか、そういう時代だったのか。そんな時代にあって女子教育の必要を説くなんて、スタンダールってフェミニストのパイオニアだったんですね。

U　そうよ。それから百年もたって、やっとヴァージニア・ウルフが『自分だけの部屋』で、「作家になりたかったら、鍵のかかる自分だけの部屋と、百ポンドの収入がいる」と勇気をもって言ってくれたのよ。それまでは女性は図書館にも入りにくかったの。▼

木は森全体に植えねばならない

M　スタンダールは具体的な教育改革プログラムを提案しているのですか。

U　社会全体が変わらなければならないと言っているわ。ごく少数の女子が恵まれた例外的な環境で立派な教育を受けても、その女性は自分が例外なのを知って、エリート意識フンプンのいやな女にしかならないだろうって。つまりこの世で最も不愉快な、最も下等な存在になるだろうと言って

コメディ・フランセーズの『女学者』

図書館で調べものをする女性はからかいの対象となった（ドーミエ画）

いるの。

M ああ、そういうタイプの女性も今の日本にいますね。

U 少数の女性が学問を身につけても、社会を変えるパワーには結びつかない。だから「木を植えるなら一度に森全体に植えねばならない」。どんな女性も男性と同じ教育を受けられるようにならなければならないと考えていたの。だから女の子のためにも全寮制の学校を建てて、相互教育で男の子と同じことを教えるのが一番いいと思っていたんですよ。ラテン語も必修にすべきだと言っています。どうやって退屈をがまんするか学べるからですって④。

M 退屈をガマンするのを学ぶ？　スタンダール、おもしろい！

U でね、この学校、先生以外は男子禁制。

M 男子禁制ですかあ。ところで「相互教育」って何ですか。

U スタンダールの時代に社会改革家たちが推進した庶民教育法で、生徒のなかで出来のよい子をチューターにしたて、生徒がお互いに教え合うのをサポートするものなの。でも修道院の坊さんたちはこれに反対したの。

M 子どもが先生役をしてはいけないということですね。おもしろそうだけどなあ。

U 貧困階級の子どもたちの福音として、フランス大革命のスピリットの中で発展した制度だったのだけれど、結局廃れてしまった。教師不足の中で教育を行き渡らせるための苦肉の策だったわけで、熟練した教師のスーパーヴァイズがなければなかなか

④ 実に卓見。語学教育はかくあるべし。

成功しないよね。フランスではやがて完備した近代教育がそれにとって替わったのね。

M　今盛んにうたわれている、双方向教育の走りのような発想も含んでいるようですね。お話を聞いて、今ではあたりまえになったことを、スタンダールは苦しい思いで夢見ていたということがわかりました。

U　おや、急に先駆者に感謝する気になりましたか？

M　ええ。「恋愛問題とはすなわち教育問題である」と言ってくれたスタンダールに感謝します。私の失敗も時代を反映していると思うと気が楽になりますもの。（本をおしいだき、再びパラパラめくる）

女子教育は男のために必要

M　センセイ、ちょっと待ってください。こんなことが書かれていますよ。「我々がいくらいばってみても、家庭のこまごました事柄について、パートナーの忠言は非常な影響を及ぼす。我々はその影響力をあまり認めたくはないが、二〇年続けて繰り返されてはかなわない」。これって、くだらない女子教育をうけてアホになった女性も気の毒かもしれないけど、それよりも、アホな女性とつき合わなければならない男たちのほうが災難だと言いたいわけですか。いくら幻想でも、相手がアホでは恋愛できないではないかと。

U　そう。結婚さえもアホ相手では難しいのに、恋愛という幻想を抱くためには相手がアホではとてもじゃないが無理だと……。
M　さっきの発言、撤回したくなりました。女性に教育が必要なのは女性のためじゃなくて、男性が恋愛を楽しむために大事だということですね。それって、ずいぶん利己的じゃないですか。
U　でも女性をマリア様のように崇拝するそれまでの宮廷恋愛や、『神曲』▼のダンテみたいに、女性を自分よりうんと高い神に持ち上げて自分をそこまで導いてほしいという期待は、女性にとっては迷惑な無理難題だったでしょう。スタンダールはそれよりマシだと思うわ。魂の平等主義者と呼んでいいと思うの。
M　女子教育は、男のためにもなるし女のためにもなるというわけですか。
U　そう。どうして女のためにも男のためにもなるかと言うと、
①万一夫が死んだとき、女はまだ新しい家庭を治めなければならないから。
②教育ある母親は男の子に、いかにして幸福を求めるかを五、六歳の時から徹底して教えこむことができる。なにしろ男の子の精神形成には、母親の影響が絶大である。⑤
③結婚したらイヤでも一緒にいなければならない妻の影響力はバカにならない。
M　それを聞くとやっぱり男性に都合のいい理由ばっかりですね。
U　この三つの理由はつけたしみたいなもので、一行で終わっているの。一番言いた

ベアトリーチェを仰ぐダンテ（『神曲』の天国篇、ウィリアム・ブレイク画）

⑤　スタンダールの幸福の原点は母親との蜜月だったことを思い出そう。教養ある母親は息子に素晴らしい感情教育をすることができると、スタンダールは考えていた。

い理由は次に長々と書いているわ。
④恋をする年頃が男の一生で一番幸福な時なのだが、そのとき男がいったん恋におちいると、女性の完全なる支配下に置かれる。
これはスタンダールのおなじみの定理です。つまり女性はにわか専制君主に祭り上げられる。「王座に上った奴隷がどうして権力を乱用しないでいられようか」というわけ。女がこうして間違った自尊心にかられると、男は永遠に不幸になるかもしれない。いや自分は何度煮え湯を飲んだか……とは書いてないけど。

M 男性から突然ちやほやされたとき、それを真に受けないような知性を養ってほしいという。それもやっぱり男の身勝手かもしれない。

U そうね。女子教育が切実に望まれるのは、なによりも男性の幸福のためだと言ってるのよ。

M 女性の立場に立って考えてくれてはいないんですね。（ため息）

U 私はそれこそスタンダールの一番好きなところよ。自分は女性の立場に立つなんていう男性は眉唾だと思うもの。

M センセイ、身をのり出しましたね。

U 自分の幸福のために女子教育をやってほしいという言い分は、胸がすくようよ。反対によくいるでしょ。口ではいいことを言って根っこの部分では全然わかってない男が。表面上ものわかりのいい男は、よく見ると反フェミニストが多いのです。

M　あ、それはうちの編集長です。うちの編集長って「ボクは日曜日、妻のために朝食をつくるんだ」と自慢しているんですが、日曜の朝食しか作らないんですよ。編集部内ではニセフェミニストって言われているんです。

U　愛する女性のために朝ご飯をつくるのが最高の幸せと思ったら、感謝こそすれ自慢なんかしないでしょうね。

女子教育の効能はもっぱら、それがどんなに女性をステキな恋人にするかという利点が中心だけど、それ以外にいろいろな副産物もあるという発想ね。そうそう、女が年をとって色香が評価されなくなっても、知性ゆえに尊敬されるという効能もあげてたわ。

こういう辛口の正直さとユーモアが、最も信頼できる男のフェミニズムだと私は思います。

M　でもそういう男って、女には評判悪かったりするんですよね。

U　一万人のアホな女性にもてるより、一〇人の魂の高い女性を愛したいと彼は思ったのよ。

M　（ため息をついて）アンリくんにもそういうところがあったわ。

（しばしの沈黙の後）私、余計なことに気をとられて、素直になれなかったんです。さっき純情にほだされてなんて言ったけど、本当はカメラマンに失恋して自暴自棄になって、私のほうがアンリくんにアタックしたんです。

U　本命の編集長さんのことはどうなの？

M　そこまでお見通しでしたか。認めたくなかったんです。あんなガンコな中年にぐんぐん引かれてゆく自分が許せなくて……。自分の心なのに、全然コントロールできないんです。どうしてでしょう？

U　コントロールできない心をそのまま見つめるのがスタンダール流よ。

昔もあった「女が社会に出たら育児が疎かになる」論争

U　スタンダールは自らの女子教育論に対して予想される反論を三つ仮想して、それに攻撃を試みています。そこを読むと、スタンダール版フェミニズムがどの程度、たか子さんのお気に召すかはっきりすると思うわ。

一番目の仮想反論は「女が社会を知ったら、子どもの教育がおろそかになるのではないか」というものよ。

M　ああ、それは今でも私たちの問題です。女性が子どもを育てながら仕事をするのは大変です。若い女性は皆悩んでいます。仕事もしたい子どもも育てたい、でもそれができるようなシステムになっていませんからね。スタンダールはどう答えたんですか？

U　「若い母親は子供が麻疹にかかっているときは、いくらヴォルネーの『シリア旅行記』を読んで楽しもうとしても無駄である」と言っているわ。そしてこういう状況こそ「裕福な女が、女の卑俗さから抜きんでる唯一の方法である」って。つまり本来の女らしさに目覚めるチャンスであると言っているの。

M　やっぱりスタンダールは女の敵です。そういえば、『赤と黒』のレナール夫人も『パルムの僧院』のクレリアも、自分の子どもが病気で死にそうになったときには、自分が恋をした罰があたったんだと自分を責めて、恋を諦める決心をし、献身的な看病をしますね。あの個所、ウルウルしながら思ったんですよ、こういう母親の罪悪感って本当に子どものためにいいのかなあって。

U　スタンダールは、いくら恋をしたり仕事をしても母性愛は損なわれることはないと強調したかったのよ。

M　なんだか「女はこうあるべき」という押しつけに聞こえますが。

U　たしかにスタンダールは、女は砂糖で出来ていると信じていたみたいね。女が本を読むのに夢中になって、子育てをおろそかにするのではないかというような心配をしている男たちに対して、「大洋の岸に木を植えると、波が運動をやめやしないかと心配するようなものだ」と言っているの。

M　「いくら勉強しても、女らしさを捨ててはいけない」と聞こえてしまいます。

U　「女は馬鹿な奴隷と思っているから、男の自分に悪いことなどできるはずがないと思っている。しかしおとなしい馬鹿と毎日つきあう害のことを考えたら、たまには教養のある短気な女性にどやされたほうがましだ」というのはどう?「私なら女房に毎日ふくれっつらをされるよりは、年に一度かっとなって短刀の一撃を見舞われるほうがましだ」なんて言ってるけれど。

M　恐妻家になりたかったんですね。恐妻家とフェミニズムは違いますよね。

U　これはどう?「もし妻が考える力を持っていたら、夫にとってどんなに素晴らしい相談相手になるだろう!」と叫んでいるの。「一緒に暮らす人間の間では、幸福は伝染する」からなんだって。

M　「男の幸福は妻しだい」と考えていたスタンダールが結婚できなかったなんて、お気の毒。

昔もあった「女が男のライバルになる」論争

U　次の仮想反論は、「男女を同じ土俵の上に立たせたら、ライバル同士になって愛し合うことができなくなるのではないか」という心配よ。それに対するスタンダールの答えがこれまた正直。「そのとおり」ですって。「ただし諸君が禁止令によって恋愛を消滅させた場合に限り」

M　どういうことですか。

U　「男と女が競争者となる側面は多々あるが、恋愛の場面だけは逆で、楽しさは増すばかりになる」と主張しているの。結晶作用が成立する地盤は拡大するだろうと。

M　女性に学問がつくと、どうして結晶作用が成立しやすくなるのですか？

U　結晶作用とは、恋を媒介に想像力が刺激されることでしょう。男だけが刺激されても一方的で面白くない。女性も自分をダイヤモンドの輝きのもとで見てほしいってこと。例えばこんなふうに言っているの。「男は愛する女のそばであらゆる思想を楽しむだろう」。ダイヤモンドの光が乱反射して、まるで桃源郷のようになる。「二人の目に自然はまったく清新な魅力を帯びるだろう」

M　女も学問すると、スタンダールなみに向こう見ずな恋愛をできるようになるということですか。

U　いいえ、輝く鏡の照らし合いによって、相互理解も進むから、無分別なことはしなくなるだろうと言っているの。「恋はより盲目的でなくなり、その不幸も減るだろう」って。

M　情熱恋愛は、計算外の無謀な恋だったのではないんですか。

U　いくら無謀に見えようとも、情熱恋愛とは男女がありったけの知性と知恵を出し合う場だと、スタンダールは考えていたようなの。

M　それは二一世紀になっても実現しない夢でしたね。

フランス革命の女性クラブ

もうなくなった「女性の社会参加も許すのか」

U　三つ目の仮想反論は、「もし平等な教育を主張するなら、女性の社会参加まで許すのか」という反論よ。

「フランスでは革命のおかげで（…）女もなにかできると認められるようになった。⑥それなのに、まだ女は女らしい仕事に従事すべきだなどと言っている。（…）ローラン夫人⑦にベンガル薔薇を育ててお暮らしなさいというのは正気だろうか」

M　鋭い指摘じゃないですか。

U　あなたの一番気にいるようなところをピックアップしたのよ。でもこれ以外はたぶんまたあなたの眉をひそめさせるでしょうね。「もし女は人の口に上るようなことがあってはならないと言われたら、答えは簡単だ。女が本が読めるからって評判になるはずがないと一蹴すればよい」と書いています。⑧

M　むむっ。女は評判が立たぬくらいのほどよい教養がいいということですね。ということは逆に言うと、教養のある女性が当時うようよいたと考えられますね。

U　「女に勉強させて作家に仕立てたいのか？」と聞かれたら、どう答える？

M　これでスタンダールの正体がはっきりします。

U　即座に答えているわ。女が作家になるなんて、とんでもない。

⑥　フランス大革命のときは、女性がかなり活躍した。ローラン夫人や、マラーを暗殺したシャルロットを、スタンダールはおおいに崇めていた。男性と同じ権利を求めて「女性の権利宣言」を書いたオランプ・ド・グージュもいる。彼女は一七九三年、政治に参加するために家庭を離れたという罪状でギロチンにかけられた。

⑦　一七五四—一七九三年。木版家の娘で、大革命で活躍した夫を、サロンを開いて支援した。ダントン及びロベスピエールへの反対を隠さなかったため処刑された。「おお自由よ、なんじの名によってなんという犯罪が行われているだろう！」と叫んだことは有名。

ローラン夫人

⑧　読み書きできる女性の割合は

M　やっぱり！

U　もし女が本を書くなら、スタール夫人[9]のように五〇歳を越すか、死後発表すべきだ、なぜなら女が本を出版したら確実に恋人を失うだろうから、というの。彼が許す唯一の例外は、子どもを育てるために金を稼がなければならない女性作家の場合だけ。

M　どうしてスタンダールはものを書く女にそんなにきびしいんですか[10]。

U　女性には大いに学問はしてほしいが、これ見よがしにするのは絶対ダメというの。

M　古いなあ。たしかうちのお祖父さんがそんなことを言ってましたっけ。女性は個人のレベルで自由に発言してほしいし、うんと勉強もしてほしいが、社会に出るのはやめてほしいって。

U　ホンネとタエマエのちがいね。スタンダールはハイティーンの頃から、妹のポーリーヌをたいそうかわいがっていて、彼女を理想の女性に仕立てようと思っていたの。兄がパリに行き、妹は故郷に残って別れ別れになっても、手紙でこまごまと、読むべき本やものの考え方などを指示しているの。実験的な教育者を気取って、カリキュラムを工夫し、妹を「教育」しようとしたのね。でも最終的には結婚を勧めています。女の幸福は職業ではなく、結婚にしかないと信じていたのね。

M　彼の考えだと、恋愛と結婚は韻をふまないんじゃなかったですか？

U　自分はそういう生き方をしたんだけど、妹には結婚したうえで学問に恋愛に励んでほしいと思ったのでしょうね。

一八一六年から二〇年にかけて三四・八％（男性五四・四％）。恋愛に触発されて女性が好奇心を増し、ますます読書するようになることをスタンダールは願っていた。

スタール夫人

⑨　スタンダールと同時代の女性作家、評論家。彼女は一九世紀の文学好きの女性たちの憧れの的であったが、スタンダールは目のかたきにした。『コリンヌ』『ドイツ論』などを五〇歳前に出版したが、回想録だけは死後出版となった。

⑩　一八三三年の末、リヨンからマルセイユ行きの川船に乗ったとき、ヴェネチアに道行きするミュッセとサンドに偶然出会い、同じホテルに一泊した。そこで酔って陽気になったスタンダール

M　矛盾しているなあ。それでポーリーヌさんは幸福になったのですか。

U　若くして未亡人になってしまったの。妹を慰めようとミラノまで呼び寄せたりするのだけど、自分の人生を自分で決定できず「牡蠣《かき》のようにへばりつく」妹に嫌気がさして、それ以来冷たくなっているの。教育は失敗したというわけね。

スタンダールもジェンダー問題を真剣に考えた

M　スタンダールが「女にも教育を！」と叫んだのは、単によき恋愛のパートナーをほしいだけのことではないかという疑いはますます濃くなりました。いったいボーヴォワールさんはどこを読んでいたのでしょうか。スタンダールは、女性的なるものは生まれつき女に備わっていて、教育はその女らしさに磨きをかける範囲で望ましいものだと考えていたんじゃないですか。

U　そう簡単でもなさそうですよ。男は理論的で女は感情的だとか、男は考え方が大胆で、女は細やかだが決断力がないなどと決めつけるのは、「ヴェルサイユ宮殿で刈り込まれた木を見て、木というものは刈り込まれた形で生えてくるものだと思いこむようなものだ」と面白いたとえをしています。これを読むとスタンダールは、性差はない、個性があるだけだとする「構築主義者⑪」に似ているわね。けれど「あらゆる女

は食堂で踊ってみせたという。女性作家をあまり好きでなかったスタンダールは、サンドにうやうやしくしなかったらしく、サンドは愉快でなかったこの時の思い出を『わが生涯の歴史』に書いている。◀

ダンスをするスタンダール（ミュッセ絵）

ミュッセの描いたジョルジュ・サンド

らしい優しさは、どんな教育によってもおかされはしない。女が学問すれば繊細さや優しさが失われると心配するのは、夜鳴き鴬が歌を忘れるのではないかと心配するようなものだ」とか「女らしい優しさを失わないまま、思想を持っていたなら（…）最もすぐれた男たちから熱狂に近い尊敬を得ることになるだろう」とも書いているの。これを読むと、生まれつき女と男は違うけれども、環境で変わる部分が非常に大きいので、男女がお互いに矯正しあえばいいのではないかという、温和な「本質主義者⑪」ということになるだろうと思うわ。

M　なんだかスタンダールの時代から、あんまり変化がないような気がしてきました。

U　スタンダールもジェンダー問題を真剣に考えたんですね。

M　何が一番の悩みだったんですか。

U　自分の思想に反応できるような深い思想をもった女性がいないということよ。メティルドが自分を受けつけないのは、彼女が受けた女性としての教育のせいだと思ったの。彼女がもっと思想的に解放されていたら、自分は受け入れられたろうと。

M　自信家というか、楽天家というか、私もまねしたいです。

U　私はね、百人もの女性を相手にするようなプレイボーイであると同時に、出会った女性と正直につきあったマメ男だったというところを評価するのね。そして何より恋愛を人生の中心に据えて、派生してくる問題を、楽しみながら冷静に考えようとしている姿勢にひかれるの。ここから、恋愛を心理面だけでなく、当時の最先端の哲学

ミュッセがサンドに贈った自画像

⑪　ジェンダーの起源は何なのかについて、今日構築主義と本質主義とが対立している。「性差は社会や環境によって後天的に学習される」と考えるのが構築主義、反対に「性差は生まれつき生物学的に決定されている」と考えるのが本質主義である。

や医学を借用したり、経済や政治の面から恋愛を見なおしたいという稀有な思想が生まれたのだと思うの。

M　一九世紀の時代の制限を反映はしているけれど、スタンダールは確かに女性の解放を切実に望んだ先駆的男性だと思いなおしてもいいような気がしてきました。

U　スタンダールの正直さは二一世紀の今でもまだ早すぎるんじゃないかしら。二一世紀の半ばになった頃、やっと男女の不平等が今よりずっとましになって、彼の正直さが大勢の人にも共感できるようになるんじゃないかしら。

M　センセイ、大胆に予言なさいましたね。

U　その頃あなたはイキなお婆ちゃんになって、私の予言が当たっていたかどうか見極めてちょうだいね。平等になることでどんな恋が生まれているか、今から楽しみだわ。

M　その日のために、椿の降る湯船でまた乾杯とゆきましょうか。

U　それがいいわ！　自分をコントロールできない恋を大いに語れる時代が早くくるといいわね。

第一二話　本当に言いたかったことは何ですか？

――スタンダールの亡霊との対話

コレッジオ『レダと白鳥』のポルポラティによる複写

──二〇〇X年三月二二日の夜遅く、U教授はパリにやってくる。一八四二年の三月二二日、スタンダールは現在のラ・ペ通り周辺の路上で倒れ、そこから二五〇メートル離れたオテル・ド・ナントにかつぎこまれたが、翌日の早朝そのまま亡くなった。今は名も「オテル・ド・スタンダール」となったそのホテル▼で、Uはひとりスタンダールの命日を過ごそうと思ったのである。

明け方、Uがホテルの三階の部屋で、スタンダールの死について思いをいたしていると、突然クロゼットの白いドアがあいて、緑のサングラスをかけ、シルクハットを手に黒い外套を着たスタンダールの亡霊が現れる。

日本人と『恋愛論』

スタンダール（以下S）　ボンソワール、マダム。

U　わあっ、びっくりした。人を呼びますよ。

S　わたしが誰かわからないんですか。がっかりですね。遠い日本からやってきてくれたマダムにご挨拶しようと思いましてね。（Uの手を取り口づけする）

U　そ、それはありがとうございます。あなたこそ遠いところから来てくださったのではありませんか。

オテル・ド・スタンダール

ホテルの入口に貼られたプレート。「アンリ・ベール。ここに死す」一八四二年三月二三日

S　いいえ、わたしたちはあらゆる場所に遍在できるのです。ただ、光がちょっと苦手なんですよ。

U　感激です。どうぞゆっくりなさってください。（椅子をすすめる）

S　では座らせてもらいますよ。人間は十分以上幽霊と立ち話をすると、消耗して死ぬという迷信がありますから、すぐに失礼します。

U　（向いに坐りながらまじまじと顔を見て）想像とちょっと違っていますね。

S　醜男のうわさをあなたは真にうけているのですね。容貌なんて、見方によってどうにでも感じられるものですよ。

U　確かに……。

S　そんなに緊張しないでください。ひとつだけ聞きたいことがありましてね。

U　私に答えられることなら、何なりと。

H　『恋愛論』は日本では何冊売れましたか？

U　がくっ。えーと、何冊売れたか数はわかりませんが、とにかく『恋愛論』は大成功でした。あなたは恋愛評論家としてデビューされたんですよ。一九一一年（日本では明治四四年と数えますが）、最初に日本語に翻訳されたあなたの本は、なんと『恋愛論』でした。後藤末雄という人による、わずか十数ページの抄訳でしたが。

S　ほう、わたしが死んでたった七〇年で日本に伝わったのですか。

U　それより一年前、上田敏さんという、西洋文化導入の急先鋒が、『うずまき』という小説の中で、登場人物にあなたの本を読ませてびっくり仰天させています。

一部引用しますと、「然しあの『恋愛論』を始めて読むと、一寸驚くね、女の慎み深く羞渋《はにか》むのには九の特色がある、愛は個人の性質や国民性や周囲の状態で、種々の変化を受ける、一体愛に四種の別があると書いてあるじゃ無いか」というような調子です。

S　一番びっくりさせようと腐心したところが首尾よくいって満足です。

U　『恋愛論』はその後、今日まで二五人の文学者が翻訳しました。

S　それこそ驚きです。日本人は『恋愛論』のどこを気に入ってくれたんでしょうね。

U　あなたが伝える恋愛観と、日本の伝統が伝える恋愛道は、まったく違うアプローチですが、どこか通底するものがあったからだと思います。恋によって高みに昇ってゆきたいという憧れがあるくせに、妙に細部にこだわるリアリストだったりする点です。

S　もう少し詳しく説明してくれませんか。

U　平安時代（一一世紀頃ですが）から、恋愛こそ人生を表現する最高の手立てであるという確固たる伝統ができていたのです。江戸時代には花柳界を中心にして、「いろ」とか「こい」という恋愛テクニックを重視する濃やかな伝統が完成しましたが、明治になって西洋文化に触れてみると、それはひねこびて、下品で、卑俗だという考えが支配的になりました。

S　どうしてですか。

U　時代の変わり目には、日本はいつも自己卑下の病気にかかるんですよ。性愛中心の日本の恋愛はダメだ、イギリスやアメリカ流の、生真面目でピューリタン的な男女関係こそ、人間が求めるもっとも価値あるものだという考えが知識人のあいだで浸透したんです。「恋愛」という日本語も、それに合わせて発明されました。やがてそんな固苦しい西洋の恋愛に居心地の悪さを感じていた私たちには、豊かで多様な愛の形を認めるあなたの『恋愛論』は、ずっと遠くで光ってはいるけれど、よく見えない星のような存在になったのです。

S　わたしが希望の星だなんて、噴飯ものですね。

U　例えば厨川白村《くりやかわはくそん》という人は『近代の恋愛観』という大ベストセラーを一九二二年（大正一一年）に出すのですが、あなたについては「テエヌやゾラやニイチェに褒められた才人スタンダアルには『恋愛論』の名著がある」でおしまいです。たぶんあなたの本はツンドクだったのではないかと……。

S　光栄ですね。

U　それだけではありません。一九一四年（大正三年）に出版された阿部次郎の『三太郎の日記』は若者必読の書となった本ですが、ここではあなたは「疲れて虚無に陥るより他ないドンファン」として紹介されています。ひどいでしょ。

S　いやいや、書くということはすなわち誤解されるということです。誤解されるのも芸のうち、誤解にいちいち目くじらを立てるなんて、わたしの信奉者のあなたにしては、実に浅見ですね。

U 一九二三年（大正一二年）に井上勇という訳者が『恋愛論』の完訳を出版しましたが、解説であなたのことを「婦人解放の先駆者」として紹介しているんですよ。

S それはわたしとしては多少気恥ずかしいかもしれません。わたしが意図していなかった意識が働いていた気がします。

U 一カ月遅れてこんどは大戸徹誠という人が『性愛』というタイトルで訳本を出版しました。あなたはここでも「女権拡張運動の開拓者の一人」ということになっています。①

S 立て続けにそう言われると、そんな気になってきますね。誤解が文化を創ってゆくという好例ではあります。

U 昭和に入ると、軍国主義が支配する世の中になって、西洋への憧れはすべて息の根を止められてしまいました。それに対する反動ででもあるかのように、一九四五年の「終戦」とともに、西洋文化は春の野に一面に芽をふく草のように息をふきかえしました。なかでも恋愛の基礎を個人主義に置いているあなたの本は、大フィーバーで迎えられたのです。自由と進歩を追求する明るい個人主義者という顔がクローズアップされて、あなたについて万巻の書が積まれました。

サラリーマンだった私の父の本棚にも、文庫版『恋愛論②』がうやうやしく飾ってあ

① 今日の研究ではイギリスの研究者ウルフの見解を反映していたことがわかっている。

② 『恋愛論』が岩波文庫に入ったのが一九三一年、新潮文庫に入ったのが一九七〇年である。

って、日曜日になると父は蓄音機をまわし、コーヒーを飲みながら文庫本をパラパラめくっていたのを思い出します。子ども心に父が高尚な知識人に見えましたね。

S　（皮肉っぽく）あなたの父上は机上のエピキュリアンだったんですね。

U　フランス文化の代表的紹介者である桑原武夫や、フィリピンでの捕虜生活を体験した大岡昇平をはじめ、たくさんのスタンダリアンが輩出しました。あなたが提唱する恋愛こそ、自己を確立し、ひいては社会を進歩させる最も誠実な道であると皆が感じたのですね。社会変革と個人主義と恋愛が三点セットに見え、あなたは戦後民主主義を導く巨星になったのです。

S　たいへんなものに担ぎあげられたものです。

U　ジェラール・フィリップ演じる『赤と黒』、『パルムの僧院』の映画も効きました。しかし、一九八〇年代にポストモダンが叫ばれた頃から、『恋愛論』の人気はいっきに凋落しました。個とか自己とかいうものの輪郭があやふやになり、恋愛すれば自分が見つかるという信念が疑われるようになってきたのです。むしろ恋愛による個の崩壊の恐怖とか、コミュニケーション不調の感覚とかが注目されるようになりました。

S　わたしも崩壊の体験が恋愛には必要だと言いたかったのですよ。

U　ええ、そのあと必ず新しい自分が生まれてくるとおっしゃりたいのでしょう。でもそれは伝わり難くなってしまいました。あなたが失恋を心底楽しんだといくら言っても、たか子さんも杏里夫くんも信じないんです。

S　あなたの若い友人たちですね。あの二人は結局どうなったのですか？
U　たか子さんは出版社を辞め……どうして二人をご存知なんですか？
S　あなたの意識にコンタクトしているからです。
U　じゃあ二人がその後どうなったかおわかりでしょう。たか子さんは出版社を辞め、フリーライターになって、新境地を求めてルーマニアに行きました。この前もらった手紙では、『ルーマニア紀行、ドラキュラを追って』という本を準備しているとか。
S　（うなづく）
U　杏里夫くんは今月から小さな出版社で働きはじめました。たか子さんにダブル失恋して、いま再生の道をたどっているところです。
S　それであなたは納得しているのですか。
U　私？　なんのことだかわかりません。
S　あなたは自分に正直ではないんですね。もう一度『パルムの僧院』を読みなおす必要がありますね。そうすれば自分の心の奥底の感情がのぞきこめるはずですよ。

本当に言いたかったことは何ですか？

U　（苦しそうに）奥底の感情……。
S　そんなにとぼけてもムダですよ。あなたこそ情熱恋愛をどう考えているか聞きたいですね。

U　あなたの眼力には脱帽です。心臓を二個とられるような思いをしましたが、今は胸に空洞があって、そこにすがすがしい風が吹いているような気分です。

S　そうですか、それでは情熱恋愛士二級の免状を進呈しましょう。

U　えーっ、二級ですか。一級になるためには、これ以上の孤独と絶望のほかに何が必要なんでしょう？

S　心の清澄さとでも言えばいいでしょうか。子どもの心に似た……。

U　子どもの心ねえ……。

それと関係あると思うんですが、私のほうも一つお尋ねしたいことがあります。あなたはたくさん遺書を書かれましたが、そのうちの一つにコレッジオの『レダと白鳥』▼のコピーを恋人たちに贈ろうとしたことがありましたね。

S　ああ、一八三五年二月八日付の遺書ですね。ポルポラティによる複写（二六五ページ写真）を、クレマンチーヌとジウリア、それから名前を忘れてしまったがもう一人の女性に寄贈しようとしたのです。わたしが初めてパリにのぼったときに下宿したルーブル近くの下宿にも、確かピンナップしていたと思います。

U　どうしてあの絵を恋人たちに形見として贈ろうと思ったのですか？

コレッジオ『レダと白鳥』

S　あなたはどう判断したのですか。

U　あの絵はスキャンダルすれすれのわいせつな絵というレッテルが貼られていましたね。レダと白鳥がなまなましく交わるところを描いているということで。
　あの絵にわいせつを感じるのは、おかしいんじゃないかと以前から思っていました。絵を見るたび、生きる喜びと崇高への憧れが矛盾なく融合する、無邪気で清澄な世界が私に迫ってきました。あの絵こそ、あなたのいう情熱恋愛を最高に表現している世界なんじゃないですか。背景はあなたの恋につきものの、木々がうっそうと茂る森の中ですし。

S　メルシー。あなたに敬意を表します。

U　オリジナルのほうには、中央の木の下で、大きな白鳥と戯れる女性と、小さな白鳥たちを眺める女性たちや、キューピッドなどが集団で描かれていますが、ポルポラティのほうはもっと単純化されています。キューピッドはいなくなり、女性の数もうんと減って、羽根を広げて甘えかかる白鳥からやさしく逃げようとする女性と、黒い鳥に追われて飛び去ってゆく大きな白鳥を官能的に眺める女性が描かれています。恋の始まりのときめきと、恋が終わって呆然自失する瞬間が渾然一体に描かれていますよね。あれがあなたの究極の理想郷なんですね。

S　得がたいものを得てそれを失う。失うからこそ再び得たいという甘美な願望が生まれる。もしそうだとしたら、あなたにもまだまだ先があることがわかったでしょう。

ダヴィンチ『レダ』（一六世紀）。レダの足もとに見えるのは卵から生まれた子どもたち。

ジェリコ『レダと白鳥』（一九世紀）。一九世紀にはレダと白鳥は画家たちの好みのテーマとなった。

人は恋を失ってこそその価値を知るのです。幸運を祈っていますよ。

それでは、わたしはこのへんで失礼します。オ・ルヴォワール、マダム。(クロゼットのドアを開けてその中に消える)▼

U　あっ、まだ聞きたいことがあります。行ってしまったか……。スタンダールさんも気が早いなあ。本当は何が言いたかったかを聞きたかったのに。

亡くなる一週間前まで『恋愛論』の序文に手を入れていたというから、スタンダールさんはあの本にはとりわけ心を残していたに違いないのだけれど。きっと、無垢で清澄な神話的世界は恋愛だけが実現できる、いや実現させたいと、心の底から叫びたかったのではないかな。

さあ、あしたの飛行機の時間は早いから、もう寝ようか。そろそろ桜の蕾も膨らむ頃だから、また新しい恋の夢でも見るかもしれない……。

ドアから出てゆくスタンダール（ミュッセ絵）

あとがき

スタンダールの『恋愛論』を読み通すのはとても難しい。私も最近まで、読み始めてはやめ、またかじっては本を閉じ、ということを繰り返していた。「断崖のふちまで降りて、恋という花を摘む覚悟が必要」「美とは幸福の約束である」「恋愛という狂気」等の名文句はよく知られているが、その原本をいっきに読み通せた人に出会ったことがない。プラトン全集を一ヵ月で読み通したという、悪魔のように貪欲な本の虫に尋ねてみたが、『恋愛論』だけは読み終えることができなかったと告白した。中断に中断を重ねて本を読了した人の大部分は、必要に迫られたスタンダール研究家ではなかったろうか。この本は、まだ『恋愛論』に手も触れたことのないたくさんの人と、同様のたくさんの挫折者とともに、スタンダールのメッセージを読み解くことを目的としている。一枚一枚謎をはがしてゆくと、シンプルだが切実な真実を指し示していることが納得していただけるのではないかと思っている。

一九九九年の秋、研究のための休暇を一年間もらってパリに行った折に、現代に生きる日本人としてスタンダールの『恋愛論』を読み直そうと思い立った。パリに着いたその足で、プレイヤッド版のスタンダール全集を買い込んだところ、そこには『恋愛論』が入っていなかった。全集に入れるかどうか、今日でも問題になるような本なら、挑戦のし甲斐もあると腕まくりをして、仕事を始めた。

たのしい仕事だった。スタンダールは涙と苦しみを抱いて『恋愛論』を書いたと思うが、私はもつれた毛糸球のようなこの本を、さまざまな資料を参考にしながらゆっくりとほぐしてゆく作業をしたわけで、スタンダールには悪いけれど、心躍る興奮の連続であった。

二〇〇〇年の四月から翌年の三月まで、白水社の『ふらんす』に「スタンダールの『恋愛論』を読む」と題して、連載させていただいた。スタンダール専門家ではない私に寛容にも書くチャンスを与えてくださった当時の編集長の及川直志氏と、きびきびと仕事をしてくださった編集者の番場織恵さんには深く感謝している。お二人との接触で、町田たか子さんと彼女の編集長を登場させるというアイデアをいただいたが、それ以外はもちろんフィクションである。その後それを大幅に書き直したので、この本が十二章から成っていることくらいしか、もとの名残は残っていないかもしれない。フランス滞在中に、グルノーブルやイタリアのミラノ、ヴォルテラに何度も旅行できたことも幸運であった。

U教授も、杏理夫クンもたか子さんも、今まで私が大学で出会った同僚や学生たちを誇張してミックスさせていただいた。だからこの本は、たくさんの方々のおかげでできているのである。

その中でも特に、『ふらんす』掲載時代からこまごまと相談にのってくれた今津朋子さん、本の構成に有益な助言をくれた稲村恵子さん、スタンダール研究者の立場からチェックしてくださった粕谷祐己さん、杉本圭子さんにお礼を申しあげたい。

また、恋愛について書きたいと思いついてからやっと日の目をみるまで、数年以上にわたって、書き損じの原稿を辛抱強く批評し、ひたすら待ち続けてくださった、人文書院の落合祥堯さんには深く感謝したい。この本を読んでスタンダールに肩入れしてくださり、力を入れて装丁してくださった岡本安以子さんと、製作の小林ひろ子さんにも感謝したい。

リクエストに応じてパリのホテルに出現してくれたスタンダールの亡霊にも、ありがとうを言わねばなるまい。

この本は一般の方々に楽しんでもらうための本なので、参考文献の引用や、注をつけることは控えた。『恋愛論』の翻訳は大岡昇平氏のものを引用させていただいた。手紙や評論はときに応じて、私自身が訳したり、人文書院版の全集の訳を使わせていただいた。

上村くにこ

生きた	書いた
くミラノに着	処女作『ハイドンについての手紙』発刊、売行きわるし
イタリアの文化人と知り合う。バイロンとも親交	
	『ローマ・ナポリ・フィレンツェ』発刊（初めてスタンダールという筆名を使う）。『ナポレオン伝』執筆
父死す。スパイ容疑かかる	『恋愛論』執筆
ミラノを離れパリへ。ロンドン滞在	
	『恋愛論』発刊、10年間で17冊売れる。イギリス諸雑誌に寄稿
	『ラシーヌとシェークスピア』出版
	『ロッシーニ伝』出版
	小説『アルマンス』予告
7月から翌年にかけてイタリア旅行	『アルマンス』発売
	『ローマ漫歩』執筆
ピエール・ダリュの死。翌日南仏に発つ	
七月革命。就職運動再開。トリエステ駐在フランス領事になる。革命騒ぎからジウリアを守るため、ベルリンギエリ邸にこもる	『赤と黒』発刊、評判かんばしからず
領事認可されず、チヴィタヴェッキア駐在フランス領事になる	
	『エゴチスムの回想』執筆
	ローマで「イタリア古文書」を発見
	『リュシアン・ルーヴァン』の着想
休暇を得てパリに戻る	『アンリ・ブリュラールの生涯』執筆
メリメの紹介でモンチホ伯爵夫人のサロンに出入りする	『ナポレオン覚書』執筆
	『パルムの僧院』完成
	『パルムの僧院』出版、死後評価される。『ラミエル』執筆
パリにて死去	『恋愛論』を推敲

スタンダールの生涯（2）

♥ 情熱恋愛　♣ 肉体恋愛　★ 失恋

西暦	年齢	愛した
1814	31	アンジェラ、金まわりの悪くなったスタンダールに冷淡になる★
1815	32	アンジェラと別れる★ ダリュ夫人アレキサンドリーヌ死す
1816	33	
1817	34	
1818	35	メティルドに恋する♥★
1819	36	メティルドを追ってヴォルテラへ♥（？）★
1820	37	メティルドの冷たい待遇に悩む★
1821	38	メティルドに訣別★　ロンドンでアップルバイ嬢と遊ぶ♣
1822	39	
1823	40	
1824	41	伯爵の娘クレマンチーヌ・キュリアルと恋仲になる♥
1825	42	メティルド死す
1826	43	クレマンチーヌとの恋に破れ★イギリスを旅行する
1827	44	シエナの貴族の娘ジウリア・リニエリ＝デ＝ロッキと知りあう
1828	45	
1829	46	アルベルト・ド・リュバンプレとの恋♥
1830	47	ジウリアに求婚する♥
1831	48	
1832	49	
1833	50	ジウリアはジウリオ・マルチノと結婚★
1834	51	チニ伯夫人と交友♥　ヴィドー家の令嬢との縁談破れる★
1835	52	チニ伯夫人と交友つづく。アルバノ湖畔で11人の恋人のリストを書く
1836	53	クレマンチーヌに再度求愛して断られる★ ジュール・ゴーチエ夫人に求愛して断られる★
1837	54	ジウリアと再会♥
1838	55	
1839	56	アーラインなる女性（チニ伯夫人？）に恋する♥　ジウリアと密会♥ クレマンチーヌ死す
1840	57	ジウリアと密会♥
1841	58	ブーショ夫人と関係♥
1842	59	

生きた	書いた
フランス、グルノーブルで生まれる	
グルノーブルで国王の軍隊に市民が瓦を投げつける「屋根瓦の事件」起こる。これがフランス革命の先駆けとなった	
フランス大革命はじまる	
ルイ 16 世処刑	
ロベスピエール処刑	
大革命後の新教育方針により設立されたエコール・サントラル（中央学校）に入学	
ナポレオン、イタリア遠征	
エコール・サントラルを数学の一等賞を得て卒業。パリに行く。ブリュメール 18 日のクーデタで統領政府成立	
ナポレオンの第二次イタリア遠征に従ってミラノに入る	
辞表を提出し、パリで劇作家になるため猛勉強	このころ『ルテリエ』などたくさんの戯曲を書くが、すべて完成に至らず
ナポレオン皇帝になる	
マルセイユへ。食料品店の番頭になる。トラファルガーの海戦、アウステルリッツの会戦。	
パリに戻る。大陸封鎖令布告	
ブラウンシュヴァイクに赴任	
ナポレオン軍ウィーンを占領	
参事院書記官、次に帝室財務管理官となり、生涯で最も羽振りのよい生活を送る	
	『イタリア絵画史』執筆
ナポレオン軍と共にモスクワ入城、敗走。スタンダールは命からがらパリに帰還	モスクワで『ルテリエ』を推稿する
パリ陥落（ブルボン朝復活）。ナポレオン、エルバ島に流される。すべてを売り払って永住すべ	『ハイドンについての手紙』執筆

スタンダールの生涯（1）

♥　情熱恋愛　　♣　肉体恋愛　　★　失恋

西暦	年齢	愛した
1783		
1784	1	
1785	2	
1786	3	
1787	4	母に恋をする♥
1788	5	
1789	6	
1790	7	母の死。「このときから物を考える生活がはじまった」★
1791	8	
1792	9	
1793	10	
1794	11	
1795	12	
1796	13	
1797	14	オペラ女優ヴィルジニー・キューブリー嬢に初恋♥★
1798	15	学友の妹ヴィクトリーヌ・ビジリオンに結晶作用★
1799	16	
1800	17	同僚の恋人アンジェラ・ピエトラグリュアにひとめぼれ♥★
1801	18	
1802	19	パリでヴィクトリーヌ・ムーニエに再会♥★ ダリュ一族の娘アデール・ルビュッフェルに恋★その母と関係する♣
1803	20	
1804	21	
1805	22	女優メラニー・ギルベールとマルセイユへ駆け落ちする♥
1806	23	メラニーと別れる★
1807	24	ドイツ貴族の娘ウィルヘルミーネ・フォン・グリースハイム嬢に恋♥★
1808	25	
1809	26	恩人ピエール・ダリュの夫人アレクサンドリーヌに恋をする♥★
1810	27	
1811	28	オペラ歌手アンジェリーヌ・ベレーテルと同棲♣
1812	29	イタリア旅行でアンジェラと情交♥
1813	30	病後の休暇でアンジェラと再会♥

上村　くにこ（うえむら・くにこ）
大阪大学文学部卒業。大阪大学博士課程満期退学。パリ第四大学文学博士取得。現在、甲南大学文学部教授。
主な著書に『白鳥のシンボリズム』（お茶の水書房）、『純愛コンプレックス』（大和書房）、『せつない恋の育て方』（PHP）、『フランス流恋愛の作法』（PHP）その他。
翻訳に、エリザベート・バダンテール『男は女、女は男』（筑摩書房）、『XY、男とは何か』（筑摩書房）、エルネスト・ルナン『イエスの生涯』（共訳、人文書院）その他。

失恋という幸福
U教授の『恋愛論』講義

二〇〇三年一一月一日初版第一刷印刷
二〇〇三年一一月一〇日初版第一刷発行

著　者　上村くにこ

発行者　渡辺睦久
発行所　人文書院
京都市伏見区竹田西内畑町九
電話　〇七五・六〇三・一三四四　振替　〇一〇〇〇-八-一一〇三

印刷　創栄図書印刷株式会社
製本　坂井製本所

ISBN4-409-16086-9　C0095

シャネルの真実　山口昌子著　四六並二五八頁　価格一九〇〇円

フランス悲劇女優の誕生　戸張規子著　四六上二三二頁　価格二一〇〇円

黒い羊の物語　白石かずこ著　四六上二一六頁　価格一九〇〇円

十五歳の桃源境　多田智満子著　A5上二〇八頁　価格二六〇〇円

共同研究男性論　西川祐子　荻野美穂編　四六上三八四頁　価格二四〇〇円

アルザス文化史　市村卓彦著　A5上四九〇頁　価格四八〇〇円

装いの人類学　鈴木清史　山本誠編　四六並二四〇頁　価格一九〇〇円

イエスの生涯　E・ルナン著　忽那錦吾／上村くにこ訳　四六並三一八頁　価格二〇〇〇円

（定価は2003年11月現在，税抜）